U0540386

Obra de Gabriel García Márquez
1996

Noticia de un secuestro

加西亚·马尔克斯 著
林叶青 译

一起连环绑架案的新闻

南海出版公司

新经典文化股份有限公司
www.readinglife.com
出 品

致谢

一九九三年十月,玛露哈·帕琼和她的丈夫阿尔贝托·比亚米萨尔向我提议,让我把她六个月的被绑架经历和她丈夫为了救她而付出的艰苦努力写成一本书。当第一稿已经颇为成熟时,我们才意识到,这起绑架案与哥伦比亚同期发生的另外九起绑架案之间有着难以割裂的关系。一开始,我们以为这十起绑架案是相互独立的,然而,这实际上是一起连环绑架案,被绑架的十个人是经过精心挑选的,绑架由同一个集团实施,目的也是相同且唯一的。

这个迟来的发现迫使我们从头安排本书的结构和基调,好让所有主角都能拥有明确的身份及各自的叙事空间。对于迷宫般的叙述而言,这是一种有技巧的解决办法,否则,若仍按第一稿的处理方式,叙述将是聒噪而永无止境的。尽管如此,预计一年的写作时间还是延长到了将近三年。在此期间,玛露哈和阿尔贝托一直细心、及时地协作,他们的叙述始终是本书的中心和线索。

我采访到了尽可能多的主角,所有人都向我展现了同样的慷慨,不惜搅乱他们记忆的平静,为我重新撕开那些他们或许试图遗忘的伤口。他们的伤痛、他们的耐心和他们的愤怒给了我勇气,让我在人生的秋季坚持写完这部我生命中最艰难、最悲伤的作品。我知道,他们能在书页间寻找到的,只有现实中那些恐怖经历的阴郁镜像,这是唯一让我沮丧的事。尤其是两位遇害人质——玛丽娜·蒙托亚和迪安娜·图尔巴伊——的家属,特别是后者的母亲,妮迪娅·金特罗·德巴尔卡萨尔女士。对我而言,采访他们是一次感同身受、痛彻心扉且永生难忘的体验。

我与两个人分享了这种无能为力的感觉,她们与我一起经历了写书匠的秘密劳作:一位是记者卢桑海拉·阿尔特阿加,她就像一名潜伏的捕猎者,顽强而机警地获得了无数难得的资料;另一位是玛格丽特·马尔克斯·卡瓦列罗,她是我的表妹,也是我的私人秘书,负责本书的誊写、排序和核对,她还掌握了处理复杂的基础材料的秘诀,好几次,我们都觉得要被这些材料淹没了。

我向所有的主角与合作者致以永恒的谢意,是他们让这场残忍的悲剧免遭遗忘。很不幸,这只是二十多年来在哥伦比亚上演的大屠杀中的一个片段。谨以此书献给以上所有人,并同他们一起将此书献给所有的哥伦比亚人——无辜的和有罪的,并希望书中的一切不再重演。

加夫列尔·加西亚·马尔克斯

一九九六年五月于卡塔赫纳

一

上车前,她回头看了一眼,确保没人跟踪她。现在是波哥大晚上七点零五分。天色在一小时前黑了下来,国家公园里灯光昏暗,光秃秃的树木在昏暗悲伤的天空的映衬下显得鬼影幢幢,但乍看并没有什么可怕的。尽管玛露哈身份显要,她还是坐在了司机的后面,因为她一直觉得这是最舒服的位置。贝阿特利丝从另一扇门上车,坐到了她的右边。她们比平常晚了近一个小时,在令人昏昏欲睡的下午参加了三场行政会议之后,两人看上去都很疲惫。尤其是玛露哈,前一晚她在家办了一场聚会,只睡了不到三小时。她伸展麻木的双腿,闭上眼,把头靠在椅背上,像往常一样发号施令:

"劳驾,回家。"

他们像平常一样回家,有时走这条路,有时走另一条,这取决于安全因素和路况。这辆雷诺21是全新的,十分舒适。司机小心地驾驶着。那晚的最佳选择是沿着希尔昆巴拉大街向北行驶。他们三次都遇到了绿灯,而当晚的交通也不像往常那么拥堵。在路况最糟糕的日子里,他们得花半小时才能从办公室抵达玛露哈位于第三横街84A-42号的家,接着司机再送贝阿特利丝回家,她家在大约七个街区外。

玛露哈出身于一个显赫的知识分子家庭,几代人都是记者。她本人也当过记者,并数次获奖。两个月前,她开始担任扶影公司的董事长,这是一家扶持电影发展的国有公司。贝阿特利丝是她丈夫的妹妹,也是她的私人助理,以前是一名经验丰富的理疗师,但在歇业了一阵子后转了行。她在扶影公司的主要职责是处理与媒体有关的一切事务。她们俩都无所畏惧,但从去年八月起,玛露哈无意间养成了回头的习惯,当时,毒贩们开始绑架记者,行迹难料。

她确实有理由恐惧。虽然上车前她回头看了一眼,觉得国家公园空无一人,但其实有八个人正在跟踪她。其中一个坐在一辆深蓝色的奔驰190里,车子停在对面的人行道上,挂着假的波哥大车牌。另一个驾驶着一辆偷来的黄色出租车。有四个人穿着牛仔裤、运动鞋和皮衣在公园的阴影下散步。第七个人个头很高,衣冠楚楚。他穿着春款西服,带着公文包,看起来像是一名年轻的经理。而这次行动的负责人正在半个街区外的街角咖啡馆监视着这第一幕的正式上演。细致紧张的排练从二十一天前就开始了。

出租车和奔驰跟着玛露哈的车,一直保持着最近的距离。为了确定玛露哈的日常线路,他们从上周一就开始这么做了。大约二十分钟后,所有人都在82号大街上向右拐,那里距离玛露哈夫妇和儿子住的红砖房不到两百米。玛露哈的车刚开上陡坡,黄色出租车就超了过去,把它堵在了左边的人行道上,司机不得不紧急刹车。几乎同时,奔驰停在后面,堵住了退路。

三个男人从出租车上下来,果断地向玛露哈的汽车走去。那个身材高挑、衣冠楚楚的男人带着一件奇怪的武器。玛露哈觉得那是一把霰弹枪,枪托被削短了,枪管又长又粗,像一架望远镜。实际上,那是一把口径九毫米、带消音器的迷你乌兹冲锋枪,它能发射单枚子弹,也能在两秒内连发三十枚子弹。另外两名歹徒也带着冲锋枪和手枪。从后面那辆奔驰上又走下来三个男人,但是玛露哈和贝阿特利丝看不见他们。

他们的行动迅速而统一,玛露哈和贝阿特利丝只记得短暂偷袭的那两分钟内的零星片段。五个人在围住那辆汽车的同时,也十分专业地盯紧了这三辆车。第六个人拿着冲锋枪在街上巡逻。玛露哈看出了其中的凶兆。

"开车,安海尔!"她向司机喊道,"从人行道开过去,怎样都行,赶紧开车。"

安海尔呆住了,无论如何,前有出租车、后有奔驰,他们没有脱身的余地。玛露哈害怕那些人会开枪,她像抱着救生圈一样抱着她的包,藏在司机座位后面,向贝阿特利丝喊道:

"跳下去。"

"不行,"贝阿特利丝低声说,"跳下去我们会被杀的。"

她颤抖着,但很坚定。她坚信这不过是一次抢劫。她艰难地取下右手的两枚戒指,扔出窗外,想着:"拿了东西就赶紧走吧。"但她没来得及摘下左手的两枚戒指。玛露哈在司机座椅后面缩成一团,甚至不记得自己戴着一枚祖母绿宝石钻戒,还有配套的耳环。

两个人打开玛露哈旁边的门,另两个打开了贝阿特利丝旁边的门。第五个人隔着玻璃朝司机的脑袋开了一枪,由于消音器的作用,枪声听起来几乎像是一声叹息。接着他打开车门,把司机拽了出来,又朝倒在地上的他开了三枪。命运无常:安海尔·玛利亚·罗阿三天前才成为她的司机,他穿着深色西装和熨帖的衬衫,戴着属于部长级领导司机的黑色领带,才刚开始他全新、体面的职业生涯。一周前,曾在扶影公司供职十年之久的前任司机自愿退休了。

玛露哈很久之后才得知司机的遭遇。她躲在藏身处,只能听见玻璃破碎的声音,还有几乎是从她头顶传来的强制命令:"我们为您而来,女士。出来吧!"一只铁掌抓住她的胳膊,把她从车里拖了出来。她尽力抵抗,摔倒了,腿上被划出一道伤痕。但是那两个人把她举了起来,抬到了停在后面的车上。没有人注意到玛露哈紧攥着她的包。

贝阿特利丝的指甲又长又坚硬,而且,她接受过良好的军事训练。她向那个试图把她从车里拽出来的年轻人反抗。"别碰我!"她喊道。他被激怒了,贝阿特利丝意识到他和她一样紧张,什么事都做得出来。于是,她改变了语气。

"我自己下来,"她说,"请告诉我该怎么做。"

他指了指出租车。

"坐上那辆车,然后趴在地上,"他对她说,"快!"

车门是开着的,发动机已经启动,司机在座位上静止不动。贝阿特利丝尽量在汽车的后半部平躺。绑架者把他的外套盖在她身上,坐好后,把脚搁在了她的身上。另外两个人上了车:其中一个坐在司机旁边,另一个坐在后面。等到两扇车门同时关闭后,司机便沿着希尔昆巴拉大街颠簸着向北行驶。此时,贝阿特利丝才想起她把自己的包落在了她们的车上,但为时已晚。除了恐惧和不适之外,她无法忍受的还有盖在身上那件外套上的体臭味。

玛露哈被抬上的那辆奔驰一分钟前发动了,走的是另外一条路线。她被安排坐在后排座椅的中间,两边各坐着一个男人。左边的人强迫她趴在他的膝盖上,这个姿势非常不适,她几乎无法呼吸。司机旁边坐着另一个男人,通过一台原始的对讲机和另一辆车通话。玛露哈愈发感到疑惑,因为她不知道自己被带上了哪辆车——她从未发觉它停在她的车后面——但她觉得这辆车很新很舒适,或许还有装甲防护,因为街道上的声音被减弱了,就像微弱的雨声。她觉得自己要窒息了,心脏几乎要从嘴里跳出来。司机旁边的人看起来像是领导,他发现了她的焦虑,试图让她平静下来。

"您冷静点,"他回头说,"我们把您带走是为了让您传递一份公告。几个小时以后您就能回家了。但如果您乱动,那就糟了,所以您冷静点。"

那个让她趴在膝盖上的人也试着让她镇定。玛露哈深深地吸了口气，接着张嘴呼气，呼吸得非常缓慢，渐渐缓了过来。驶过几个街区后，情况变了。汽车在一道陡坡上遇到了交通堵塞。拿着对讲机的人开始对另一辆车的司机大声下达无法完成的命令。在公路的某一段，有几辆救护车停滞不动。救护车的汽笛声和震耳欲聋的喇叭声能把一个神经紧绷的人逼疯，而至少在那个时刻，绑架者的神经都紧绷着。司机试着开路，但他太过紧张，撞在了一辆出租车上。只是撞上也就罢了，对方司机还不住地大喊着什么，这加剧了所有人的紧张情绪。拿着对讲机的人下令，无论如何都得前进。汽车从人行道和空地上逃窜而出。

摆脱拥堵之后，车子继续爬坡。玛露哈觉得他们是在朝拉卡莱拉驶去，那是一处山坡，在那个时段非常拥挤。她突然想起自己的外套口袋里有几颗小豆蔻种子，它们是天然的镇静剂，她便请求绑架者允许她咀嚼这些种子。右边的男人帮她在口袋里找种子，然后发现她紧抱着她的包。包被夺走了，但是他们把小豆蔻递给她。玛露哈试图看清绑匪的模样，但光线十分昏暗。她壮着胆子问他们："你们是谁？"拿着对讲机的男人用慵懒的声音说道：

"我们是 M-19 的人。"

这是胡扯。因为 M-19 已经合法了，当时正在为加入制宪议会而举行竞选活动。

"说真的，"玛露哈说，"你们是毒贩还是游击队的人？"

"游击队的，"前面的那个人说，"但您冷静点，我们只想让您传个信儿。真的。"

他停了下来，命令其他人把玛露哈按在地上，因为他们即将经过一个警察的岗哨。"现在别动，也别说话，不然我们就杀了您。"他说。她感觉到身体侧面被一把左轮手枪顶着，她旁边的男人把话继续说完。

"我们拿枪对着您呢。"

那十分钟长得没有边际。玛露哈集中力气咀嚼小豆蔻种子，它们让她越来越精神。但是，糟糕的姿势让她看不见也听不见他们交谈（如果他们的确交谈过的话）。在玛露哈的印象中，他们没被盘问就通过了。她最初的猜想被证实了，他们正是朝着拉卡莱拉驶去，这让她感到一阵轻松。她没有试图起身，因为把头放在那个男人的膝盖上更加舒服。车子通过了一段泥巴路，大概五分钟之后停了下来。拿着对讲机的人说：

"到了。"

没有一丝光亮。他们在玛露哈的头上盖上一件外套，让她弯腰出来，因此她唯一看见的东西就是自己的脚。她先穿过一个院子，接着可能是一间铺着瓷砖的厨房。当他们掀开外套时，她发现自己在一间两米宽三米长的小房间里，地上放着一个床垫，光滑的天花板上挂着一个红色的灯泡。过了一会儿，进来两个蒙面的男人，头上戴着某种像是防寒帽的东西，但实际上那是运动裤的一条裤腿，上面还给眼睛和嘴巴挖了三个洞。从那个时刻开始，在被囚禁的全部时间里，她再也没有见过除绑架者以外任何人的脸。

她意识到这两个看守并不是绑架她的人。他们穿着又旧又脏的衣服，比身高一米六七的玛露哈矮，身材和声音都很年轻。其中一个让玛露哈交出她戴的珠宝。"这是出于安全考虑，"他解释说，"它们在这里不会有事的。"玛露哈把祖母绿宝石钻戒交给他，但没有交出耳环。

贝阿特利丝坐在另一辆车上，完全无法判断路线。她一直躺在地上，不记得曾经爬过像拉卡莱拉那样陡的山坡，也不记得曾经通过岗哨，虽然出租车可能有某种直通的特权。一路上，车里的氛围由于交通拥堵而变得十分紧张。司机通过对讲机大喊着说没法从车子上飞过去，问该怎么办，而这让另一辆车里的人更加紧张，发出了好几条自相矛盾的指令。

贝阿特利丝觉得非常不舒服，她弯着腿，被外套的臭味熏得不知所措。她试着调整姿势。看守的人以为她在反抗，试图让她平静下来："冷静，亲爱的，你不会有事的，"他说，"你只需要捎个信儿。"后来，他终于明白是因为她的腿没有摆好，便帮她舒展了一下，也没之前那么粗鲁了。贝阿特利丝完全无法忍受他对她说"亲爱的"，这种放肆几乎比外套的臭味更冒犯她。但他越是试图让她安静下来，她越是确信他们会杀了她。她估计行程持续了不到四十分钟，因此到达目的地的时间应该是八点差一刻。

到达之后的遭遇和玛露哈的一模一样。他们用那件发臭的外套盖住她的头，用手牵着她，确保她只能向下看。她和玛露哈看见的东西也一样：院子、铺着瓷砖的地面，最后是两级台阶。他们让她往左边移动，接着取下外套。玛露哈在那里，坐在一张凳子上，在唯一一盏灯泡的红光下显得脸色苍白。

"贝阿特利丝,"玛露哈说,"您在这里!"

她不知道贝阿特利丝那边发生了什么,以为他们已经把她放了,因为她和一切都毫无瓜葛。然而,当她看见贝阿特利丝出现在那里,她既感到一阵强烈的快乐,因为她不再孤单一人,同时又感到一阵强烈的悲伤,因为她也被绑架了。她们如同许久未见一般互相拥抱。

要两人在那间陋室里勉强过活几乎是不可想象的,她们要睡在一张铺在地上的床垫上,两个戴着面罩的看守一刻也不让她们离开自己的视线。新来的一个戴面罩的男人很优雅,身材魁梧,至少有一米八,他们管他叫"博士",他发号施令时带着大头目的气势。他们摘掉了贝阿特利丝左手的戒指,但没有发现她还戴着一条有圣母像章的金链子。

"这是一次军事行动,你们不会有事的,"他说,然后重复道,"带你们过来只是想让你们给政府传递一份公告。"

"你们是谁?"玛露哈问他。

他耸了耸肩,答道:"现在这无关紧要。"他抬起机关枪让她看清楚,接着说:"但我想告诉你们一件事。这是一把带消音器的机关枪,没人知道你们在哪儿、和谁在一起。要是你们大声叫喊或者是做了什么,我们会让你们在一分钟内消失,没人能再听到你们的消息。"两人屏住呼吸,等着最糟糕的结果。但是威胁完之后,头目向贝阿特利丝走去。

"现在我们要把你们分开,但是我们打算放了您,"他对她说,"我们带您来是个误会。"

贝阿特利丝立马做出了反应。

"啊，不。"她毫不犹豫地说，"我留下来陪玛露哈。"

这是一个勇敢而慷慨的决定，连绑匪都不带一丝讽刺地感叹说："玛露哈女士，您有一个多么忠诚的朋友啊。"玛露哈既错愕又感激，她肯定地说，贝阿特利丝一贯如此，她非常感谢。"博士"问她们是否想吃点什么，两人都说不用了。她们要了水，因为她们的嘴唇都干了。他们给她俩拿了饮料。平时，玛露哈手边总会有一支点燃的香烟、一只烟盒和一个打火机，而这一路上她都没有抽烟。她请求他们把装着香烟的包还给她。那个男人递来一根他的烟。

两人都要求上厕所。贝阿特利丝先去，她的头上被包了一块肮脏的破布。"看地上。"有人命令她。他们拉着她的手，带她穿过一条狭窄的走廊，来到一间简陋至极的厕所，条件非常糟糕，一扇忧伤的小窗朝着黑夜打开。门的内侧并没有插销，但门关得很严实。于是，贝阿特利丝爬上抽水马桶，向窗外望去。就着路灯的光，她唯一能看见的东西是一座红顶土坯房，房子前面有一块草坪，看起来就像草原里那些建在小道上的房子。

当她回到房间时，情况已经完全变了。"我们刚刚得知您是谁，您对我们也有用处，""博士"对她说，"您还是留下来跟我们一起吧。"广播刚刚播报了这起绑架案，他们因此得知了相关信息。

当时，国家广播电视台（RCN）处理公共秩序消息的记者埃杜阿尔多·卡里约正在采访某军方人士，该人士通过无线电话获悉了这起绑架案。于是，这则新闻被草率地播报出来，绑匪们就这样得知了贝阿特利丝的身份。

广播还播报了被撞的出租车司机记下的两个车牌号码，还有撞他的那辆车的基本信息。警方确认了逃逸路线。现在，这座房子对所有人来说都变得十分危险，他们得马上离开。更糟糕的是，被绑架的两个人将被锁进另一辆车的后备箱里。

两人的争辩毫无用处，因为绑匪看起来就像她们一样害怕，而且并没有掩饰这一点。玛露哈想要点医用酒精，想到她们可能会在后备箱里窒息身亡，她觉得无所适从。

"没有酒精。""博士"严厉地说，"你们坐进后备箱里，没别的办法。快。"

她们被迫脱下鞋子拿在手上，被人领着穿过房子来到车库。在那里，他们取下她们的头套，没有来硬的，只是让她们爬进后备箱，摆成胎儿的姿势。他们撕去了密封胶，后备箱里空间充足，通风良好。关上后备箱前，"博士"恐吓她们：

"我们带了十公斤炸药，"他说，"一旦你们大叫、咳嗽、哭，或者弄些别的名堂，我们就下车，然后把车炸了。"

通过后备箱的缝隙，清凉纯净的空气透了进来，如同从空调里吹出一般，她俩松了口气，同时惊奇不已。窒息的感觉消失了，只留下了不确定感。玛露哈沉浸在自己的思绪中，这种态度会与彻底的心灰意冷相混淆，但实际上这是她忍受焦虑的一种神奇的方式。相反，贝阿特利丝充满了难以满足的好奇心。后备箱没调整妥当，

15

留下了一道光缝,她便向那道光缝望去。透过后玻璃窗,她看见了车里的乘客:后排座椅上坐着两个男人,司机旁边坐着一个长头发的女人,她带着一个大约两岁的孩子。在右手边,贝阿特利丝看见了一个熟悉的商业中心的巨幅广告,广告闪着黄光。毫无疑问,那是通向北部的公路,一路上都有路灯照明,接着是一段黑灯瞎火的土路。车子放缓了速度,十五分钟后停了下来。

大概又是一个岗哨。她们能听见模糊的说话声、其他车辆的声音和音乐声;但是周围一片漆黑,贝阿特利丝什么都看不清。玛露哈清醒了过来,集中注意力,希望这里会检查车辆的后备箱。车子大约在五分钟之后启动了,然后爬上了一个陡坡,但这一次她们无法确定路线。大约十分钟后,车子又停了下来,后备箱被打开。她们的头又一次被蒙了起来。在黑暗中,有人帮助她俩下了车。

两人一起走了一段路,路线和另一座房子里的类似。她们看着地面,由绑匪们引导着穿过一条走廊、一个有人在低声交谈的小客厅,最后来到了一间屋子。进屋前,"博士"让她们做好思想准备:

"现在,你们将会见到一个朋友。"他告诉她们。

房间里的灯光十分昏暗,她们过了一会儿才适应。那个空间不足两米宽三米长,唯一的窗户关闭着。两个蒙面人坐在地上的单人床垫上,专心地看着电视,就像留在之前那座房子里的那些人一样。一切都阴森森的,充满了压迫感。房门左边的角落里,有一个幽灵般的女人,她头发花白暗淡,目光呆滞,瘦得只剩皮包骨,坐在一张装着铁扶手的窄床上。她似乎没有意识到有人进来:没有张望,没有呼吸，什么都没有。连尸体都不会如此死气沉沉。玛露哈克制住了冲动。

"玛丽娜！"她低声说。

那是玛丽娜·蒙托亚，她被绑架快两个月了，大家都以为她已经死了。她的兄弟赫尔曼·蒙托亚先生曾经是共和国的总统府秘书长，在比尔希略·巴尔科政府中掌握大权。他的儿子阿尔瓦罗·迭戈是一家大型保险公司的经理，毒贩们曾经绑架他，企图在与政府的协商中施加压力。对此，最流行但也从未被证实的说法是，双方缔结了一项秘密约定，此后不久他便被释放，但后来的政府并未履行该约定。九个月之后，对他的姑姑玛丽娜实施的绑架只能被解释为一次卑鄙的报复行为，因为当时她已经没有了交易的价值。巴尔科任期结束，赫尔曼·蒙托亚变成了哥伦比亚驻加拿大大使。因此，所有人都认为他们绑架玛丽娜仅仅是为了杀害她。

绑架初期，国内外的舆论风起云涌。之后，玛丽娜的名字就渐渐从报纸上消失了。玛露哈和贝阿特利丝尽管对她非常熟悉，此刻却都很难认出她。她们被带到了她的房间，从一开始就意识到自己身陷死囚的牢房。玛丽娜没有改变神色。玛露哈握紧她的手，不寒而栗。玛丽娜的手既不冷也不热，没有传递出任何东西。

电视新闻节目的主题曲让她从惊愕中回过神来。那是一九九〇年十一月七日晚九点半。半小时前，国家新闻台的记者埃尔南·埃斯图庇南通过扶影公司的一个朋友得知了这起绑架案，并赶赴现场。他还没有带着完整的细节回到办公室，导演兼主持人哈维尔·阿雅拉就以如下标题报道了这则紧急新闻："今晚七点半，著名政治家阿尔贝托·比亚米萨尔的妻子、扶影公司董事长玛露哈·帕琼·比亚米萨尔与阿尔贝托的妹妹贝阿特利丝·比亚米萨尔·德·盖莱罗被绑架。"意图看上去很明显：玛露哈是路易斯·卡洛斯·加兰的遗孀格萝莉娅·帕琼的妹妹。路易斯曾是一名青年记者，于一九七九年发起了新自由主义运动，旨在扫除自由党内的政治歪风。他曾是打击贩毒、支持国民引渡的最严厉、最强大的力量。

二

　　第一个获悉绑架案的家庭成员是贝阿特利丝的丈夫佩德罗·盖莱罗医生。他当时正在大约十个街区外的心理治疗和人类性学研究中心，进行一场关于物种进化的演讲，从单细胞生物的基本机能一直谈到人类的丰富情感。一名警官的来电打断了他，警官用十分专业的口吻问他是否认识贝阿特利丝·比亚米萨尔。"当然了，"盖莱罗医生回答说，"她是我的妻子。"警官沉默了一会儿，换了一种更为人性化的语气："好吧，您别太着急。"盖莱罗不必动用他出色的精神科医生专业素质也能明白，这句开场白之后一定是某件极其严重的事情。

　　"究竟发生了什么事？"他问。

　　"一名司机在第五公路与85号大街交汇的街角被杀了。"警官回答道，"是一辆雷诺21，浅银灰色的，车牌号是波哥大PS-2034。

19

您认识这个号码吗？"

"完全不认识。"盖莱罗医生不耐烦地说，"请告诉我贝阿特利丝到底怎么了。"

"目前我们只能告诉您她失踪了。"警官说，"我们在座椅上发现了她的包，还有一本笔记本，上面写着如果有紧急情况就跟您联系。"

确定无疑了。盖莱罗医生建议过他的妻子，让她在笔记本上注明这一条。虽然他不认得车牌号，但是警官的描述同玛露哈的车子相符。发生案件的街角离玛露哈家只有几步之遥，贝阿特利丝回家前会路过那里。盖莱罗医生匆匆做了解释，中止了演讲。他的朋友、泌尿科医生阿隆索·阿古那载着他穿过晚七点的拥堵交通，花了十五分钟来到案发现场。

阿尔贝托·比亚米萨尔是玛露哈·帕琼的丈夫，也是贝阿特利丝的哥哥。他距离绑架现场只有两百米，通过门房打来的内部电话得知了消息。制宪议会的成员将于十二月选出，为了相关的竞选活动，他在《时代报》社忙了一下午。他四点钟回到家，由于竞选前夕的疲惫，穿着衣服就睡着了。快到七点的时候，他的儿子安德烈斯回到家，贝阿特利丝的儿子加夫列尔也跟着一起来了。从儿时起，他们就是最好的朋友。安德烈斯探进卧室找妈妈，把阿尔贝托吵醒了。黑暗中，阿尔贝托被吓了一跳。在半睡半醒间，他点亮电灯，发现快七点了，而玛露哈还没有回来。

玛露哈会晚归，这太奇怪了。无论交通如何糟糕，她和贝阿特利丝总是很早回家，如果有什么突发情况，她也会打电话提前告知。而且，玛露哈之前跟他约好了，五点在家里见。阿尔贝托很担心，他让安德烈斯给扶影公司打电话，保安告诉他，玛露哈和贝阿特利丝已经走了，而且只比平常晚走了一小会儿，应该很快就会到家了。电话铃响的时候，阿尔贝托去厨房喝水了，安德烈斯接起了电话。只听安德烈斯的语气，阿尔贝托就明白，那是一通让人惊慌的电话。事情是这样：一辆汽车在街角出了什么事，车好像是玛露哈的。门房说得很模糊。

阿尔贝托让安德烈斯留在家里，以防有人打电话来，然后自己匆匆忙忙地出门了，加夫列尔跟着他。他们紧张得没办法等电梯，而是飞快地走下楼梯，门房向他们大喊：

"好像死了一个人。"

街上非常热闹。邻居们从居民楼的窗户探出头来，希尔昆巴拉大街上车辆拥堵，喧喧嚷嚷。街角处，一支带着无线电的警察巡逻队不让好奇的人们靠近那辆被遗弃在那里的汽车。盖莱罗医生比他早到，这让比亚米萨尔很惊讶。

那确实是玛露哈的车。离绑架案发生至少已经半小时了，现场只留下了这些痕迹：驾驶座一侧被子弹击碎的玻璃、座椅上的血迹和玻璃碎片、柏油路上潮湿的阴影——奄奄一息的司机刚刚从那里被抬走。其余的东西都整洁有序。

警官效率极高，非常正式地告知比亚米萨尔由少数几位目击者提供的细节。这些细节不太完整，而且并不精确，有一些甚至相互矛盾。但毫无疑问，这是一起绑架案，唯一已知的伤者是司机。阿尔贝托想知道司机能否提供一些线索。但这是不可能的：司机处在昏迷之中，暂时也没有人知道他被带去了哪里。

另一边，盖莱罗医生仿佛因这样的打击而麻木了，他好像没有估计出这件事的严重程度。他一来就认出了贝阿特利丝的包、化妆盒、日程本、装着身份证的皮质卡套以及装有一万两千比索和信用卡的钱夹。他得出的结论是，被绑架的只有他的妻子。

"你看，玛露哈的包不在这儿，"他对他的内兄说，"或许她当时不在车上。"

两人都在试图平复呼吸，这或许是一种谨慎而专业的分散注意力的方式，但是阿尔贝托想得更多。当时他急于证实，车上及车辆四周没有除司机之外其他人的血迹，好以此确定两位女士都没有受伤。对他而言，其余的一切显而易见。他为自己没能预见这起绑架案而内疚不已。现在他十分确定，这是一次针对他的行动，他知道是谁做的，也知道是为什么。

阿尔贝托前脚刚走，广播新闻就播报说，玛露哈的司机在开往考垂医院的专车上去世了。不久后，这则枪击新闻引起了蜗牛电台的法律编辑、记者吉耶尔摩·弗朗哥的注意，他来到现场，但只发现了那辆被遗弃的汽车，在司机的座椅上捡到了几块玻璃碎片和一张沾了血迹的烟纸，他把这些东西放进一只透明的盒子里，标上数字和日期。弗朗哥从事法律新闻报道工作多年，那只盒子将成为他职业生涯丰富遗产中的一部分。

警官陪比亚米萨尔回家时，对他进行了一次非正式查问，这可能对调查有帮助。但比亚米萨尔在回答他时，只想着自己即将面对的漫长而艰难的日子。首先，他告诉安德烈斯他的决定：由安德烈斯招呼来到家里的客人，而他去拨打紧急电话，并整理自己的思路。他把自己锁到卧室里，开始给总统府打电话。

他和塞萨尔·加维里亚总统政见相合，且私交甚笃，总统认为他是一个冲动又热情、但在面对极其危急的情况时又能保持冷静的人。因此当他说起他的妻子和妹妹被绑架时，所表现出的激动和冷淡让总统印象深刻。最后他毫不拐弯抹角地说：

"您得为她们俩的性命负责。"

当塞萨尔·加维里亚认为必须强硬的时候，他可以变成最强硬的人，他当时便是这么做的。

"您听我一句，阿尔贝托，"他干巴巴地说，"所有该做的事都会做成的。"

他随即以同样镇静的口吻告诉阿尔贝托，他会马上通知安全顾问拉法埃尔·帕尔多·卢埃达，让他负责这件事，并随时向自己汇报情况。事情的进展证明了这是一个正确的决定。

记者们纷纷到来。比亚米萨尔知道一些被绑架者的先例，他们会被允许听广播、看电视。因此他临时发布了一条消息，要求绑匪尊重玛露哈和贝阿特利丝，因为她们是两个值得尊重的女人，而且与战争毫无瓜葛。他还宣布，从此刻开始，他将用他所有的时间和精力去解救她们。

米盖尔·玛萨·马尔克斯将军是最早到来的人之一，他是安全管理部部长，负责调查本次绑架案。玛萨将军从七年前的贝利萨里奥·贝坦库尔政府时期就开始担任本职，在比尔希略·巴尔科总统任职期间续任，而且刚刚被塞萨尔·加维里亚总统任命。在一个几乎不可能做好的职位上，他是一个前所未有的幸存者，哪怕是在打击贩毒行为的艰难战争时期也恪尽职守。他中等身材，犹如被钢铁铸成般强壮，有着好战民族的公牛般的脖子。将军能长时间保持沉默，同时也能在亲密的朋友圈子中畅所欲言；他是一个地道的瓜希拉①人。但是在工作中，他向来公事公办，对他来说，打击毒品贸易的战争是一件私事，是与巴勃罗·埃斯科瓦尔的殊死较量。这场较量也得到了对方充分的回应。埃斯科瓦尔在针对他的两场连续袭击中使用了两千六百公斤炸药：这是埃斯科瓦尔对一个敌人前所未有的最高认可。而玛萨·马尔克斯在两场袭击中都安然无恙，他把这归结于圣婴的庇佑。当然，埃斯科瓦尔把玛萨·马尔克斯没能杀死他的奇迹也归功于同一位圣婴。

加维里亚总统坚持执行一项不成文的政策：如果没有与被绑架者的家属达成协议，军队不能擅自采取任何解救措施。但是，政界纷传总统和玛萨将军关于这一程序有分歧。比亚米萨尔决定先发制人。

"我想告诉您，我反对实施强行营救。"他对玛萨将军说，"我

---

① 哥伦比亚北部省份。

必须确保你们不会这样做，你们做任何决定的时候都得提前跟我商量。"

玛萨·马尔克斯表示赞同。一段信息量十足的漫长对话之后，他下令监听比亚米萨尔的电话，以防绑匪在夜间和他联系。

在当晚与拉法埃尔·帕尔多的第一次对话中，比亚米萨尔得知，总统任命帕尔多为政府与家属间的调解人，他是唯一获得授权可以对本案发表官方声明的人。他们两人都清楚，绑架玛露哈是贩毒分子的计谋，想通过她姐姐格萝莉娅·帕琼来对政府施加压力。他们决定马上行动起来，不再凭空猜测。

在毒贩们还没有通过走后门介入国家政治高层的时候，哥伦比亚并没有意识到自己在世界毒品贸易中日益增长的重要性。后来，毒贩们先是利用自己不断增长的腐化和贿赂能力，后来又通过自己的候选人进入了政治高层。一九八二年，巴勃罗·埃斯科瓦尔试图在路易斯·卡洛斯·加兰的运动中占据一席之地，但是路易斯将他除名，并在麦德林的一场五千人游行中揭开了他的真面目。但在不久之后，借助政府自由主义的边缘势力，埃斯科瓦尔成了众议院的替补议员。他没有忘记耻辱，向政府，特别是新自由主义发起了一场殊死之战。罗德里格·拉腊·波尼亚，新自由主义的代表人物、贝利萨里奥·贝坦库尔政府的司法部长，在波哥大街头被一名骑摩托车的杀手刺杀身亡。继任者恩里戈·帕莱霍被一名雇佣杀手跟踪至布达佩斯，中了一枪，但活了下来。一九八九年八月十八日，路易斯·卡洛斯·加兰尽管受着十八名全副武装的保镖保护，却仍在距总统府十公里的索阿查市公共广场被机关枪射杀。

那场战争的主要原因是毒贩害怕自己会被引渡到美国，他们会因为在那里犯下的罪行而受到审判，被处以极刑。一九八七年，被引渡的哥伦比亚毒贩卡洛斯·莱德尔就被美国法院判处了终身监禁外加一百三十年有期徒刑。使这一切成为可能的，是胡里奥·塞萨尔·图尔巴伊总统签署的一项协议。在其中，政府第一次通过了国民引渡的决议。拉腊·波尼亚被刺杀时，贝利萨里奥·贝坦库尔总统首次执行决议，并迅速通过了一系列引渡决定。毒贩们十分害怕美国向全世界伸出的长臂，意识到没有比哥伦比亚更安全的地方了，最终成了自己国家内部的秘密逃亡者。最讽刺的是，他们别无选择，只有寻求祖国的庇护才能保住性命。因此，为了得到庇护，他们既用暴力胁迫，又动之以情理：既实施残酷的、无差别的恐怖主义，同时又表示愿意屈服于法律。他们还提出，只要不被引渡，他们会回国并在哥伦比亚投资。那是暗影里真实的反对力量，这股力量拥有一个共同的名字："可被引渡者"，还有埃斯科瓦尔的一句名言："宁要哥伦比亚一座坟，不要美国一间牢。"

贝坦库尔时期，战争一直持续。继任者比尔希略·巴尔科加剧了战况。一九八九年路易斯·卡洛斯·加兰被杀害后，曾任竞选经理的塞萨尔·加维里亚成为总统候选人，那时他所面临的局面便是这样糟糕。塞萨尔在竞选时捍卫引渡决议，认为这是巩固司法权不可或缺的工具。他还宣布了一项新策略。策略很简单：服从法律、承认部分或全部罪行的人能得到基本权益，免于引渡。然而，正如初版协议中的提议一样,这对于"可被引渡者"来说是不够的。埃斯科瓦尔通过他的律师提出,不被引渡应该是无条件的,招供和揭发不应该是强制性要求。他还要求监狱绝对安全,并保证其家属及随从的安全。为了争取这样的结果,他们一边实施恐怖主义,一边积极协商——他们开始绑架记者,意在拧断政府的臂膀。在两个月里,他们绑架了八名记者。因此,针对玛露哈和贝阿特利丝的绑架可以被看作那场致命进程之中一颗拧得更紧的螺丝。

从看见那辆千疮百孔的汽车开始,比亚米萨尔便认为,妻子和妹妹的性命取决于他为拯救她们所做的事。后来,在轮番侵扰他家的人群中间,他完全确信了这一点。所以这一次与以往不同,在一方的挑衅下,战争像一场无法避免的个人决斗般开始了。

实际上,比亚米萨尔已经是个幸存者。一九八五年,作为众议院议员,他促使《国家麻醉剂章程》获准通过。当时还没有打击贩毒行为的普通法律,只有战时颁布的分散法令。后来,路易斯·卡洛斯·加兰命令他阻止一项立法议案的通过,该议案由支持埃斯科瓦尔的议员提交给议会,意在废止引渡决议。这给比亚米萨尔带来了杀身之祸。一九八六年十月二十二日,两名身穿运动服的杀手假装在他家对面健身,趁他上车时扫射了他两次。他奇迹般地逃脱了。一名袭击者被警方击毙,同谋被拘捕,过了几年后又被释放了。没有人宣称为那次袭击负责,但也没有人对此事由何人指使提出疑问。

在加兰本人的劝说之下,比亚米萨尔同意离开哥伦比亚一段时间。他被任命为驻印度尼西亚大使,在那里待了一年之后,美国驻新加坡的安保机构逮捕了一名计划前往雅加达的哥伦比亚籍杀手。无法确定他是否受人指使、试图刺杀比亚米萨尔，但他在美国登记了死亡状态，还伪造了一张死亡证明。

玛露哈和贝阿特利丝被绑架的那个晚上，比亚米萨尔家里快被掀翻了。政客、政府人员以及两位受害者的家属纷纷来到他家。比亚米萨尔家族伟大的朋友、艺术商人阿塞内思·韦拉斯克斯住在楼上，她担负起了女主人的职责。只是没有音乐，不然这个夜晚就与任意一个星期五的夜晚别无二致了。这是难以避免的：在哥伦比亚，所有超过六人的聚会，不论何种类型，不管在什么时段，都注定会变成舞会。

分散在世界各地的所有家庭成员都得知了这个消息。玛露哈的女儿阿莱桑德娜处在第一段婚姻中，当哈维尔·阿雅拉告诉她这个消息时，她刚刚在麦考（在遥远的瓜希拉半岛）的一家餐厅吃完晚饭。她是《焦点》栏目的导演，这是一档在每周三热播的电视节目。为了进行一系列采访，她于一天前来到了瓜希拉。当晚，她跑遍了宾馆，试图跟家里取得联系，但是电话一直占线。巧合的是，就在前一期节目里，她采访了一位精神病学家，专长是研究由于监狱戒备森严而引发疾病的临床案例。她一听说绑架的消息，就意识到同样的治疗或许也适用于绑架案的受害者。她回到波哥大，预备从下一期节目开始将这种治疗方法付诸实践。

格萝莉娅·帕琼（玛露哈的姐姐，时任哥伦比亚驻联合国教科文组织大使）凌晨两点被比亚米萨尔的一句话叫醒了："我有一个非常糟糕的消息。"玛露哈的女儿胡安娜正在巴黎度假，不久后在格萝莉娅的隔壁房间得知了这个消息。二十七岁的音乐家、作曲家尼可拉斯，则在纽约被叫醒了。

凌晨两点，盖莱罗医生和他的儿子加夫列尔前去找迭戈·蒙塔那·古埃亚尔议员，迭戈是共产党的分支组织"爱国联盟"的主席，也是"高贵者"组织的成员。该组织成立于一九八九年十二月，致力于调节政府与阿尔瓦罗·迭戈·蒙托亚案的绑匪之间的关系。父子俩发现迭戈不仅醒着，而且十分抑郁。他在晚间新闻中听说了绑架案的消息，觉得这是道德沦丧的表现。盖莱罗想请他与巴勃罗·埃斯科瓦尔协商，把自己作为被绑架者与贝阿特利丝交换，这是盖莱罗唯一想求他的事。蒙塔那·古埃亚尔给出的答复非常符合他的做事风格。

"别他妈犯傻了，佩德罗。"他回答说，"在这个国家已经什么都做不了了。"

天亮时，盖莱罗医生回到家中，但无心睡眠，他的心因为焦虑一直悬在空中。快到七点的时候，蜗牛电台新闻频道的编导亚米德·阿玛特亲自打电话采访他。盖莱罗医生的情绪处于低谷，受访时十分莽撞地向绑匪们提出了挑战。

比亚米萨尔一分钟都没睡。清晨六点半，他冲了澡，穿好衣服，赶赴与司法部长海梅·希拉尔多·安海尔的会面，了解到了对毒贩恐怖主义采取打击行动的最新进展。会面结束后，比亚米萨尔愈发确信，他的斗争将会是漫长而艰巨的，但是他很感激这用来更新信息的两个小时，因为很长一段时间以来，他完全误解了毒品贸易。

他没吃早饭，也没吃午饭。到了下午，在几番令人沮丧的努力之后，他也去拜访了迭戈·蒙塔那·古埃亚尔，后者的坦率又一次让他惊讶不已。"你别忘了这事得慢慢来，"他告诉比亚米萨尔，"至少得等到明年六月制宪议会结束以后，因为玛露哈和贝阿特利丝将会成为埃斯科瓦尔对抗引渡决议的盾牌。"很多友人反感蒙塔那·古埃亚尔的态度，因为尽管他是"高贵者"的一员，但在报纸上总是毫不掩饰他的悲观。

"无论如何，这破事我不干了，"他斩钉截铁地告诉比亚米萨尔，"现在我们纯粹是蠢蛋。"

比亚米萨尔结束了没有希望的一天，回到家时，他觉得筋疲力尽、孤单异常。他猛地灌了两口干威士忌，更加萎靡不振。从此刻起，他的儿子安德烈斯将是他唯一的伙伴。安德烈斯终于让他在下午六点吃了一天的第一顿饭。这时，总统打来电话。

"现在行了，阿尔贝托，"他尽量和气地告诉他，"您过来，我们谈一谈。"

晚上七点，加维里亚总统在总统府私人住宅的书房里接见他。总统和他的妻子安娜·米莱娜·穆纽斯还有两个孩子（十一岁的西蒙和八岁的玛丽亚·帕丝）住在那里已经三个月了。这个庇护所很小，但是很舒适，紧邻开满鲜花的温室。家里有摆满了政府刊物和家人照片的木制书架、一套组合音响，还有他们钟爱的唱片：披头士、杰斯罗·塔尔乐队、胡安·路易斯·盖拉、贝多芬、巴赫。在完成令人精疲力竭的政府工作之后，总统总是在这里进行非正式会见，也总是在这里与在黄昏时到来的朋友饮一杯威士忌，放松心情。

加维里亚亲切地问候了比亚米萨尔，与他交谈时带着同情和理解的口吻，但坦率得有些冷酷。然而，比亚米萨尔已经从最初的打击中恢复过来，冷静了许多，而且他掌握了足够多的信息，明白总统能为他做的事非常有限。两人都确定，针对玛露哈和贝阿特利丝的绑架有政治动机，并且不需要成为占卜者就知道，始作俑者是巴勃罗·埃斯科瓦尔。但是，明白这一点并不是关键，加维里亚说，关键是让埃斯科瓦尔承认这一点，这是保证被绑架者安全的重要的第一步。

比亚米萨尔从一开始就清楚，总统不会僭越宪法和法律来帮助他，也不会中止寻找绑架者的军事行动。不过，如果没有家属的授权，他也并不会强行营救。

"这，"总统说，"是我们的原则。"

没别的可说了。比亚米萨尔走出总统府时，离绑架案发生已经有二十四个小时。面对自己的命运，他就像一个盲人。但他知道自己有政府的支持，可以着手进行有利于被绑架者的私人行动。他还有拉法埃尔·帕尔多为他效力。但是，最值得他信任的，还是迭戈·蒙塔那·古埃亚尔粗暴的现实主义。

在这场前所未有的绑架风波中，第一起案件发生于上一年的八月三十日，当时塞萨尔·加维里亚总统上任刚满三周。受害者是迪安娜·图尔巴伊。她是波哥大电视新闻栏目《氪》的导演和《今日×今日》杂志的总编，还是共和国前总统、自由党最高领导人胡里奥·塞萨尔·图尔巴伊的女儿。她组内的四位成员也和她一同被绑架了：新闻栏目编辑阿苏塞娜·里埃瓦诺、编辑胡安·维塔、摄影师理查德·贝塞拉和奥兰多·阿塞维多。此外，还有定居在哥伦比亚的德国记者埃罗·布斯。一共六人。

绑架者下的圈套是一场所谓的对民族解放军（ELN）总司令马努埃尔·佩雷斯神甫的采访。在了解情况的少数人中，没几个人赞成迪安娜接受邀请，国防部长奥斯卡·博特罗将军和拉法埃尔·帕尔多也不同意。总统让拉法埃尔调查了此行的风险，并把这些风险告知图尔巴伊一家。然而，了解迪安娜的人都知道，她不会放弃那次出行的。事实上，与其说是对马努埃尔·佩雷斯神甫的报刊采访激发了她的兴趣，倒不如说是进行一场和平对话的可能性吸引了她。几年前，她在绝对保密的情况下，骑着骡子踏上征途，孤注一掷地寻求同自卫武装组织在他们的领地上进行谈话，试图从政治和新闻立场理解他们的运动。那则新闻在当时并没有引起重视，最后也没有被公之于众。后来，尽管她与M-19素有矛盾，但她成了卡洛斯·皮萨罗司令的朋友。她曾前往驻地拜访他，以寻求和平解决矛盾的方案。很显然，策划这场采访骗局的人不会不了解这些背景。因此，在当时，不论是出于什么原因，不论会遇到什么困难，这个世界上没有任何东西能阻止迪安娜前去同佩雷斯神甫交谈，因为神甫手上握着另一把通往和平的钥匙。

一年前，由于最后时刻发生的种种不利因素，会面推迟了。一九九〇年八月三十日下午五点，迪安娜和她的小组成员终于坐上一辆破破烂烂的汽车，开启了征程。他们没有通知任何人。同行的还有两个年轻男人和一个女孩，冒充民族解放军指挥部人员。从波哥大开始的这场旅行模仿得几可乱真，就像真的是由游击队策划的一样。那几个随行人员应该是或曾经是某个武装组织的成员，或者接受过非常好的训练，因而在对话和行动中没有露出任何马脚。

第一天，他们来到位于波哥大以西一百四十六公里的翁达。另外几个人开着两辆更舒适的汽车在那里等候他们。在一家小旅馆吃完晚饭之后，他们继续沿着一条看不清的危险道路行驶，一路上大雨倾盆。天亮时，一起严重的滑坡事故阻塞了道路，在清理完毕之前，他们无法前行。上午十一点，他们终于来到了某个地方，巡逻队带着五匹马在那里等候他们。他们没有休息好，非常疲惫。迪安娜和阿苏塞娜跟着那位女孩骑马行进了四个小时，男同伴们则徒步前行。先翻过了一座树木繁茂的山峰，接着经过一处田园般的山谷：咖啡树间坐落着恬静的屋子，人们探出头来，注视他们经过。有几个人认出了迪安娜，从露台上跟她打招呼。胡安·维塔估算了一下，沿途有不下五百人见过他们。下午，他们在一个荒凉的庄园下了马，那里有一个学生模样的年轻人，自称是民族解放军的人，但没有提供任何关于他的任务的信息。所有人都觉得很困惑。在距离不到半公里的地方有一段公路，而后面的城市毫无疑问是麦德林，也就是说，那不是民族解放军的领地。如果真是这样——埃罗·布斯曾这么想过——那可能是佩雷斯神甫玩的一个精湛把戏，在一个没人会想到的地方同他们会合。

大约两小时后，他们来到了科帕卡瓦那，那是一个被麦德林迅速增长的人口吞噬的城市。他们在一座小屋前下了马。小屋的墙壁是白色的，房顶长满了苔藓，屋子几乎是被镶嵌在一个杂草丛生的突兀斜坡里。屋子里有一间客厅，两侧各一间小房间。其中的一间房里有三张双人床，向导们就在那里歇息。另一间房里有一张双人床和一组上下铺，迪安娜一行人中的男性被安置在那里。她和阿苏塞娜则被安置在屋子深处最好的房间里，那里有女人住过的痕迹。当时是大白天，屋里却灯火通明，因为所有的窗户都被木头封住了。

等了三个小时之后，一个蒙面人以司令的名义欢迎他们。他告诉他们，佩雷斯神甫已经在等候他们，但出于安全考虑，应该让女士先走。这时，迪安娜第一次表现出不安。埃罗·布斯私下里向她提议，无论出于什么原因，她都不应该允许队伍被分开。但由于无法阻止这件事发生，迪安娜偷偷地把自己的身份证交给他。她没有时间向他解释原因，但是他这么理解：如果她失踪了，这可以作为一项证据。

天亮前，两位女士和胡安·维塔被带走了。埃罗·布斯、理查德·贝塞拉、奥兰多·阿塞维多和五名向导留在那间有双人床和上下铺的房间里。他们怀疑自己陷入了一个圈套，随着时间的推移，疑虑不断加深。晚上玩牌的时候，埃罗·布斯注意到其中一个向导戴着一块奢侈品手表。"所以民族解放军已经到了戴劳力士的级别了。"他嘲讽说。但是他的对手并不认为他在含沙射影。他们携带的武器并不是游击队使用的，而是用于城市武装行动的，这也让埃罗·布斯感到疑惑。奥兰多寡言少语，认为自己缺乏旅行经验，但他不需要过多线索就能预知真相：一件严重的事正在进行中，这让他无法忍受。

变故发生在九月十日半夜。"向导"们闯入房间，大喊着"警察来了"。然后，他们在暴雨中穿过丛林，跋涉两个小时后来到了迪安娜、阿苏塞娜和胡安·维塔早先到达的房子。房子很宽敞，收拾得很整齐，里面放着一台大屏电视机，没有任何可疑的东西。那天晚上，纯属偶然，他们所有人离获救如此之近，这是他们谁都没有想到的事。在那几个小时里，他们交流想法、经历和未来规划。迪安娜向埃罗·布斯倾诉说，她为把他们带入这个无法逃脱的圈套而感到沮丧；她坦诚地告诉他，她试图通过对家人（丈夫、孩子、父母）的回忆得到平静，但是结果却总是适得其反。这些回忆一刻不停地折磨她。

第二天晚上，他们带着迪安娜、阿苏塞娜和胡安·维塔徒步走向第三座房子，那条路几乎没法走，而且当时雨下个不停。迪安娜意识到，他们说的没一句是真话。但也是在那个夜晚，一个陌生的看守解开了她的疑惑。

"你们并没有和民族解放军的人在一起，你们落入了'可被引渡者'的魔爪。"他告诉他们，"但是请冷静，因为你们将会见证历史。"

十九天后，玛丽娜·蒙托亚被绑架了，而迪安娜·图尔巴伊小组的失踪原因依然成谜。玛丽娜被三个衣冠楚楚、持有九毫米手枪和带消音器的迷你乌兹冲锋枪的男人拖走了,当时她经营的位于波哥大北部的餐厅"阿姨家"刚刚打烊。她的姐妹露科莱希娅通常会帮她招呼客人,但幸运的是,露科莱希娅的脚踝扭伤了,打了石膏,那天没法去餐厅。玛丽娜原本已经把餐厅关了,但又重新开了门,因为在敲门的三个男人中,她认得两个。从上周开始,他们已经在店里吃过好几次午饭了,他们有着帕伊萨人①的幽默感,很招人喜欢,而且会给服务员百分之三十的小费,这些都给餐厅员工留下了深刻的印象。然而,那天晚上的他们却是另一副模样。玛丽娜一打开门,他们就用万能钥匙把锁卡住,把她从店里拖了出来。她一只手臂紧紧抱住电线杆,大叫起来。一个歹徒用膝盖在她的脊柱上顶了一下,这让她喘不过气来。她毫无知觉地被拖进一辆蓝色奔驰190的后备箱,在里面可以正常呼吸。

路易斯·吉耶尔摩·佩雷斯·蒙托亚是玛丽娜七个孩子中的一个,当年四十八岁,是柯达哥伦比亚分公司的高管,他与大家得出了一致的结论:对他母亲的绑架是政府没有履行赫尔曼·蒙托亚与"可被引渡者"之间的协议造成的恶果。自然,他不信任与政府有关的一切。他试图直接同巴勃罗·埃斯科瓦尔联系,以解救母亲。

两天后,他漫无目的地去了麦德林,事先没有联系任何人,甚至不知道到了之后该做什么。他在机场打了一辆出租车,简单指示

---

①生活在哥伦比亚西北部省份安蒂奥基亚省的族群,文中提到的麦德林市即是该省的首府。

司机把他带到市区。当看见一具被遗弃在公路边的尸体时，他开始明白现实的面目。那是个十五岁左右的女孩，穿着鲜艳的派对装，妆容浓艳。她的额头被打了一枪，留下一道干涸的血迹。路易斯·吉耶尔摩无法相信眼前的景象，他用手指了指。

"那儿有个姑娘死了。"

"是的。"司机回答，但他看都没看，"是跟巴勃罗先生的朋友参加派对的其中一个姑娘。"

这打破了两人之间的僵局。路易斯·吉耶尔摩向司机坦白了他此行的目的，司机告诉了他一些关键信息，让他能见到所谓的巴勃罗·埃斯科瓦尔表亲的女儿。

"今天八点，你到市场后面的教堂去，"他告诉路易斯，"一个叫罗萨莉娅的姑娘会在那儿。"

果然，她坐在广场的一张长凳上等他。她几乎还是个孩子，但是言行却自信得像一个成熟、老练的女人。她告诉他，想办这件事，必须带上五十万比索的现金。她把他下周四必须入住的酒店名称告知于他，还告诉他必须等一通周五早七点或是晚七点打来的电话。

"给你打电话的人叫皮塔。"她明确说。

他白等了两天，第三天过了大半，他才意识到这是个骗局。他很感激皮塔没打电话向他要钱。他谨慎地保持了沉默，他的妻子直到四年后、他为了这本书第一次讲述往事时，才得知了这次出行和它的悲惨结局。

玛丽娜·蒙托亚被绑架四小时后,在波哥大西部拉斯·菲利亚斯区的一条辅路上,一辆吉普车和一辆雷诺18一前一后堵住了《时代报》总编辑弗朗西斯科·桑托斯的汽车。那辆吉普车看似普通,事实上却是一辆原装装甲车。包围它的四个歹徒不仅带着九毫米手枪和带消音器的迷你乌兹冲锋枪,其中一人还带着一把用来击碎玻璃的锤子。这些都是不必要的。帕丘①是个无可救药的好辩者,他先一步打开窗户跟歹徒说话。"如果不知道发生了什么,我情愿去死。"他后来说。一个绑匪用枪抵着他的额头,使他不敢妄动,然后按下他的头,让他从车里出来。另一个歹徒打开车的前门,开了三枪:一枪射偏了,打在玻璃上,两枪打穿了司机的头。司机名叫欧罗曼西奥·伊巴涅斯,三十八岁。帕丘当时并不知道他们对司机开了枪。数天之后,他重新回忆这次袭击,才想起自己听见三颗子弹的嗡嗡声,声音被消音器减弱了。

这次行动速度飞快,并没有在周二喧闹的车流中引起关注。一名警官于遗留在现场的汽车的前座上发现了那具血淋淋的尸体。他拿起无线电话机,听见从那头传来的一个声音,好似迷失在星系间。

"有。"

"谁在说话?"警官问。

"《时代报》。"

新闻十分钟后播出了。事实上,这场绑架行动从四个月前就开

---

① 弗朗西斯科的昵称。

始筹备了,但差点由于帕丘·桑托斯无法预测的行踪而失败。十五年前,由于同样的原因,M-19打消了绑架他父亲埃尔南多·桑托斯的念头。

这一次,他们甚至预料到了最不起眼的细节。绑匪们的汽车在博亚卡大街和80号大街的交汇处被堵住了,他们开到人行道上以摆脱拥堵,随后在一个居民区的犄角旮旯里迷了路。帕丘·桑托斯坐在两个绑匪之间,视线被一副涂满指甲油的眼镜挡住了,但他依然记着汽车行驶过程中的转弯和掉头,直到汽车艰难地驶进了一个车库。他试着根据路线和时间猜测他们所在的街区。

他戴着遮蔽视线的眼镜,一个绑匪拉着他的手臂带他走到一条走廊的尽头。他们走到二楼,左转,走了差不多五步,来到一个很冷的地方,在那里,他们摘掉了他的眼镜。他身处一个阴森的房间,窗户被木条封了起来,天花板上孤零零地挂着一个灯泡。家具就只有一张双人床(床单看起来很旧)和一张桌子,桌上放着一台便携式收音机和一台电视机。

帕丘意识到绑架他的歹徒如此匆忙不仅是出于安全原因,还是为了及时赶回来,收听圣达菲和卡尔达斯的足球赛。为了让他安静些,他们给了他一瓶白酒,让他单独跟他的收音机待在一起。他们去了一楼收听比赛。帕丘在十分钟内喝了半瓶酒,没感觉到酒劲,但有了收听球赛的心情。他从小就是圣达菲的忠实球迷,二比二的平局让他十分恼火,没法尽情喝酒。最后,他在九点半的电视新闻中看见了自己,电视里的他穿着晚礼服,被选美小姐簇拥着。那时他才得知司机的死讯。

看完新闻之后,一个戴着布口罩的看守走了进来,强迫他脱下衣服,换上灰色汗衫,这仿佛是"可被引渡者"监狱里的必需品。看守还试图拿走他放在大衣口袋里的哮喘吸入剂,但是帕丘说这会要他的命,看守相信了,又向他说明了囚徒生活中的规矩:他可以用走廊的厕所,可以无限制地听广播看电视,但音量得正常。最后,那人让他躺下,在他的脚踝上系了根绳子,把他绑在床上。

看守在地上铺了张和床平行的床垫,过了一会儿就开始断断续续地打鼾。夜深了,帕丘在黑暗中意识到,这仅仅是第一晚,在不确定的未来里一切都可能发生。他想起了玛丽亚·维多利亚(朋友们叫她玛丽亚维),他美丽、聪颖、和善的妻子。他们当时有两个孩子,二十个月大的本哈明和七个月大的加夫列尔。邻居的鸡叫了。帕丘对它混乱的生物钟感到惊讶。"一只晚上十点叫的鸡一定是疯了。"他想。他是一个情绪化、冲动、易流泪的男人:他父亲的翻版。安德烈斯·埃斯卡比是他妹妹胡安妮塔的丈夫,死在一架飞行中途被"可被引渡者"炸毁的飞机上。在家人们情绪激动时,他说了一句令所有人都震惊的话:"我们当中有一个人活不过十二月。"然而,他并不觉得绑架案发生的那个夜晚会是他的最后一夜。他的神经第一次平缓下来,他肯定自己能活下来。他通过呼吸的节奏判断,躺在旁边的看守是醒着的,于是他问:

"我落在了谁手里?"

"你更愿意落在谁手里?"看守问道,"游击队还是毒贩子?"

"我觉得我落在了巴勃罗·埃斯科瓦尔手里。"帕丘回答。

"没错,"看守说完立即纠正他,"是在'可被引渡者'手里。"

新闻播出了。《时代报》总机的操作员给帕丘最亲密的亲属打了电话,这些亲属又打给其他人,一直打到世界尽头。由于一系列奇怪的巧合,帕丘的妻子是最晚得知消息的亲属之一。绑架案发生几分钟后,她的朋友胡安·加夫列尔·乌里维打电话给她,当时他对发生的事还不太确定,便只是问她帕丘有没有回家。她告诉他没有,胡安·加夫列尔不敢告诉她这个尚未被证实的消息。几分钟后,恩里格·桑托斯·卡尔德隆打电话给她,他是她丈夫的堂亲,也是《时代报》的副总编。

"你知道帕丘的事了吗?"他问她。

玛丽亚·维多利亚以为他说的是另一件她已经知道的事,那事跟她丈夫也有点关系。

"当然了。"她回答。

恩里格着急地道了别,接着给其他亲戚打电话。几年后,谈起那次误解,玛丽亚·维多利亚说:"之所以会那样,是因为我太自作聪明了。"她立刻重新打给了胡安·加夫列尔,他把所有的事都告诉了她:司机被杀了,帕丘被抓走了。

加维里亚总统和他最亲近的顾问正在重新察看几则宣传制宪议会竞选的商业广告,他的新闻顾问毛里西奥·巴尔加斯向他耳语道:"小帕丘·桑托斯被绑架了。"放映没有中断。总统摘下眼镜看着巴尔加斯。他看视频时需要眼镜。

"随时向我汇报。"他说。

他戴上眼镜,继续观看放映的内容。他亲密的朋友、通讯部长阿尔贝托·卡萨斯·桑塔玛利亚在旁边听见了这个消息,低声把它传达给总统的顾问们。大厅里一阵骚动。但总统连眼睛都没眨一下,这符合他的性格。他用遵守学校纪律般的口吻说:"得先把这个任务完成。"广告放完之后,他摘下眼镜,放进胸前的口袋里,命令毛里西奥·巴尔加斯道:

"请您给拉法埃尔·帕尔多打电话,告诉他马上组建一个安全委员会。"

同时,他像原先计划的那样,积极推动关于商业广告的意见交流。直到得出了最后的修改意见,他才表露出这起绑架案对他造成的影响。半小时后,他走进大厅,安全委员会的大部分成员已经在那里等候。他们刚刚开始讨论,毛里西奥·巴尔加斯就踮着脚走进来,在他耳边说:

"玛丽娜·蒙托亚被绑架了。"

事实上,这事发生在下午四点——在帕丘被绑架之前,但这个消息花了四个小时才传到总统这里。

帕丘的父亲埃尔南多·桑托斯·卡斯蒂大约三小时前睡下了,他正在十万公里外意大利佛罗伦萨的一家酒店里。隔壁房间住着他的一个女儿胡安妮塔,另外一间房住着另一个女儿阿德里安娜和她的丈夫。他们都通过电话得知了这个消息，并决定不把爸爸叫醒。但是他的侄子路易斯·费尔南多直接从波哥大打了电话给他。路易斯以他能想到的最谨慎的方式开场，惊醒了六十八岁高龄、做过五次心脏搭桥手术的叔叔。

"我有一个非常糟糕的消息。"他说。

埃尔南多自然做好了最坏的准备，但是他没有表现出来。

"发生什么事了？"

"帕丘被绑架了。"

绑架案不管多严重，都不像谋杀案一样无可挽回。埃尔南多松了口气："愿上帝保佑！"说完马上改变了语气：

"大家冷静。我们商量下该怎么办。"

一个小时后，在托斯卡纳香气馥郁的秋日清晨，他们踏上了返回哥伦比亚的漫长旅途。

图尔巴伊一家在迪安娜出行一周后都没有她的消息，感到非常焦急。他们通过主要的游击队组织申请政府的非正式协助。在迪安娜原定的返回日期过去一周后，她的丈夫米盖尔·乌里贝和议员阿尔瓦罗·莱伊瓦秘密前往哥伦比亚革命武装力量（FARC）位于东部山脉的总部"绿房子"，与所有武装组织取得了联系，试图了解迪安娜是否跟其中某个组织在一起。七个组织在一份联合公告中否认了这一点。

共和国总统常强调，在没有确定信息的情况下，舆论应该反对虚假公告的扩散,并提出,比起虚假公告,应该更相信政府的信息。但舆论总对"可被引渡者"的公告深信不疑,这个严峻的事实令人心寒。十月三十日——距迪安娜·图尔巴伊被绑架六十一天,弗朗西斯科·桑托斯被绑架四十二天——所有人都松了一口气。那天,"可被引渡者"的公告用一句话打消了所有的疑虑:"我们公开承认,失踪的记者在我们手里。"八天后,玛露哈·帕琼和贝阿特利丝·比亚米萨尔被绑。有足够的理由相信,这次行动的背后有着更大的野心。

迪安娜和她的组员失踪的第二天,还没有任何人怀疑他们被绑架了。那天,著名的蜗牛电台编导亚米德·阿玛特在波哥大市中心的街上被一队歹徒拦截,他们已经跟踪他数日。阿玛特凭借运动员般的技巧逃脱了魔爪,这让他们大吃一惊。没人知道他之后如何躲过了一颗从背后射来的子弹。几小时后,前总统贝利萨里奥·贝坦库尔的女儿玛丽亚·克腊拉带着她十二岁的女儿纳塔莉娅,也成功驾驶汽车逃离。在这起事件中,一队绑架者试图在波哥大的某居民区封锁她们的去路。他们接到了不杀受害者的绝对指示,这是唯一能解释以上两次行动失败的理由。

埃尔南多·桑托斯和前总统图尔巴伊是最早确定玛露哈·帕琼和贝阿特利丝·比亚米萨尔落在谁手里的人,因为绑架发生四十八小时后,埃斯科瓦尔本人给他的一名律师写道:"你可以告诉他们俩,帕琼女士在组织手里。"十一月十二日,一封署名为"可被引渡者"

的信又从侧面证明了这一点。这封信是寄给麦德林《哥伦比亚人》日报主编胡安·戈麦斯·玛蒂内斯的，他曾多次以"高贵者"的名义同埃斯科瓦尔协商。"对玛露哈·帕琼记者的拘禁，""可被引渡者"在信中写道，"是我们对近期政府安全机构在麦德林市恶意实施的酷刑与绑架的答复，我们在之前的公告里已多次提到该机构。"他们重申了先前的决定：如果继续如此，他们不会释放任何一名人质。

面对这些超出能力范畴的事情，贝阿特利丝的丈夫佩德罗·盖莱罗医生从一开始就被一种绝对的无力感击垮了，他决定关闭他的心理诊所。"如果我比病人还糟糕的话，怎么能接待他们呢？"他说。他经受着焦虑的折磨，但不想把它传染给孩子们。他一刻都无法平静，傍晚时喝着威士忌聊以自慰，夜晚听着"回忆广播台"的波莱罗舞曲来放逐失眠的时光，歌曲里的情人们流着泪滴。"我亲爱的，"有人唱着，"如果听见我的声音，请回答我。"

阿尔贝托·比亚米萨尔从一开始就意识到，妻子和妹妹的绑架案是连环恶行的一部分。他便开始联合其他受害者的家属，但是他第一次拜访埃尔南多·桑托斯的经历令人气馁。在妻姐格萝莉娅·帕琼·德·加兰的陪同下，他找到了瘫倒在沙发上的埃尔南多，后者的意志十分消沉。"我现在做好准备，这样等弗朗西斯科被杀的时候，我能尽量好受点。"他这样开场。比亚米萨尔拟定了一个与绑匪协商的计划，但埃尔南多用他无可救药的灰心丧气把它碾得粉碎。

"别天真了，小子。"他说，"您一点儿都不知道那些人是什么样的。我们什么都做不了。"

前总统图尔巴伊也并不更乐观。他通过不同的渠道得知，他的女儿在"可被引渡者"手里。但是他决定，如果无法确切掌握他们的目的，就不会把女儿的情况公开。一周前，一群记者已经就此向他提问，他就像斗牛士欺骗牛一般大胆地回避他们的问题。

"我的心告诉我，"他回答他们，"迪安娜和她的伙伴们由于新闻工作耽搁了时间，但这并不意味着他们被关押了。"

进行了三个月无效的操作后，他呈现出一种可以解释的失望状态。比亚米萨尔这样理解他的行为。但他没有被别人的悲观情绪传染，一种新的情绪迫使他采取普通的手段。

比亚米萨尔的一个朋友曾经被问起，在那段日子里，比亚米萨尔是个什么样的人。他用一句话下了定义："一个了不起的酒友。"比亚米萨尔欣然接受了这个定义，仿佛这是一个惹人嫉妒、与众不同的优点。然而，他在妻子被绑架的当天就意识到，以他的处境，这还是一个危险的优点，他决定不在公共场合喝酒，直到他被绑架的亲属得到释放为止。作为一个资深社交饮酒人士，他明白酒精会降低警惕性，放松舌头，并在一定程度上改变对现实的认知。对于一个需要谨言慎行的人来说，在公共场合喝酒是一种有风险的行为。因此，他对自己的严格要求并不是惩罚手段，而是一种安全措施。他不再参加聚会，和他放荡不羁的日子以及政治应酬道了别。在那些情绪高度紧张的夜晚，他的儿子安德烈斯喝着矿泉水听他倾诉衷肠，而他孤独地小酌一杯，聊以自慰。

在同拉法埃尔·帕尔多的会面中，他们研究了其他方法，但总与政府的政策相悖。无论如何，政府都会把引渡作为威胁，他们俩也都知道这是迫使"可被引渡者"投降的最强的压力。总统信心满满地利用引渡政策相威胁，而同时，"可被引渡者"因为这种威胁而拒绝投降。

比亚米萨尔没有接受过军事训练，但他是在军营附近长大的。父亲阿尔贝托·比亚米萨尔·弗洛雷斯担任总统府护卫队的医生多年，与军官们的生命密切相关。爷爷霍阿金·比亚米萨尔将军曾经担任过战争部长，叔叔豪尔赫·比亚米萨尔·弗洛雷斯曾经是军队总司令。阿尔贝托继承了爷爷和叔叔身上军人和桑坦德①人的双重性格，他热情又喜欢发号施令，严肃却喜欢应酬，不达目的誓不罢休，说话直截了当，而在一生中从没有用"你"称呼过任何人。父亲的形象同样深深影响着他。父亲在哈维里亚那大学修完了医学课程，但由于被无法避免的政治风波牵连，一直没有毕业。比亚米萨尔总是带着一把史密斯维森38短枪，不是作为一个军人，而是单纯作为一个桑坦德人，他希望自己永远都用不上它。无论如何，不管他有没有携带武器，果断和耐心是他最优秀的品质。虽然乍看去，这两者是互相矛盾的，但是生活已经证明事实并非如此。凭借这样的家族遗传，比亚米萨尔有足够的魄力用武力解决绑架案，但除非到了生死存亡的极端时刻，否则他拒绝采用这种方式。

因此，十一月底，摆在他面前的唯一解决方法是与埃斯科瓦尔

---

①哥伦比亚的北部省份。

对峙，以桑坦德人的方式强硬且势均力敌地与那位安蒂奥基亚人协商。一天晚上，四处奔波之后，疲惫的比亚米萨尔向拉法埃尔·帕尔多全盘托出他的计划。拉法埃尔·帕尔多理解这种焦虑，但也很快做出了回答。

"听我一句，阿尔贝托，"他简洁而直接地告诉他，"您想用什么手段、想做什么样的尝试都行，但是如果您想继续我们之间的合作，就必须明白您不能逾越政策允许的范畴。一步都不行，阿尔贝托。您得清楚这一点。"

没有任何一项优点能像果断和耐心一样，帮助比亚米萨尔避开那些条件中的内部矛盾。由于有这样的矛盾，他可以凭借想象力，以他的方式随意行动，但同时，他的双手一直都被束缚着。

三

玛露哈睁开双眼，想起了一句古老的西班牙箴言："我们所能承受的，愿上帝别赐予我们。"距离绑架发生已经有十天了，不论是贝阿特利丝还是她，都已经习惯了一种在第一天晚上看起来不可思议的生活。绑匪们经常向她们强调，这是一次军事行动，但是关押制度比监狱还要严格。只有在紧急情况下才允许她们说话，而且只能窃窃私语。她们不能随意从床垫上起身，这张床垫就充当了她们的床铺。她们的一切需要都必须向两个看守请示：请示坐下，请示伸腿，请示和玛丽娜说话，请示抽烟。看守紧紧盯住她们不放，连睡觉的时候都不例外。玛露哈得用枕头堵住嘴，才能降低咳嗽的声音。

唯一的那张床是玛丽娜的，一盏床头灯不分日夜地亮着，铺在地上的床垫和床平行。玛露哈和贝阿特利丝睡在床垫的两头，就像十二宫里的双鱼座，两人盖同一床被子。彻夜不眠的看守或坐在地上，或靠墙站着。空间非常狭小，他们只要伸一下腿，就会踩到人质的床垫。仅有的一扇窗户被关上了，她们生活在阴暗之中。睡觉前，唯一一扇门的缝隙也会被破布堵上，免得玛丽娜打开床头灯时，灯光照进屋里的其他房间。在玛露哈的请求下，看守摘掉了天花板上的蓝色灯泡，之前它让所有人都显得苍白得可怕。因此，除了电视机闪烁的灯光之外，不论白天还是黑夜都没有其他光源。这个密闭的屋子完全不通风，充斥着热气和臭味。早上六点到九点是最糟糕的时候，人质们醒了，没有空气、没有水、没有食物。她们等待门缝上的破布被取走，让她们可以透透气。咖啡和香烟供应得很及时，而且有求必应，这是玛露哈和玛丽娜唯一的安慰。对于贝阿特利丝这位呼吸疗法专家来说，小屋里积累的烟雾是一种灾难。然而，由于另外两位是如此快乐，她便一直默默地忍受着。一次，玛丽娜抽着烟，喝着咖啡，感叹说："如果我们三个能在我家一块儿抽烟、喝咖啡，笑谈这些可怕的日子，那该是多么美好啊。"那天，贝阿特利丝不仅不觉得自己在勉强忍受，反而遗憾自己不会抽烟。

把她们三个安排在同一间监狱里是一项应急方案。那辆被撞的出租车暴露了绑匪的行踪，她们被带去的第一所房子没法使用了，这才有了最后时刻的变动和这样的窘境：只有一张窄床；一张简易床垫要供两人使用；在不到六平方米的空间里挤着三个人质和两个轮班的守卫。玛丽娜也被从另一幢房子（据她自己说，那是座农场）带走过，因为那里的守卫嗜酒如命、不守规矩，将整个组织都带入了危险的境地。无论如何，一家世界顶级的跨国公司，竟没有丝毫的善心来为它的追随者和受害者提供人道的环境，这让人匪夷所思。

她们完全不知道自己在哪里。她们通过声音判断出附近有一条重型卡车专用公路；似乎还有一家卖酒的路边小店，放着音乐开到下午；有时会听见召集群众参加政治或宗教活动的喇叭声，还能听见震耳欲聋的音乐声。她们还有好几次听见了下届制宪议会竞选活动的口号。更常听见的是小型飞机近距离起飞和降落时发出的轰鸣声，因此她们猜测自己是在瓜伊玛拉尔机场附近。这个提供短距离跑道的机场位于波哥大以北二十公里的地方。玛露哈从小就对草原的气候非常熟悉，她觉得房间的冷气并非来自开阔的田野，而是来自城市。此外，守卫们防范过于严格。除非他们身处城市中心，否则这很难解释。

最让人惊讶的是一架轰隆作响、偶尔经过的直升机。它离他们那么近，好像就在房子上方。玛丽娜·蒙托亚说，是负责绑架案的军官来了。随着时间的流逝，她们不得不习惯那个声音。在那几个月里，那架直升机每个月至少降落一次，人质们确信这与她们有关。

要划分现实和玛丽娜充满感染力的幻想是不可能的。她说帕丘·桑托斯和迪安娜·图尔巴伊就在这幢房子的另一个房间里，因此直升机里的军官每次来访时，都同时处理这三起案件。有一次，她们听见院子里发出警报声。"管家"教训他的妻子，慌慌张张地命令她，让她把东西抬高点儿、放到这边、向上翻，仿佛是想把一具尸体塞进某个装不下的地方。玛丽娜阴森森地胡言乱语，认为弗朗西斯科·桑托斯可能被肢解了，他们正在把尸块藏到厨房的瓷砖下面。"他们一旦开始杀人就停不下来，"她说，"接下来就是我们了。"那是一个恐怖的夜晚，后来她们偶然得知，那晚他们是在给旧洗衣机换地方，四个人抬它都很费劲。

夜里万籁俱静，只有一只没有时间观念的疯狂公鸡随时都会打鸣。她们听见远在天边的犬吠声，附近也有一只狗在叫，她们觉得那是守卫养的狗。一开始，玛露哈的状态很糟糕。她蜷缩在床垫上，闭着眼睛。在几天的时间里，她试图保持头脑清醒，如果不是不得已，就不睁开双眼。她无法连续睡八个小时，几乎每次都睡不到半小时，醒来时，又一次身处焦虑之中，那焦虑在现实中窥探着她。这是一种持久的恐惧：她真切地感觉到胃里有一条温暖的线，总是处在爆炸的边缘，让她恐惧不安。玛露哈像看电影一样回顾了自己的一生，试图抓住美好的回忆，然而，不愉快的回忆总是占了上风。她曾三次从雅加达出发回到哥伦比亚，其中一次，她正在吃午饭，路易斯·卡洛斯·加兰邀请她领导团队帮助他竞选下届总统。在上一届选举中，她是他的形象顾问，和姐姐格萝莉娅在全国展开了竞选活动。他们欢庆过胜利，经受过失败，躲避过风险，因此，这个请求是符合常理的。玛露哈觉得很合理，很满意，但是，吃完饭后，她察觉到加兰脸上有一种意义不明的神情、一种超自然的光芒，她以准确的洞察力快速判断，有人要杀他。征兆太明显了，于是她说服丈夫也一同回哥伦比亚。虽然玛萨·马尔克斯将军给他提了醒，但没有向他说明死亡的风险。启程前八天，他们在雅加达被一则新闻惊醒：加兰被杀害了。

那次经历使她有了抑郁倾向，绑架事件又加剧了症状。她找不到可以坚守的东西，无法摆脱自己正面临致命危险的想法。她不说话，也不吃饭。贝阿特利丝的冷淡和蒙面人的粗鲁让她很心烦，她也无法忍受玛丽娜对绑架者的顺从和对他们制定的规则的认同。她仿佛是另一个看守，如果玛露哈睡觉的时候打呼噜、咳嗽，或是动作超过了必要的幅度，她就会训斥她。玛露哈把杯子放在一个地方，玛丽娜吓坏了，急忙把杯子拿走："小心！"然后把杯子放在别处。玛露哈以极其轻蔑的态度对待她。"您别费心了，"玛露哈说，"您在这儿做不了主。"最糟糕的是，看守们也担惊受怕，因为贝阿特利丝整天都在记录囚禁生活的细节，等到自由的那天好讲给丈夫和孩子们听。她还列了一份很长的清单，记录了房间里所有让她厌恶的东西。后来，当发现找不到不让她厌恶的东西时，她只好放弃了。看守们从广播里听说了贝阿特利丝是理疗师，但是他们把理疗师和心理咨询师弄混了，害怕她在筹划用科学方法把他们逼疯，于是禁止她记录。

玛丽娜的"堕落"是可以理解的。对她而言，在经历了近两个月的死亡前夜之后，在这个已经属于她，而且只属于她的世界里，另外两个人质的到来就像是一种难以忍受的入侵。她和看守们的关系本来已经非常密切，却被她们搅乱了。在不到两个星期内，她重新陷入了巨大的痛苦和无尽的孤独之中，此前她本已克服了这种情绪。

而对玛露哈来说，没有哪个夜晚像第一晚那样难以忍受。那是一个漫长的寒夜。气象局的数据显示，凌晨一点，波哥大的气温在十三度到十五度之间，市中心和机场附近下起了毛毛细雨。玛露哈被倦意打败了。她刚睡着就开始打鼾，但随时又会因为自己老烟枪的咳嗽醒过来。咳嗽很顽固，无法控制。清晨，潮湿的墙壁上渗出了冰冷的夜露，这使她的咳嗽更加严重了。她每次打鼾或者咳嗽时，看守就会用脚后跟在她头上踹一脚。出于一种难以遏抑的恐惧，玛丽娜站在了看守们一边。她威胁说要把玛露哈绑在床垫上，免得她一直动；又威胁要堵住她的嘴，免得她打呼噜。

玛丽娜让贝阿特利丝听凌晨的广播新闻。这是个错误。在第一次接受蜗牛电台的亚米德·阿玛特采访时，佩德罗·盖莱罗医生训斥、辱骂了绑架者，还向他们发出了挑战。他威胁他们，让他们表现得像个男人，承担起责任。贝阿特利丝非常恐惧，她坚信这些侮辱会落到她们身上。

两天后，一个头目如一阵狂风般踹门而入，他衣冠楚楚，身材魁梧，身高有一米九。他穿着无可挑剔的热带羊毛西装和意大利皮鞋，系着黄色真丝领带，这衣着和他粗鲁的举止形成强烈对照。他朝看守们骂了两三句脏话，粗暴地对待其中最害羞的一位——同伴们管这名守卫叫"大灯"。"我听说您很紧张，"他对"大灯"说，"我警告您，在这儿，紧张的人都得死。"接着，他不假思索地对玛露哈说：

"我听说，昨晚您很烦人，又出声儿又咳嗽的。"

玛露哈回答时十分冷静，这种冷静可能会被误解成鄙视。

"我睡觉的时候会打呼噜，但是我感觉不到，"她回答，"屋里太冷了,清晨的时候墙上还会滴水,所以我没法忍住不咳嗽。"

那个男人不是来听抱怨的。

"您觉得您能想做什么就做什么吗?"他吼道,"如果您晚上再打呼噜、再咳嗽的话,我们就一枪打爆您的头。"

然后,他又对贝阿特利丝说:

"或者打爆你们孩子和老公的头。我们都认全了,而且知道他们在哪儿。"

"随您便,"玛露哈说,"我不可能不打呼噜。您想杀我就请便吧。"

她很坦诚,而且随着被监禁的时间越来越长,她意识到这样做是对的。从第一天开始,她们就遭到了粗暴对待,这是绑匪们用来击垮人质的方法。相反,贝阿特利丝没有那么高傲。她丈夫在广播里的疯狂表现依然让她耿耿于怀。

"您为什么非得把我们的孩子牵扯进来,他们和这些有什么关系?"她快哭了,"您没有孩子吗?"

他回答说有,或许他有些动容,但贝阿特利丝已经输掉了这场战役:泪水让她无法继续说下去。玛露哈已经冷静下来,她告诉这个头目,如果真的需要达成某种协议,她们可以跟自己的丈夫谈谈。

她觉得这位蒙着面的头目听取了她的建议,因为星期天的时候,他的态度完全变了。他带来了当天的报纸,上面有阿尔贝托·比亚米萨尔的声明,表示他想跟绑匪们商定一个合理的解决方案。看来,绑匪们也相应地行动起来了。至少,头目非常满意,他让人质们列了一张必需品清单:肥皂、牙刷、香烟、面霜还有一些书。清单上的部分物品当天就到了,但有几本书四个月之后才收到。在监禁期间,她们收集了圣子和圣母玛丽亚的各种画像和纪念物,看守们离开或是休整完回来时,都会留下或是带来这些东西。十天后,她们已经养成了一种居家习惯。她们把鞋子放在床底下,但是房间里太潮湿了,必须时不时地把鞋子取出来,拿到院子里晾干。她们只能穿看守们第一天拿给她们的男袜,袜子是厚羊毛的,有不同的颜色。她们一次穿两双,免得走路出声。她们被绑架当天穿的衣服被没收了,绑匪给她们发了运动服,每人一件灰的和一件粉的,她们穿着运动服活动、睡觉。还发了两套内衣,冲澡的时候才能清洗。刚开始,她们穿着运动服睡觉。后来,她们有了一件睡衣,天冷的时候,她们把睡衣套在运动服外面睡。绑匪们还给了她们一个口袋,用来装她们为数不多的个人物品:备用的运动服、干净的袜子、换洗的内衣、卫生巾、药和化妆品。

她们三人和四个看守共用一个卫生间。上厕所的时候,她们只能把门掩上,不能上锁。而且,尽管还得同时洗衣服,冲澡的时间不能超过十分钟。绑匪们给她们多少烟,她们就能抽完多少。玛露哈一天抽一盒多,玛丽娜更多。房间里有一台电视机和一台家用便携式收音机,好让人质们听新闻,让看守们听音乐。她们收听上午的新闻时,音量很低,好像在干一件偷偷摸摸的事。相反,看守们听舞曲的时候会把音量调得很高,像是他们情绪的写照。

早九点,看守们打开电视收看教育节目,接着看电视剧和另外两三个节目,最后是午间新闻。电视机运行的最主要时段是下午四点到晚上十一点。那段时间,就像在孩子的房间里一样,即便没有人看,电视机也一直开着。相反,看新闻时,人质们用极其细致的注意力仔细研究,试图发现家人们加密过的信息。当然,她们永远无法得知自己错过了多少加密信息,又把多少无关的话语错读成了充满希望的口信。

最初的两天内,阿尔贝托·比亚米萨尔在不同的新闻节目里出现了八次。他确信,他的声音会通过某个节目传到受害者那里。此外,玛露哈的孩子几乎都是传媒界人士。有几个孩子在固定时段有电视节目,他们利用这些节目保持着一种他们认为的单边沟通。也许这种沟通是无效的,但他们还是坚持着。

在接下来的星期三,她们看到的第一个节目是阿莱桑德娜从瓜希拉回来之后制作的。精神科专家海梅·加维里亚是贝阿特利丝丈夫的同事,也是他们家的老朋友。他讲授了一系列如何在封闭空间内保持良好情绪的指南。玛露哈和贝阿特利丝认识加维里亚医生,她们明白了节目的意图,并对他教授的内容做了笔记。

根据一场与加维里亚医生关于绑架受害者心理学的长谈,阿莱桑德娜准备了八期节目,这是第一期。她挑选了玛露哈和贝阿特利丝喜欢的话题,并在其中融入了只有她们才能解读的个人信息。阿莱桑德娜决定每周邀请一个回答问题的嘉宾,这些问题意有所指,肯定能立刻引发人质们的联想。令人惊讶的是,很多毫无准备的观众也发现,这些看似单纯的问题里包含其他内容。

在同一座城市里,离玛露哈她们所在的位置不远,关押弗朗西斯科·桑托斯的房间里，情况一样令人憎恶，只是没有那么严重。一种解释是，除了政治用途之外，对她们的绑架还有复仇意图。此外，几乎可以确定，玛露哈的看守和帕丘的看守是两组人。他们分开行动，相互之间完全不联系。尽管这只是出于安全考虑，但其中还是有令人费解的不同之处。帕丘的看守们更加亲切，更有自主性，也更容易满足，而且对他的身份也没那么小心翼翼。帕丘睡觉时被一条金属链绑在床边的栏杆上，为了避免将他挫伤，金属链表面裹上了绝缘胶带，这就是他面临的最糟糕的情况。而玛露哈和贝阿特利丝连一张能被绑起来的床都没有，这是她们面临的最糟糕的情况。

从第一天起，帕丘准时收到报纸。总体来说，报纸上关于这起绑架案的叙述非常随意，而且信息量很少，这让绑匪们笑弯了腰。当玛露哈和贝阿特利丝被绑架的时候，他的作息时间已经固定了。他整晚都很清醒，大约在上午十一点的时候入睡。晚上，他有时自己看电视，有时也和看守们一起看，或者跟他们谈论当天的新闻，尤其是关于足球比赛的新闻。他看完书已经很累了，但还有脑力玩纸牌、下棋。他的床很舒服，他从第一天开始就睡得很好，直到感染了疥疮，又痒又痛，而且还双眼灼热。他们洗干净棉被，在房间里进行一次彻底的大扫除后，这些毛病就消失了。由于窗户被木板封死了，他们从不担心有人会从外面看见屋内的亮光。

十月份，他毫无预兆地出现了幻觉。绑匪们命令他给家人寄去自己还活着的证明。他费了好大劲才控制住自己的幻觉，要了一罐黑咖啡和两包烟，接着开始书写来自灵魂的口信，完成后连个逗号都没改。他把口信录在一卷迷你磁带里。跟普通的磁带相比,信使们更喜欢这种磁带,因为更容易藏起来。他尽可能地放慢语速,并试着改善发音,他说话的态度没有泄露他阴霾的情绪。最后,他录了两则《时代报》当天的头条新闻,用来标记传递消息的日期。他很满意,特别是对第一句话:"所有认识我的人都明白,完成这则口信对我来说有多难。"然而,等到阅读刊登出来的消息时,他已经冷静下来了。他觉得这则口信像把绳子套在了自己的脖子上,因为在最后一句话中,他请求总统尽全力解救记者们。"但是,"他提醒道,"不能违反法律和宪法的规定。这不仅是为了国家的利益,也是为了让目前被绑架的新闻界重获自由。"几天后,玛露哈和贝阿特利丝被绑架的消息传来,他变得更加沮丧,因为他认为这是事情将变得冗长繁复的征兆。逃亡计划由此开始酝酿,并且还将变成无法抗拒的执念。

迪安娜和她组员的情况与其他人质不同。此刻,距离被绑架已经有三个月,他们被困在波哥大以北五百公里的地方。同时囚禁两个女人和四个男人带来了非常复杂的后勤和安全问题。在玛露哈和贝阿特利丝的牢房里,看守们彻底缺乏宽容心。在帕丘·桑托斯的牢房里,跟他同属一代人的看守们和蔼可亲、不循规蹈矩。而在迪安娜小组的监狱里,一种临时感统治了一切,这让被绑架者和绑架者都处于警觉和不确定的状态之中,不稳定感毒害了一切,使得所有人都更加紧张了。

迪安娜小组还因其囚禁地点游移不定而与众不同。在长期的囚禁中，人质们在麦德林市内和附近地区被无故转移了至少二十次，被转移到不同风格、不同类别和不同条件的房子里。他们能进行这样的转移，可能是因为他们的绑架者与波哥大的不同，他们在自己的环境中行动，能够完全控制环境，并和上级保持直接的联系。

这批人质只有两次被关在同一所房子里，而且每次只持续几个小时。刚开始，他们被分成两组：理查德、奥兰多和埃罗·布斯在一所房子里，迪安娜、阿苏塞娜和胡安·维塔在附近的另一所房子里。有几次转移非常匆忙，而且毫无预兆。由于警察的突袭，他们随时都得马上收拾东西，而且几乎总是徒步攀爬陡坡，还总是在没完没了的暴雨中把水坑踩得哗哗直响。迪安娜是一个坚强、勇敢的女人，但是囚徒生活中的冷酷与羞辱恶劣至极，大大超出了她身心忍耐的限度。有几次转移的方式让人难以置信：他们穿过麦德林的街道，搭乘普通的出租车，躲过街上的岗哨和巡警。最开始的几周，没有人知道他们被绑架了，这对于他们所有人来说都是最残酷的事实。他们看电视、听广播、阅读报纸，但在九月十四日之前都没有任何一条报道他们失踪的新闻。直到有一天，新闻栏目《氪》报道说迪安娜小组并没有对游击队进行采访，而是被"可被引渡者"绑架了，但没有提及消息来源。又过了好几周，"可被引渡者"才正式承认绑架行为。

看守迪安娜小组的负责人是一个聪明、不拘小节的帕伊萨人，别人叫他堂帕丘,不提姓也不提其他称呼。他大概三十岁,但外表有着长者的祥和。只要他一到,马上就能解决日常生活中既留的问题,还能给未来播撒希望。他给人质们带来礼物,书、糖果、音乐磁带,还告诉他们目前的战况和国家的现状。

然而,他只会偶尔出现,而且糟糕地分派了他的权力。看守们和信使们非常混乱,他们从不蒙面,用漫画里的绰号称呼彼此,在每一处关押地都给人质们带去至少能安慰他们的口信或是字条。从第一周开始,绑架者们给小组成员买了规定的汗衫、洗漱用品、化妆品和本地的报纸。迪安娜和阿苏塞娜与他们玩飞行棋,而且好几次帮助他们列物品清单。一位看守说的一句话让阿苏塞娜十分惊讶,她把这句话记在了笔记上:"你们不用担心钱,最不差的就是钱。"刚开始,看守们的生活十分混乱,听音乐的时候把音量调到最高,还不按时吃饭,经常穿着短裤在屋里走来走去。但是迪安娜承担起了领导的职责,让一切变得井井有条。她强烈要求他们穿上体面的衣服,调低搅乱她们睡眠的音乐的音量,并让一个试图睡在她床边那张床垫上的人离开房间。

阿苏塞娜二十八岁,文静而浪漫。在跟丈夫一起生活了四年之后,她就无法离开他了。她经受着幻想中的嫉妒的折磨,尽管知道他永远不会回信,但她还是给他写情书。从被绑架的第一个星期开始,她每天都记笔记,而且更新得非常及时,以便将来把它们写进书里。她在迪安娜的新闻栏目工作了好几年,和迪安娜的关系没有超出工作的范畴。但是,在不幸面前,她们惺惺相惜。她们一起读报,交谈到黎明，试着一直睡到午饭时间。迪安娜说话的时候总是咄咄逼人，但阿苏塞娜从她身上学到了关于生活的知识，这是在学校里学不到的。

在小组成员的记忆中，迪安娜是一个聪明、快乐、有活力的伙伴，还是一个对政治很敏感的分析员。沮丧的时候，她对他们表达了愧疚之情，因为是她使他们被卷入了一场前途未卜的冒险。"我不在乎我会怎么样，"她告诉他们，"但是如果你们出了什么事，我永远都不能平静地生活。"她和胡安·维塔有着长久的友谊，十分担心他糟糕的身体状况。他是用最充分的理由、最坚决的态度反对此次采访的人之一。他曾因为严重的心梗住院，一出院就陪着她踏上行程。迪安娜没有忘记这些。绑架案发生后的第一个星期天，她哭着走进他的房间，问他是否因为她之前没有理会他的建议而恨她。胡安·维塔非常坦率地回答：是的。当得知落入了"可被引渡者"手中的时候，他发自内心地恨她，但是最后，就像接受难以避免的命运一样，他接受了被绑架的事实。最初几天的恨意也变成了愧疚，因为他没能说服她。

在附近的一所房子里，埃罗·布斯、理查德·贝塞拉和奥兰多·阿塞维多暂时没有那么多感到惊恐的理由。他们在柜子里找到了数量惊人的男装，都没拆封，还带着欧洲大牌的标签。看守们告诉他们，巴勃罗·埃斯科瓦尔在多处安全屋里放着应急的衣物。"好好享受，小伙子们，想要什么就提。"他们开玩笑说，"因为交通问题，会有些延迟，但是我们可以在十二个小时内满足一切要求。"起初，大量的食物和饮料是用骡子运来的，这像是疯子才会做的事。埃罗·布斯告诉他们，没有一个德国人离得开啤酒。于是在下一次出行归来后，他们给他带了三箱啤酒。"氛围很轻松。"埃罗·布斯用他完美的西班牙语讲述道。那几天，他说服了一个看守，让他给三个被绑架者拍张照片，当时三人正在削土豆皮准备午饭。后来，在另一所房子里，拍照被禁止了，但他成功地把一台自动照相机藏在了衣柜上面，并用这台相机制作了一套关于胡安·维塔和他自己的彩色幻灯片。

他们打牌、玩多米诺骨牌、下棋，但是人质们在看守们疯狂的赌注和魔术般的作弊伎俩面前毫无招架之力。大家都是年轻人，最小的可能才十五岁。他在一场每杀死一个警察能拿到两百万比索的比赛中崭露头角，还获得了奖品，对此感到非常自豪。他们完全不在乎钱，理查德·贝塞拉一开始就卖给了他们几副太阳镜和一件摄影师用的外套，卖的价钱够他买五件新的。

在寒冷的夜晚，看守们会不时地抽大麻、把玩武器，有两次还走了火。其中一颗子弹穿过厕所的门，打伤了另一名看守的膝盖。他们通过广播听见教皇若望·保禄二世为了解救绑架受害者而发出的号召，其中一个看守大喊道：

"这个婊子养的为什么非得掺和这件事？"

因为这句脏话，他的同伴愤怒地跳了起来，人质们不得不从中调停，以免他们爆发枪战。除了这次之外，埃罗·布斯和理查德都不怎么在意这些事，因为看守们并非凶狠歹毒之人。至于奥兰多，他认为自己是组里多余的人,理所应当会出现在死刑名单的首位。

后来,人质们被拆分成三组,分别安置在三所不同的房子里:理查德和奥兰多在一所,埃罗·布斯和胡安·维塔在另一所,迪安娜和阿苏塞娜在第三所。前两位在众目睽睽之下被带上出租车,在极其糟糕的路况下,穿梭在商业中心之间。同时,麦德林所有的安保人员都在寻找他们。他们被安排在一所还在初步施工阶段的房子里,共用一个房间。房间看起来更像是一间两米见方的牢房,有四名看守,厕所很脏,没有灯。他们只能睡在两张铺在地上的床垫上。隔壁房间一直锁着,那里住着另一个人质,据看守们说,绑架者向他索要上百万的赎金。那是一个魁梧的穆拉托人[①],脖子上戴着一条实心的金链子。他的双手被捆着,处于绝对孤立的境地。

迪安娜和阿苏塞娜被带去的那座房子既宽敞又舒适,仿佛是某位大首领的私人宅邸,被绑架后的大部分时间里,她们都被囚禁在那里。她们在家用餐桌上吃饭,随意交谈,听流行唱片。阿苏塞娜的笔记上写到,她们听了罗西奥·杜尔卡尔和胡安·玛努埃尔·塞拉特的唱片。就是在这所房子里,迪安娜收看了在她的波哥大公寓里拍摄的电视节目。通过这个节目,她回想起她把衣柜的钥匙藏在了某个地方,但不确定是放在了音乐磁带后面,还是卧室的电视机后面。她还想起来,这场不幸之旅开始前,她最后一次匆忙地离开时,忘记了锁上保险箱。"但愿没人嗅到钱的味道。"她在给母亲的信中

[①]黑白混血人种。

这样写道。几天后，在一档普通的电视节目里，她得到了让她安心的答案。

居家生活仿佛没有因为房子里有被绑架者而有什么不同。陌生的女士们来到家里，像对待亲属一样对待她们，送给她们神迹圣徒的纪念章和画像，希望帮助她们获得自由。全家人带着孩子和狗来到家里，在房间里快乐地玩耍。糟糕的是，天气总是不太好。好不容易有几次出太阳的时候，她们也不能出去晒太阳，因为外面总是有男人在工作，他们可能是化装成泥瓦匠的看守。迪安娜和阿苏塞娜躺在自己的床上，相互拍了照片，此时，她们的身体看起来还没有什么变化。但三个月之后，在迪安娜的另一张相片上，她显得非常憔悴苍老。

九月十九日，迪安娜得知了玛丽娜·蒙托亚和弗朗西斯科·桑托斯的绑架案。她不需外界的定论就明白，跟她刚开始以为的不同，对她的绑架并非一次独立事件，而是一次规模庞大的政治行动，目的是交换更好的条件。堂帕丘证明了这一点：有一份精选出的记者和重要人物名单，只要绑架者有利益需要，就会绑架他们。就是在那时，她决定写日记，不是为了记录她的生活，而是为了记录她的心情和对事物的评价，其中包括：囚禁生活细节，政治分析，人性观察，与家人、上帝、圣母和圣子的没有应答的对话。好几次，她完整地抄写了祷文（包括《主祷文》和《圣母经》），这是一种原始的方式，以书写的方式祈祷或许更加深刻。

很显然，迪安娜并不打算写一部可以出版的作品，而是在构思一本关于政治和人性的备忘录，写作的过程变成了她与自身痛苦的对话。她用又圆又大的字体写作，字迹清楚，但是很难解读，因为她把笔记本里横线间的空隙完全填满了。起初，她在清晨时分偷偷地写作，但是绑匪们发现之后，给她提供了充足的纸笔，好让她在他们睡觉的时候找点事做。

九月二十七日，在玛丽娜和帕丘被绑架一周之后，她写下了第一则笔记："十九号（周三），本次行动的负责人到来。从那天开始，发生了很多让我窒息的事情。"她思考着为什么始作俑者没有宣布这起绑架案是他们的杰作，接着她自己回答道：一旦他们对始作俑者的目的起不到作用，那些人就可以无声无息地杀掉他们，而不会引起舆论的轩然大波。"我是这样理解的，我感到非常恐惧。"她写道。比起她自己的状况和从各方来的让她可以总结自身处境的消息，她更担心同伴们的状况。她一直是一名虔诚的天主教徒，就像她所有的家人，特别是她的妈妈一样，随着时间的流逝，她的信仰变得愈发强烈而深刻，甚至达到了神秘主义的境地。她为所有与她生命相关的人，甚至为巴勃罗·埃斯科瓦尔，向上帝和圣母祈祷。"也许他最需要您的帮助。"在日记中她给上帝写道，"我知道，为了避免更多的痛苦，您努力让他看见善之所在。我代他请求您，让他理解我们的处境。"

毫无疑问，对于所有人而言，最困难的事就是学会与看守们相处。玛露哈和贝阿特利丝的看守是四个没有受过教育的年轻人，十分粗鲁，而且频繁轮岗。每隔十二个小时就换两个人值班，他们坐在地上，拿着冲锋枪，时刻准备着。他们都穿着印有商业广告的短袖上衣、运动鞋和短裤，有时候自己用修枝剪把裤子剪短。六点开始值班的看守中，有一人会一直睡到九点，这段时间应该由另一个看守负责，但他在这个时段基本上也会睡着。玛露哈和贝阿特利丝曾经想过，如果一队警察在这个时候发起突袭，看守们完全来不及清醒。

看守通常都是绝对的宿命论者，知道自己会英年早逝，而且接受这个事实，只在乎活在当下。他们做着可憎的工作，原谅自己的方式是帮助家人、买高档衣服、买摩托车，还有守护母亲的幸福。母亲是他们最爱的人，他们做好了为她赴死的准备。他们和受害者依靠着同一位圣子和同一位圣母生活，带着变态的虔诚，每天都向圣子和圣母祈祷，恳求他们的庇护和慈悲。因此，他们向圣子和圣母进献贡品，让他们帮助自己成功地犯罪。排在第二的信仰是氟硝西泮。这是一种镇静剂，能让他们在现实生活中成就电影里的英雄伟绩。"和啤酒混在一起，喝的人立马会进入飘飘欲仙的状态，"一个守卫说，"所以，如果有人这时候借给他武器，他就会抢一辆车去兜风。别人把车钥匙交给他的时候，脸上的惊恐表情会让他感到享受。"他们憎恨其他的一切：政客、政府、国家、司法、警察、全社会。他们说，生活就是一坨狗屎。

一开始不可能分辨出他们，因为唯一能见到的是面具，所有人看起来都一样。也就是说：只有一个人。但时间向他们表明，面具能够遮挡面孔，但遮挡不了性格。就这样，她们一一辨认出了他们。每张面具后都有不同的身份、性格和无法磨灭的声音，还有一颗心。虽然她们并不愿意，但最后还是和他们一起分担囚禁生活的孤独，和他们打牌、玩多米诺骨牌、互相帮助解答旧报纸上的填字游戏和谜语。

玛丽娜服从看守们的规则，但也并非对他们一视同仁。她喜欢一些看守，讨厌另外一些；她像母亲一样在他们中间散布恶意的言论，最后酿成了内部矛盾，使得房间里的和谐氛围岌岌可危。但她强迫他们所有人念《玫瑰经》①，大家都照做了。

在第一个月的那些看守里，有一位患有突发痴呆症，还反复发作。他们叫他淘气包。他很喜欢玛丽娜，对她很亲热，还会对她发脾气。然而，从第一天起，他就是玛露哈最凶恶的敌人。他会突然间发疯，踹电视机，还用头撞墙。

那个最古怪、最阴郁、最沉默的看守非常瘦，几乎有两米高。他在面具外面又套了一件深蓝色汗衫，就像一个疯疯癫癫的修士。他被人叫作"和尚"，长时间弯着腰，处于一种恍恍惚惚的状态之中。他应该是最早来的几个看守之一，玛丽娜和他很熟，而且对他照顾有加，跟对待其他人不同。他休假回来之后会给她带礼物，其中有一个塑料的耶稣受难像，玛丽娜就用系在上面的普通绳子把它挂在脖子上。只有她见过他的脸，因为在玛露哈和贝阿特利丝到来之前，

---

① 即《圣母圣咏》，是天主教徒用于敬礼圣母玛利亚的祷文。

所有的看守都不蒙面,丝毫不掩饰他们的身份。玛丽娜把这看作她无法逃出那个监牢的征兆。她说那是一个衣着考究的少年,有着她见过的最美丽的眼睛。贝阿特利丝相信这一点,因为他的睫毛又长又卷,从面具的孔隙里伸了出来。他能做出最好和最坏的事。就是他发现了贝阿特利丝戴着圣母像章项链。

"这里不准戴项链,"他说,"您得把它给我。"

贝阿特利丝痛苦地反抗。

"您不能拿走它,"她说,"这是噩兆,如果拿走它,我身上会发生不好的事。"

他被她的痛苦感染了。他解释说,不准佩戴像章是因为里面可能会有远距离定位的电子装置。但是他找到了解决办法:

"这样吧,"他提议说,"您把项链留着,把像章给我。很抱歉,但这是他们给我的命令。"

另一方面,"大灯"偏执地认为有人要杀他,常因恐惧而不住地颤抖。他能听见虚幻的声音;也许是为了迷惑想要认出他的人,他声称自己脸上有一道巨大的伤疤。他用酒精擦拭他碰过的所有东西,以免留下指纹。玛丽娜取笑他,但是无法缓解他的癔症。他会在半夜突然惊醒。"喂!"他非常害怕,低声说,"警察来了!"一天晚上,他关掉了床头灯,害得玛露哈在厕所门上狠狠地撞了一下,几乎失去了知觉。最过分的是,"大灯"还责备她不会在黑暗里活动。

"别操蛋了,"她说,"这又不是侦探片。"

看守们也像是被绑架了。他们不能在房子的其他地方活动,休息时他们睡在另一个房间,房子被锁死了,以免他们逃走。所有的看守都是安蒂奥基亚人,对波哥大很不熟悉。一个看守说,他们每隔二十或三十天休一次假,离开或前往这栋房子时,他们会被蒙上眼睛或是被装进汽车后备箱,以免他们获悉自己的位置。另一个看守害怕一旦他没了用处就会被杀,好把他知道的秘密埋进坟墓。蒙着面、衣冠楚楚的头目们会不定时出现,前来接收情报、发布指令。他们的决定是无法预测的,不论是被绑架者还是看守,都任由他们摆布。

人质们的早餐在最不合理的时刻到来,她们吃的是牛奶咖啡配香肠玉米饼。中午吃浸在灰色汤汁里的菜豆或兵豆、油渣肉丁、一勺米饭,喝一瓶汽水。房间里没有椅子,她们只能坐在床垫上吃饭。出于安全考虑,刀叉被禁止使用,她们只能用勺子吃饭。晚饭很随意,就吃热过的豆子和中午的其他剩菜。

看守们说,房子的主人拿走的钱占了预算的很大一部分。他们叫他"管家"。他四十来岁,体格健壮,中等身材,说话时鼻音很重,充血的眼睛从面罩的小洞里露出来,看起来昏昏欲睡,可以由此推测,他长着一张羊神般的面孔。他的妻子是一个叫妲玛莉丝的小个子女人,声音很尖,衣衫不整,满口蛀牙,可以整天扯着嗓子唱萨尔萨、巴耶纳托[①]和班布科[②]。她的听力像炮兵一样烂,但她是如此激情四射,让人不禁想象她独自一人在房子里随着自己的音乐翩翩起

[①] 巴耶纳托是一种用手风琴、小鼓和瓜恰拉卡三种乐器演奏的哥伦比亚音乐。
[②] 班布科是哥伦比亚最有特色的歌舞,内容与爱情有关。

舞的场景。

要等到人质们提出抗议的时候,"管家"夫妻才会清洗杯盘和床单。抽水马桶一天只能冲四次水。星期天的时候,房主一家会出门,厕所会一直锁着,免得冲水的声音引起邻居的注意。看守们便在洗脸池或是淋浴排水口撒尿。只有当头目们的直升机快来的时候,妲玛莉丝才会试图掩盖自己的疏忽。她像消防员一样,用水管快速地冲洗楼道和墙壁。她每天都看电视剧,一直看到下午一点,然后把午餐要煮的东西一股脑儿扔进高压锅里,把肉、青菜、土豆、豆子全混在一起,然后点火,直到高压锅开始喷气。

她和丈夫频频争吵,证明恶言恶语拥有极大的力量和想象力,这种想象力有时能登上灵感的高峰。他们有两个女儿,一个九岁,另一个七岁,都在附近的学校上学,偶尔会邀请其他孩子来院儿里看电视或者玩耍。老师有时会在周六拜访他们。其他一些吵吵嚷嚷的朋友则随时会来,兴致一到就放音乐开派对。这时,"管家"夫妇就会锁上房门,强行关掉收音机,强迫玛露哈他们收看静音的电视节目,并且憋得再难受都不能上厕所。

十月底,迪安娜·图尔巴伊发现阿苏塞娜忧心忡忡、十分悲伤。她一整天都不说话,也没有心情和别人分享任何内容。这并不奇怪:阿苏塞娜聚精会神的能力十分出众,特别是在她阅读的时候,如果那本书是《圣经》的话,就更是如此了。但是,她当时的沉默还伴着担惊受怕的情绪和异常苍白的脸色。她坦白地告诉迪安娜,两周前,她就开始担心自己怀孕了。她算得很清楚,她被囚禁了五十多天,连续两次月经都没来。迪安娜因为这个好消息高兴地跳了起来——这是她典型的反应,但是,这加剧了阿苏塞娜的痛苦。

在最初的几次到访中,堂帕丘向他们承诺过,他们会在十月的第一个星期四被释放。他们觉得这是真的,因为情况有了明显的变化:更好的待遇、更好的食物、更多的行动自由。然而,总会出现更改日期的借口。在那个星期四之后,他们又被告知将于十二月九日被释放,以此庆祝国民制宪议会的选举。接着是圣诞节、新年、三王节、某人的生日。在延期的锁链里,这看起来更像是一小勺一小勺的安慰。

十一月,堂帕丘继续拜访他们,给他们带去了新书、当天的报纸、过期的杂志还有盒装巧克力,还向他们讲述其他被绑架者的情况。当迪安娜得知自己并不是被佩雷斯神甫囚禁时,她迫切地想要采访巴勃罗·埃斯科瓦尔。并不是为了发表(如果确实能发表的话),而是为了跟他讨论投降的条件。十月底,堂帕丘告诉她,她的请求被批准了。但是十一月七日的新闻报道给她的幻想带来了致命的第一击:麦德林队和国家队的足球比赛被玛露哈·帕琼和贝阿特利丝·比亚米萨尔被绑架的新闻报道打断了。

胡安·维塔和埃罗·布斯在牢房里得知了这则新闻,他们觉得这是最坏的消息。他们也得出了结论:他们只不过是一部恐怖电影的群众演员。是"凑数的料",胡安·维塔说;是"废物",看守们说。在一次激烈的争吵中,一名看守对埃罗·布斯喊道:

"闭嘴吧,您还真把自己当客人了。"

胡安·维塔陷入了沮丧之中。他吃不下,睡不好,迷失了方向。他选择了令人怜悯的解决方式:一次性死去,而不是每天死去无数次。他脸色苍白,一只胳膊失去了知觉,呼吸困难,总是做噩梦。当时,他只跟死去的亲人们对话,他看见他们活生生地来到自己床边。埃罗·布斯非常不安,于是掀起了一场德国式的骚动。"如果胡安死在这儿,那都是你们害的。"他告诉看守们。看守们听取了他的警告。

他们请来了孔拉多·普里斯科·洛佩拉医生,他是著名的普里斯科集团中的大卫·里卡尔多和阿尔曼多·阿尔贝托·普里斯科·洛佩拉的兄弟。他们从巴勃罗·埃斯科瓦尔贩毒初期就跟他合作。据说,他们在麦德林东北地区培养青少年杀手。传言中,他们领导着一群青少年杀手,干着最龌龊的勾当,其中就包括看守绑架的受害者。而与此产生对照的是,医疗界都认为孔拉多医生是业界翘楚,他唯一的污点在于,他是,或者曾经是巴勃罗·埃斯科瓦尔的家庭医生。他进来时没有蒙面,还用出色的德语向埃罗·布斯问好,这让德国人吃了一惊:

"你好埃罗,一切还好吗?"[①]

这次来访让胡安·维塔十分意外,并不是因为诊断结果——"精神高度紧张",而是出于书籍爱好者的激情。医生给他开出的唯一

[①] 原文是德语。

药方是"读好书"糖浆。这个药方的效果和关于这位医生的政治新闻完全相反,囚犯们觉得那些新闻就像一剂毒药,可以杀死最健康的人。

十一月,迪安娜的不适加剧了:剧烈的头痛、痉挛性腹痛、重度抑郁,但是在她的日记里并没有医生来访的记录。她想,这或许是由于境况的停滞而产生的抑郁。接近年末,她的处境越来越不明朗。"在这里,时间流逝的方式与我们所习惯的不同,"她写道,"我对一切都提不起劲。"当时的一段记录反映了她的悲观情绪:"我回顾了我迄今为止的人生:有多少爱啊!多少次不成熟地做出重要的决定啊!浪费了多少时间在不值得的事情上啊!"在这场激烈的良心拷问中,她的职业占据了特殊的地位:"虽然我越来越确定从事新闻业意味着什么、应该是什么,但是我看不清我的空间。"她甚至也没放过自己的杂志,它"不仅在商业上贫乏至极,在出版内容方面也是如此"。她毅然判定:"它缺乏深度,分析也不足。"

当时,日子在所有人质等待堂帕丘的过程中流逝。总有人提前说他要来,但是很少能说准。他的来访是衡量时间的尺度。他们听见轻型飞机和直升机从房顶飞过,认为那是日常的巡逻。然而,每次飞机经过,看守们都会行动起来,他们会准备好武器,摆出战斗的架势。在不断重申的警告中,人质们知道,如果发生武装攻击,看守们会首先把他们杀死。

尽管如此,十一月以希望结尾。困扰阿苏塞娜·里埃瓦诺的疑惑消散了:她的症状是假性怀孕,可能是由精神紧张引起的。但是她并不感到庆幸。正相反，在最初的惊吓之后，生孩子的想法已经变成了一种幻想，让她有信心能在获得自由之后很快重生。而迪安娜则在"高贵者"发表的可能达成协议的声明中看见了希望。

对于玛露哈和贝阿特利丝来说，十一月余下的时间是用来调整的。她们俩都形成了一套自己的生存策略。贝阿特利丝很勇敢、很有个性，她安慰自己现实并没有那么可怕，并将这种安慰当作避难所。前十天她很能忍，但她很快就意识到，情况极其复杂凶险，于是她开始旁观困境。玛露哈是个冷静的分析者，反对贝阿特利丝近乎不理智的乐观。她从一开始就意识到，自己面对的是一个让她无能为力的事实，囚禁会是漫长且艰难的。她躲进自己的内心深处，仿佛蜗牛躲进了它的壳。她储存能量，深度反思，甚至习惯了自己可能会死去这一难以回避的想法。"我们不会活着从这里出去。"她对自己说。这种心安理得的宿命论却起了相反的作用，连她自己都惊讶万分。从那时起，她觉得她是自己的主人，她关注一切，关注所有人，并成功说服了看守，让规定变得不那么严苛。从被囚禁的第三个礼拜开始，连电视节目都变得让人无法忍受，填字游戏做完了，她们在房间里找到的几本杂志里少数几篇值得阅读的文章也读完了。这些杂志可能是之前某起绑架案留下的。但是，在最糟糕的日子里，玛露哈每天仍给自己保留了两小时完全独处的时间，就像她在被绑架前一直做的那样。

尽管如此，十二月的头几条新闻显示，她们有理由充满期待。

玛丽娜预测着自己可怕的命运，玛露哈开始设计充满乐观色彩的游戏，玛丽娜很快也加入进来：有个看守竖起了拇指，表示赞许，她们认为这说明事情进行得很顺利。有一次，妲玛莉丝没有去买生活必需品，她们把这解读为已经不需要这些东西了，因为她们就快要被释放了。她们乐在其中，假装自己即将被释放，还选定了日期以及方式。她们生活在黑暗之中，因此想象着那一天会是个阳光灿烂的日子，她们还会在玛露哈公寓的露台上举办聚会。"你们想吃什么？"贝阿特利丝问道。玛丽娜厨艺精湛，口述了一份女王菜谱。她们开始是闹着玩，结束时已经信以为真。为了离开，她们梳洗换衣，给彼此化妆。绑匪曾预告，十二月九日是释放人质的日子，理由是庆祝制宪议会的选举。她们收拾停当，甚至为记者会做好了准备，想好了每一个答案。那一天在焦虑中流逝了，但并没有在苦恼中终结，因为玛露哈坚定地认为，她的丈夫早晚会把她们解救出来，她毫不怀疑这一点。

四

自从在比尔希略·巴尔科政府担任部长以来，有一个想法就一直困扰着塞萨尔·加维里亚：如何利用法律手段，代替战争来打击恐怖主义。针对记者们的绑架正是对这个想法的回应。这曾经是他竞选总统时的核心话题，他在就职演讲中又强调了这一点。他说，毒贩的恐怖主义是国家内部问题，或许可以通过一个国家的力量解决；但是贩毒是国际问题，必须用国际手段解决，这样的区分很重要。首要问题是毒贩恐怖主义，头两枚炸弹投下时，舆论要求将这些恐怖分子送进监狱；之后的炸弹则让舆论要求实行引渡；但是从第四枚炸弹开始，舆论就要求赦免他们了。同样，在这个意义上，引渡应该是给罪犯施压、让其交出人质的紧急手段。加维里亚打算毫不留情地将它付诸实践。

在就职的头几天，他为了组建政府和召集国民制宪议会忙碌不已，几乎没有时间和别人交流这件事。这届国民制宪议会将制定出百年来第一部彻底的国家改革方案。自从路易斯·卡洛斯·加兰被谋杀以来，拉法埃尔·帕尔多就对恐怖主义深感不安，但是他也在最初的重担下忙得不可开交。他的情况很特殊，他被总统府任命为安全与公共秩序理事，这是他最初的几项职务之一。总统府被总统的革新之力撼动着。塞萨尔·加维里亚是二十世纪最年轻的总统之一，他热爱诗歌，崇拜披头士，想要彻底变革，他本人给这一系列变革起了一个朴素的名字：大力扑倒。帕尔多带着公文包在那场暴风雨中四处奔走，并习惯了在任何可以工作的地方工作。他的女儿劳拉以为他失业了，因为他没有固定的离家和回家时间。事实上，因形势所迫而产生的无规律性与拉法埃尔·帕尔多的性格恰恰相符，比起政府官员，他更像是一位抒情诗人。他三十八岁，有着突出而扎实的教育背景：曾就读于波哥大现代中学；获安第斯大学经济学学位，并在那里担任了九年教师和研究员；后来又获荷兰海牙社会科学研究院的规划学硕士学位。此外，他还如痴如醉地阅读了所有他能找到的书籍，尤其热衷于两个相差甚远的领域：诗歌和安保。当时，他只有四条领带，是他在前四年的圣诞节收到的礼物，但他不喜欢戴，于是，他把领带放在口袋里，只在紧急时刻才拿出来使用。他还把裤子和外套随意组合，既不考虑花色也不考虑风格，他漫不经心地穿上不同颜色的袜子，而且只要可以，就只穿一件单衣，因为冷和热对他来说没多大影响。他最大的狂欢就是和女儿劳拉打扑克牌，一直打到凌晨两点。他们玩牌时非常安静，赌注是菜豆而不是钱。他美丽耐心的妻子克劳蒂娅常对他发火,因为他如同梦游一般在家里游荡,不知道杯子在哪里,也不知道怎么关门、怎么把冰箱里的冰块取出来,而且他还有一样神奇的技能:可以无视一切令他无法忍受的事物。不只如此,最奇怪的地方是,他如同雕像一般不露声色,不留丝毫空间让他人窥探他的想法,还拥有一种无情的天赋:可以用不超过四个词就结束一段对话,或是用碑文般的单音节词解决一场激烈的争论。

他的同学和同事无法理解他在家中竟会毫无威严,他们认为他是一个聪明、有序、冷静得令人发指的工作者,觉得他迷糊的特质不过是用来糊弄人的。他会对简单的问题发怒,却对无可救药的事业有着极大的耐心。他性格坚毅,几乎无法被他沉着、狡黠的幽默感调和。比尔希略总统应该是认识到了他守口如瓶和玄秘爱好的可取之处,于是委任他同游击队协商,让他负责冲突地区的重建。帕尔多在这个职位上,和 M-19 达成了和平协议。而如今,加维里亚总统深不可测的沉默同他不分伯仲,他们共同保护着许多国家机密。此外,在跻身全世界最不安全、最混乱国家之列的哥伦比亚,总统先生还把安全和公共秩序问题抛给了他。帕尔多的公文包就是他的办公室,在两个多星期的时间里,他不得不借用其他办公室的卫生间和电话。但是总统会就各种问题频繁地咨询他的意见,并在困难重重的会议中如总统预期般专注地倾听他的想法。一天下午,他和总统单独留在办公室,总统疑惑地问他:

"告诉我,拉法埃尔,如果这些人中有人现在就自首,而我们却没有一条指控可以把他送进监狱。对此您不觉得担心吗？"

这是问题的关键：被警察追捕的恐怖分子若无法得到个人和家人的安全保障，是决计不会投降的。而如果将他们缉拿归案，政府又并没有将其绳之以法的依据。解决思路是，政府保证他们及其家人的安全，以此作为交换条件，寻求促使他们认罪的法律途径。拉法埃尔·帕尔多已经为上届政府思考过这个问题，当加维里亚向他提问的时候，他的公文包里还有一些上届遗留的笔记。这些笔记正是解决方案的雏形：自首的犯人若供认可被控告的罪行，将获得减刑；若将财物交给政府，还将获得额外的减刑。只有这些内容，但是总统隐约见到了方案的全貌，这与他不想采用战争或是和平手段，而是想采用法律手段的观点不谋而合。这样，既无需放弃引渡这一必不可少的威胁，也能使恐怖分子不再与政府作对。

加维里亚总统向司法部长海梅·希拉尔多·安海尔提出了这个方案，后者立马心领神会，长久以来，他也一直在构思将贩毒问题纳入法制框架的方案。此外，他们两人都支持国民引渡，认为引渡是迫使毒贩投降的必要手段。

希拉尔多·安海尔的心不在焉有种智者的感觉，他措辞精准，很早就会熟练地在电脑上打字。他用自己的想法和一些刑法中已经确立的条例完善了这个方案。周六周日，他在自己那台专供记者使用的手提电脑里撰写了第一份草案。周一，他第一时间向总统展示了带有手工涂改痕迹的草案。上面的油墨标题标志着一个历史性的起点：《服从法律》。

加维里亚总统十分谨慎。在确定方案肯定会被通过之前，他不会把它送到部长委员会。因此，他同希拉尔多·安海尔和拉法埃尔·帕尔多一起彻底检查了草案。拉法埃尔·帕尔多虽然不是律师，但他的只言片语往往能切中要害。后来，总统把更加成熟的版本提交给了安全委员会，希拉尔多·安海尔在会上得到了国防部长奥斯卡·博特罗和刑事诉讼法法庭庭长卡洛斯·梅希亚·埃斯科瓦尔的支持。卡洛斯·梅希亚·埃斯科瓦尔是一名年轻有为的法律工作者，他将负责法令的实施。玛萨·马尔克斯将军并没有反对这个方案，但他认为，在同麦德林集团的斗争中，任何非战争途径都是无用的。"只要埃斯科瓦尔不死，"他经常这么说，"这个国家就没得救。"他坚信，除非允许埃斯科瓦尔在政府的保护下在监狱里继续贩毒，否则他绝不会投降。

他们把方案呈交给了部长委员会。方案中明确：为了避免发生惨剧，他们不会与恐怖分子协商，而且毒品消费国要为这场惨剧负首要责任。方案的主要内容是，在与毒品贸易的斗争中，赋予引渡最大的法律效力；而对自首的人来说，不被引渡将作为一系列激励和保障措施中的最大奖励。

争论的关键点之一是由法官们负责考虑的可宽恕罪行截止日期。也就是说，在法令规定的日期之后犯下的任何罪行都不会得到庇护。总统府秘书长法比奥·比耶加斯是截止日期最理智的反对者，他提出了一项有力的依据：政府将无法对该日期之后的罪行问责。然而，大多数人都赞同总统的方案。必须要设定截止日期，否则就存在着一定的风险：这项政策可能会变成犯罪分子们随时烧杀抢掠的通行证，直到他们决定投降为止。

为了让政府免受非法协商的质疑，加维里亚和希拉尔多达成协议，在审判期间，不直接接见任何由"可被引渡者"派来的使者，也不会同他们或是任何人协商任何法律事宜。也就是说，不讨论任何原则问题，只讨论操作问题。全国刑事诉讼法庭庭长（他既不供职于行政机关，也不由行政机关任命）将正式负责与"可被引渡者"或者其合法代表的一切联系。所有的交流都必须以书面形式进行，以便存档。

他们在讨论法案时非常高效，还带着一种在哥伦比亚难得一见的缄默。一九九〇年九月五日，法令通过了，即2047号战时法令：自首与认罪者可以免于引渡；如果认罪后还同司法部门合作，将获得多达三分之一的减刑；如协助揭发，将获得六分之一的减刑。总之，如果一个人因其某项或所有罪行而被要求引渡，只要积极配合，就可以获得多达一半的减刑。对正义最简单、纯粹的诠释是：引渡意味着极刑。签署该法令的部长委员会否决了三起案件中的引渡决议，也通过了三起，这仿佛是一份公示，声明新政府只会将放弃引渡作为法令能给出的主要优惠。

事实上，与其说这是一部松散的法令，不如说这是一项用来从整体上打击恐怖主义的总统政策。它不仅仅针对毒贩，还针对一般刑事案件中的罪犯。玛萨·马尔克斯将军没有在安全委员会上表达他对法令的真实想法，但是几年后（在竞选共和国总统时），他毫不留情地抨击了这部法令，说它是"这个时代的谎言"。"这部法令践踏了司法的威严，"他写道，"葬送了刑法的历史性尊严。"

这条法令前路漫长又复杂。"可被引渡者"（即众所周知的巴勃罗·埃斯科瓦尔"商号"）虽然为了得到更多好处，将大门微微敞开，但立马对法令进行了抨击。主要理由是该法令并没有明确他们不会被引渡。他们还要求能被当作政治犯处理，并享有 M-19 游击队员那样的待遇。M-19 已经被赦免了，而且成立了一个被认可的政党。一名成员还当上了卫生部长，所有成员都参与了国民制宪议会的选举。"可被引渡者"的另一个顾虑是，他们需要一座保证他们不受敌人伤害的监狱，还要保障他们的家人与随从的生命安全。

传言说，政府制定这部法令，是由于受到了绑架案的压力，而向毒贩的让步。实际上，该方案在迪安娜被绑架之前就已经有了进展。而几乎与法令出台同时，"可被引渡者"绑架弗朗西斯科·桑托斯和玛丽娜·蒙托亚的做法，又一次拧紧了螺母。后来，因为八个人质也无法让他们达到自己的诉求，他们又绑架了玛露哈·帕琼和贝阿特利丝·比亚米萨尔。他们一共绑架了九名记者，这是个惊人的数字，此外还有一名逃脱了埃斯科瓦尔私人迫害的政客的妹妹。在某种程度上，在该法令证明其效力之前，加维里亚总统就逐渐变成了自己发明成果的受害者。

迪安娜·图尔巴伊·金特罗像她的父亲一样，对权力有着强烈的感受和激情，还富有领导才能，这两点决定了她的人生轨迹。她在著名政客的圈子里长大。从儿时起,政治就注定塑造她的世界观。"迪安娜是一位政治家,"一位理解她、喜爱她的朋友评论说,"服务国家的执着意愿是她人生的第一要义。"但是,权力就像爱情一样是一把双刃剑:有用也有害。它在带来一种飘飘然状态的同时,也会引发它的反面:对难以抗拒、转瞬即逝的快乐的追寻。这只能用对理想化爱情的追求来类比——无比渴求又心怀恐惧,苦苦追寻却无法企及。迪安娜想要了解关于权力的一切,想要置身其中,想要发现事物的缘由、样貌以及她生命的真谛,她有着无法被满足的贪念,因而经受着权力的折磨。一些与她密切交往过的人和爱过她的人,都在她的心神不定中感受到了这一点,他们认为她很少有快乐的时候。

只有询问她本人,才能得知这把双刃剑中的哪一面给她带来了更大的影响。二十八岁时,她就成为父亲的私人秘书和左膀右臂,应该是在那时,她便真切地感受到了何为权力,并被困在了权力交错的狂风中。她的众多朋友讲述说,她是他们认识的最聪颖的人之一,掌握着令人难以想象的信息量,有着令人惊叹的分析能力以及识别他人意图的过人天赋。她的敌人们直截了当地评价她是王位背后引起骚乱的祸根。然而,其他人认为,她为了维护父亲的命运不顾一切、众叛亲离,因而忽略了自己的命运,成了朝臣和谄媚者的棋子。

她出生于一九五〇年三月八日,是冷酷无情的双鱼座。出生时,她的父亲已经是共和国总统的候选人之一。不管身处何地,他都是天生的领袖:波哥大安第诺学院、纽约圣心大学、圣托马斯·阿奎那大学,在波哥大也一样,他在那里读完了法律专业但没有等到文凭。

她从事新闻业较晚(幸好新闻界不会论资排辈),对她来说,是新闻业让她遇见了最好的自己。她创办了《今日 × 今日》杂志和新闻栏目《氪》,这是她为和平而努力的最直接的道路。"我已经没有机会,也没有心情与别人争吵了,"她当时说,"现在我更期待与人和解。"确实如此,她甚至坐下来同 M-19 的指挥官卡洛斯·皮萨罗进行和平谈话。卡洛斯曾在战时往图尔巴伊总统所在的屋子发射了一枚炮弹。讲述这件事的朋友大笑着说:"迪安娜明白,要像一名棋手,而不能像一名对世界拳打脚踢的拳击手。"

因此,对她的绑架除了她作为人的分量,自然还担负着很难驾驭的政治分量。前总统图尔巴伊曾公开也曾私下表示过,他没有得到任何关于"可被引渡者"的消息,因为他认为,保证他们的企图不为人知就是最谨慎的做法。但实际上,在弗朗西斯科·桑托斯被绑架后不久,他就得到了消息。埃尔南多·桑托斯刚从意大利回来就告诉了他,并邀请他来家中做客,共同制定行动方案。桑托斯在他家巨大书房的阴影处找到了他,前总统已经确信迪安娜和弗朗西斯科将被处决,感到万分压抑。就像在那个时期所有见过图尔巴伊的人一样,桑托斯印象最深的,是他承受苦难时的尊严。

寄给他们俩的信有三页,以印刷体写就,没有署名,引言让人惊讶不已:"请诸位接受来自'可被引渡者'的问候。"信件的真实性不容置疑，其简明、直接、毫不含糊的风格是巴勃罗·埃斯科瓦尔所特有的。信件开头承认了对两名记者的绑架。根据信中所述，这两名记者"健康状况良好，关押条件尚可，对于绑架来说，两人的关押条件皆属正常"。剩下的部分回忆了"可被引渡者"受警察镇压的羞耻经历。最后，他们提出了释放人质的三项不容拒绝的条件：终止麦德林和波哥大针对他们的军事行动；撤走"精英部队"（警方打击贩毒贸易的特殊团队）；罢免"精英部队"的长官以及另外二十名警官，"可被引渡者"认为他们是折磨并谋杀麦德林东北地区四百多名年轻人的罪魁祸首。如果这些条件不能被满足，"可被引渡者"将发动毁灭性的战争，在大城市进行炸弹袭击，并发起针对法官、政客和记者的暗杀。结语很简单："如果引发政变，那正好。我们已经没有什么能失去的了。"

不容事先商议的书面答复须于三天后交至麦德林洲际酒店，那里会有一间以埃尔南多·桑托斯的名义预订好的房间。负责联系的中间人将由"可被引渡者"指定。桑托斯同意了图尔巴伊的决定，答应只要他们没有获得可靠的消息，就不向任何人透露这条信息以及接下来的任何信息。"我们不能自说自话地把没有署名的信息传达给总统，"图尔巴伊总结说，"也不能有辱尊严。"

图尔巴伊向桑托斯提议，两人先各自回复，然后将两封信的内容合成一封。他们的最终成果是一封正式的声明，宣布他们没有任何权力干涉政府事务，但愿意公布一切由"可被引渡者"用确凿证据揭露的践踏法律和人权的政府行为。至于警察的行动，他们提醒说，要阻止他们实属不易；如果没有指控二十名警官的证据，他们不可能被免职，记者也不可能写社论抨击他们并不了解的情况。

阿尔多·布恩那凡图拉是一名公证员，从许多年前在斯帕基拉国立学院开始，他就疯狂地热爱斗牛。他是埃尔南多·桑托斯可以绝对信任的老朋友。他负责送回信。他刚走进在洲际酒店预订的308房间，就有人打来电话。

"您是桑托斯先生吗？"

"不，"阿尔多回答，"但我代他过来。"

"您把东西带来了吗？"

那声音听起来如此直白，以至于阿尔多怀疑会不会是巴勃罗·埃斯科瓦尔在跟他通话。他回答说是。两名着装和仪态像是行政人员的年轻人来到了房间。阿尔多把信交给了他们。他们向他伸出手，并礼貌地点了点头，然后离开。

一周前，图尔巴伊和桑托斯接待了安蒂奥基亚律师基多·帕拉·蒙托亚，他带着"可被引渡者"的最新来信。帕拉并非波哥大政坛的陌生面孔，但好像总是在暗处。他四十八岁，曾两次作为自由党人的候补出现在众议院，还有一次作为全国人民联盟（简称Anapo，M-19的前身）的正式成员出现在众议院。他曾在卡洛斯·耶拉斯·莱斯特莱波政府担任共和国总统法律办公室的顾问。他从青年时期开始就在麦德林从事法律行业。一九九〇年五月十日，他因有与恐怖分子合作的嫌疑而被捕，两周后，又因缺乏证据被释放。尽管历经坎坷，他依然被看作一名专业的法律从业者和出色的谈判人员。

然而，似乎很难想象出比他更不适合做"可被引渡者"密使的人。他一点也不低调，是一个对加官晋爵非常在意的人。他穿着时髦的亮灰色行政套装和鲜艳的衬衫，戴着青春靓丽的领带，还在上面打了一个意大利式的硕大结扣。他的举止过分讲究礼数，用词华丽，装腔作势，与其说他对人亲切，不如说他在殷勤奉承。要他同时伺候两位先生，相当于逼他自寻短见。面对自由党前总统和全国最重要报刊的总编，他开始滔滔不绝。"尊贵的图尔巴伊先生、尊敬的桑托斯先生，我随时恭候您二位的差遣。"他说，接着他犯了一个错误，这个错误可能会要了他的命。

"我是巴勃罗·埃斯科瓦尔的律师。"

埃尔南多很快发现了问题。

"所以您捎来的这封信是他的？"

"不是，"基多·帕拉眼睛都不眨一下，改口说，"是'可被引渡者'的，但是你们的回复应该是给埃斯科瓦尔的，因为他会在协商中施加影响。"

这样的区别很重要，因为埃斯科瓦尔不会在司法部门面前暴露踪迹。在可能牵涉到他的信件中，他会使用印刷体来掩饰，并以"可被引渡者"或是任意名字（马努埃尔、加夫列尔、安东尼奥）署名，正如这些商讨绑架案的信件一样。相反，在那些自称是指控者的信函中，他会使用他本人的有些稚嫩的字体，他不仅会签名，还会印上拇指指纹。在绑架记者时期，对他本人是否参与绑架案的质疑或许是合理的：也许"可被引渡者"只不过是他的假名，但也可能恰恰相反，巴勃罗·埃斯科瓦尔的姓名和身份或许只是"可被引渡者"的挡箭牌。

基多·帕拉似乎总是有将"可被引渡者"信中的提议更进一步的准备。但是，得用放大镜阅读这些提议，才能发现真实的意图。实际上，他为他的客户寻求的是与游击队相似的政治解决方法。此外，他还当面提议借助联合国的介入将麻醉剂问题国际化。同时，面对桑托斯和图尔巴伊的断然拒绝，他提出了多个备选方案。就这样，一段漫长而了无成效的谈判开始了。最终，事情将变得错综复杂、没有出路。

从第二封信开始，桑托斯和图尔巴伊与共和国总统私下进行了联系。晚上八点半，加维里亚在私人图书馆的小厅里接见了他们。他比往常更冷静，希望获悉与人质有关的最新信息。图尔巴伊和桑托斯把两次信件往来和基多·帕拉的介入告诉了他。

"糟糕的使者，"总统说，"他非常聪明，是个好律师，但极其危险。不过，他有埃斯科瓦尔的全力支持。"

他读信时的认真态度让所有人印象深刻：他仿佛隐了身，完全忽略了周围事物。读完之后，他的评论机智而全面，相关推测没有一个多余的词。他告诉他们，任何情报机构都无法得知人质们被藏在了哪里。就这样，总统确定了人质处于巴勃罗·埃斯科瓦尔的掌控之中，这是一个新的消息。

那天晚上，加维里亚证明了自己在做最终决定之前质疑一切的本领之精湛。他想过这些信可能是伪造的，基多·帕拉可能正在进行另一场游戏，甚至，所有这一切可能是某个与巴勃罗·埃斯科瓦尔毫不相干的人的恶作剧。来访者们离开时，不像进门时那样神采奕奕了。看来，总统认为这是国家的重大事件，他们的个人情感只能占据很小的空间。

在制宪议会针对引渡问题（或者说是赦免问题）表态的同时，埃斯科瓦尔会随着自身问题的演化而不断改变条件，以便拖延绑架时间来获得额外和意外的好处，这是达成协议的主要困难之一。在埃斯科瓦尔与被绑架者家属进行的狡猾的通信中，这些内容从来没有被表述清楚。但是，在他与基多·帕拉保持的秘密通信中，为了把协商的策略变动与长期展望告知于他，埃斯科瓦尔把这些内容表述得一清二楚。"你把我们的所有烦心事都传达给了桑托斯，这样非常好，免得这事变得更加复杂。"他在一封信中写道，"得有白纸黑字和法律条文，我们才能保证在任何情况下都不会因为任何罪行被引渡到任何国家。"他还要求政府明确投降后的招供条件。另外的两个要点是特殊监狱的警卫力量以及家人和随从的安全。

过去，埃尔南多·桑托斯和前总统图尔巴伊的友谊一直建立在政治基础上。而从那时起，两人的友谊开始变得私人而密切。他们能在绝对的沉默中面对面坐上数个小时。他们每天都通电话，交流内心的想法、秘密的猜测、最新的资讯，甚至建立了一个用来传达保密信息的完整加密体系。

这大概并不容易。埃尔南多·桑托斯是一个视责任大过一切的人，只消一句话，他就能解救或是毁灭一个生命。他很情绪化，容易精神紧张。他的群体意识在他做决定时起着举足轻重的作用。在他儿子被绑架期间，和他相处过的人都担心他无法熬过这种折磨。他不吃东西，也睡不了一个整觉，总是把电话放在手边，铃声一响就扑上去。在那几个月里，他很痛苦，很少有社交时间。他认为儿子必死无疑，为了能承受儿子死亡带来的打击，他采取了一个精神治疗方案，把自己关在办公室或者自己的房间里，沉溺于回顾他令人惊叹的邮票收藏以及空难中烧焦的信件。他的妻子艾莲娜·卡尔德隆是七个孩子的母亲，七年前与世长辞，留他孤单一人。他的心脏和视力状况恶化了。他想哭就哭，从不压抑。他在报纸与个人悲剧之间划清界限，这是他在如此戏剧化的情境中堪称典范的优点。

坚强的儿媳玛丽亚·维多利亚是他在那段痛苦的时光里主要的支柱之一。她记得，在绑架案发生后的几天里，丈夫的亲友挤得满屋都是，他们躺在地毯上喝威士忌和咖啡，一直聊到深夜。他们总是聊相同的话题，在此期间，对绑架案的震惊和对被绑架者的同情随之逐渐淡去。埃尔南多从意大利回来以后直接去了玛丽亚·维多利亚的家里，带着情绪问候她，这种情绪最终将她撕碎。但是，当他不得不处理关于绑架案的机密时，他请求她把这些机密留给男人们，不要介入。玛丽亚·维多利亚个性很强，有着成熟的想法。她意识到，在一个男权家庭里，她永远是一个边缘化的人物。她哭了一整天，但是之后就恢复了活力，因为她决定争取自己在家里的身份和地位。埃尔南多不仅理解她的理由,而且因为自己的疏忽而自责,他发现她是能够抚慰他痛苦的最好依靠。从那时起,不论是直接接触,还是通过电话、书信和中间人,甚至通过心灵感应,他们之间都维持着一种无法击垮的信任。就连在错综复杂的家庭会议中,他们只要互相对望一眼,就能明白对方的想法,明白应该说什么样的话。她想出了几个好点子,其中之一是在报纸上刊登不加密的社论,这样可以跟帕丘分享家庭生活中的趣事。

最少被提起的受害者家属是莉莉安娜·洛哈斯·阿利亚斯——摄影师奥兰多·阿塞维多的妻子,和玛尔塔·露贝·洛哈斯——理查德·贝塞拉的母亲。虽然她们不是亲密的朋友,也不是亲属(尽管有相同的姓氏),但绑架案将她们变得密不可分。"并不是因为痛苦,"莉莉安娜说,"而是因为互相陪伴。"

莉莉安娜在给她一岁半的儿子埃里克·耶斯德喂奶时,通过新闻栏目《氪》得知,迪安娜·图尔巴伊的整组人员都被绑架了。当时她二十四岁,三年前结了婚,住在婆家房子的二楼,房子位于波哥大南部的圣·安德烈斯区。"她是一个快乐的小姑娘,"一位朋友评价说,"她不该卷进如此糟糕的事件。"除了快乐之外,她还很有想法。从最初的震惊中平复过来之后,每到新闻节目的播放时间,她就把孩子放在电视机面前,让他看看自己的爸爸。直到绑架案结束,她一直都这么做。

新闻栏目的成员告诉她和玛尔塔·露贝,他们将会继续帮助她们。莉莉安娜的孩子生病的时候，是他们负担了医疗费。妮迪娅·金特罗也给她们打电话，试图让她们获得自己从未得到过的平静。她承诺，她在政府部门的一切行动都不仅仅是为了她的女儿，而是为了所有的组员，她还会把与被绑架者有关的一切消息都转达给她们。她确实履行了承诺。

玛尔塔·露贝和她的两个女儿一起依靠理查德生活，当时女儿分别十四岁和十一岁。理查德在和迪安娜的小组一起离开的时候告诉玛尔塔，他三天后回来。第一周过去之后，她开始感到不安。她讲述道，她不认为那是一种恶兆，但是她一直给新闻栏目打电话，直到他们告诉她，一件非同寻常的事发生了。不久之后，他们被绑架的消息被公之于众。从那时起，她整天都开着收音机，等着儿子回来。只要她的内心感应到了什么，她就会给栏目组打电话。她的儿子是被绑架的受害者中最无依无靠的，她对此很不安。"但是除了哭泣和祈祷之外，当时我什么都做不了。"她说。妮迪娅·金特罗说服她，为了解救被绑架者，她还有很多其他的事情可以做，并邀请她参加市民和宗教活动，不断激发她的斗志。莉莉安娜和奥兰多想的一样，她陷入了一个窘境：作为最没有价值的被绑架者，他可能是最后一个被处决的，也可能是第一个被处决的，因为处决他同样能够引发社会动乱，而且对于绑匪来说，后果更轻。这种想法让她陷入无法遏抑的痛哭之中，一直哭到绑架案结束。"每天晚上哄孩子上床之后，我就坐在露台上，一边看着大门等他回来，一边哭。"她说，"我这样坐了一晚又一晚，直到重新见到他。"

十月中旬，图尔巴伊博士通过电话，把一条用私人符号加密的信息传达给了埃尔南多·桑托斯。"如果你对斗牛感兴趣的话，我有几份不错的报纸可以给你。如果你想要的话，我给你送过去。"埃尔南多明白那是一则关于被绑架者的重要消息。事实上，那是一卷从蒙特利亚寄到图尔巴伊博士家的磁带。其中的内容证实，迪安娜和她的同伴们还活着。虽然她的家人一再索求，却从几周前就失去了他们活着的证据。她的声音绝不会错："亲爱的爸爸，在这样的条件下很难给你传达消息，但是在我们苦苦请求之后，他们允许我们这么做了。我就说一句话，是给你们未来行动的线索：我们一直都在收看、收听新闻。"

图尔巴伊博士决定把信息传达给总统，并试图获取新的线索。加维里亚接待他们时，正好在给当天的工作收尾。他和平常一样在私人图书馆里接待他们，他很放松，但是罕见地话多。他关上门，倒上威士忌，随意地说了几条政治机密。由于"可被引渡者"顽固不化，招降的进程似乎停滞不前，总统打算在法令原文中增加几条说明来解决这个问题。他整晚都在忙这件事，并相信当天晚上就能完成。他承诺说，第二天会给他们好消息。

第二天，他们如约回到那里，但是遇见了一个和前一天完全不同的人，他疑心很重，而且非常悲伤。从第一句话起，他们的对话就注定没有结果。"这是一段非常艰难的时期。"加维里亚告诉他们，"我想帮助你们，也已经尽我所能去做了，但这个时刻，我无能为力。"

很显然，某种关键的东西改变了他的情绪。图尔巴伊立即察觉到了。会面的时间还没到十分钟，他郑重、冷静地从沙发上站起来。"总统，"他毫无怨恨地说，"您在做分内之事，我们作为一家之主也是如此，我理解您。您是国家元首，我恳请您不要做任何会给您带来麻烦的事情。"最后，他指着总统椅说：

"如果我坐在那个位置，我也会这样做的。"

加维里亚站了起来，脸色惨白。他把他们送到电梯口。一名助手和他们一起下楼，在私人宅邸的底楼为他们打开车门。在他们驶进十月第一个悲伤的雨夜前，没人说话。街上车水马龙，喧嚣声穿过装甲玻璃，传到他们耳边时已经模糊不清。

"在这方面，已经没有什么能做的了。"在漫长的思索之后，图尔巴伊叹了口气。"昨晚和今天发生了某些事，但他不能告诉我们。"

这场戏剧化的面谈促使妮迪娅·金特罗女士来到了台前。她是前总统图尔巴伊·阿雅拉的前妻，他又是她的舅舅。他们育有四个孩子，其中迪安娜是老大。绑架案发生的七年前，她与前总统的婚姻被教廷废除。之后，她与自由党国会议员古斯塔沃·巴尔卡萨尔·蒙松再婚。由于当过第一夫人，她清楚前总统身份的局限性，尤其是在他们如何被现任总统对待方面。"唯一应该做的，"妮迪娅曾经说过，"是让加维里亚总统认清他的义务和责任。"因此，虽然她并不抱有太多幻想，但她本人在这方面做了尝试。

在绑架案得到官方承认之前，她组织的公共活动就已经达到了不可思议的规模。她在全国范围内组织占领广播电视新闻节目的活动，由孩子们朗读请愿书，恳求绑匪释放人质。十月十九日是全国和解日，那天，她成功让各大城市在正午十二点举行弥撒，祈求哥伦比亚人民和睦共处。在波哥大，这项活动在玻利瓦尔广场举行。与此同时，数个街区的居民组成的队伍拿着白手绢举行和平游行，他们点燃火炬，这把火炬直到人质们平安回来才会熄灭。因为她的行动，电视新闻在节目的开头播送所有被绑架者的照片，计算他们被关押的日子，而且随着他们被释放，不断撤掉相应的相片。同样也是因为她的倡议，全国各地的足球赛在开场之前都会呼吁释放人质。一九九〇年全国年度选美冠军玛莉贝尔·古铁雷斯在她的获奖感言中，也以呼吁释放人质作为开场白。

妮迪娅出席其他被绑架者的家庭会议，听取律师的建议，通过哥伦比亚团结基金会进行秘密行动——至今，她领导这个组织二十年了，但她总觉得自己毫无建树。对于她这样个性坚定热情、敏感犀利的人来说，这样的结果难以接受。她将希望寄托在他人的行动上，直到发现他们身处一条死胡同之中。无论是图尔巴伊，还是埃尔南多·桑托斯，或是任何一名位高权重的人士，都无法给总统施压，让他与绑匪们协商。当图尔巴伊博士向她讲述上次拜访总统的失败经历时，她完全确定了这一点。因此，她决定自己行动，为了直接寻求女儿的自由，她开辟了通向自由的第二条战线。

那几天，哥伦比亚团结基金会位于麦德林的办事处接到了一通匿名电话，打电话的人说他有关于迪安娜的一手消息。他说，在麦德林附近的一个农庄，他的一位老朋友在他的蔬菜篮子里放了一张纸条，上面写着，迪安娜在那里。他还说，看守们看球时，会喝得大醉，满地打滚，如果这时开展救援行动，他们不可能做出任何反应。为了在最大程度上保证安全，他还提供了农庄的草图。消息十分可信，妮迪娅甚至专程前往麦德林回复他。"我向线人请求，"她讲述说，"不要跟任何人谈起这条信息，并让他明白，如果有人试图营救，我女儿，甚至她的看守们都会遭遇危险。"

迪安娜在麦德林的消息让妮迪娅产生了前往拜访玛尔塔·妮耶维丝和安海莉塔·奥乔阿的想法，她们是豪尔赫·路易斯、法比奥和胡安·大卫·奥乔阿的姐妹。这三兄弟因为贩毒和非法致富被指控，还作为巴勃罗·埃斯科瓦尔的私人朋友而闻名。多年之后，回忆起那段艰难的日子，妮迪娅说道："我带着强烈的愿望前去，希望她们帮助我与埃斯科瓦尔取得联系。"奥乔阿姐妹告诉她，她们的家人饱受警方的欺凌。她们认真听她倾诉，对她的遭遇深表同情，但是也告诉她，埃斯科瓦尔一事，她们无能为力。

玛尔塔·妮耶维丝明白绑架意味着什么。一九八一年，她本人被 M-19 绑架，绑架者向她的家人索要巨额赎金。作为回应，埃斯科瓦尔创建了一个暴力组织——"杀死绑架者"（MAS）。三个月之后，在一场对抗 M-19 的血腥战争之中，她获得了自由。她的姐妹安海莉塔也自认为是警察暴力的受害者，她们俩耗尽心力制作了一份清单，列出了警察的暴力行为、私闯民宅的行径和无数违反人权的罪行。

妮迪娅没有失去继续斗争的动力。最后，她希望她们至少能把她的信带给埃斯科瓦尔。她已经通过基多·帕拉送出了一封信，但是没有回音。奥乔阿姐妹一开始拒绝送信，因为埃斯科瓦尔之后可能会因为这封信带来的某种伤害而怪罪她们。然而，在谈话结束时，她们被妮迪娅的激情感染了。妮迪娅回到波哥大，确定她给两扇门各开了一条缝：一扇通往她女儿的自由，另一扇通往奥乔阿三兄弟的和平投降。因此，她觉得应该亲自把自己的行动告诉总统。

总统马上接见了她。妮迪娅开门见山地谈起奥乔阿姐妹对警察行为的不满。总统让她把话说完，只是偶尔提出几个密切相关的问题。他的意图很明显，他不想让指控像妮迪娅所说的那样严重。至于她个人的诉求，妮迪娅有三个需要：救出被绑架者；总统控制好局面，避免发生营救惨剧；延长"可被引渡者"投降的期限。总统给她唯一的保证是：不论是对迪安娜还是对其他被绑架者，如果没有家人的授权，不会实施任何营救行动。

"这是我们的政策。"他告诉她。

尽管如此，妮迪娅还是怀疑总统是否已经采取了充分的保障措施，防止有人试图在没有授权的情况下实施营救。

一个月前，在一位共同的朋友家里，妮迪娅和奥乔阿姐妹又进行了一次谈话。她还拜访了巴勃罗·埃斯科瓦尔妻子的姐妹，后者详细地向妮迪娅讲述了警方的欺凌事件，她和她的兄弟姐妹都深受其害。妮迪娅给她带去了一封写给埃斯科瓦尔的信，足有两页半长，几乎没有留白。她使用了花体字，在打了几次草稿之后，形成了用词准确而感情丰富的风格。她意图直抵埃斯科瓦尔的内心深处。开头写道，这封信不是写给那个为了达到目的不择手段的战士，而是写给巴勃罗这个人，"那个敏感的人，他爱自己的母亲，愿意为她献出自己的生命；写给那个拥有妻子，拥有幼小无辜而脆弱的孩子，并想保护他们的男人。"她发现，埃斯科瓦尔在利用绑架记者来引起舆论的关注，作为他事业的助力，但她认为，他得到的东西已经足够了。因此，她在信中总结道："请您表现出人性本来的模样，并以世人了解的伟大与慈爱的姿态，把被绑架者还给我们。"

读信的时候，埃斯科瓦尔妻子的姐妹似乎真的被感动了。"我敢肯定，这封信会让他非常感动，"她停了一会儿，仿佛是在自言自语，"您现在所做的一切都会感动他的，这将对您的女儿非常有利。"最后，她把信折了起来，放进信封里，亲自把信封封上。

"您放心走吧。"她告诉妮迪娅，真诚得丝毫不让人怀疑，"巴勃罗今天就会收到这封信。"

那天晚上，妮迪娅回到波哥大，怀着希望等待那封信的结果。她决定求总统做一件图尔巴伊博士不敢提的事：在协商释放人质的同时，暂时中止警方的行动。她这么提了，加维里亚毫不拐弯抹角地说，他不能下达这个命令。"我们会提供司法政策作为备选。"他接着说，"但是，中止警方行动对释放被绑架者没有好处，只会让我们不再追捕埃斯科瓦尔。"

妮迪娅觉得自己面对的是一个铁石心肠的男人，他毫不在意她女儿的生命。当总统向她说明警力无法协商时，她不得不遏制自己愤怒的情绪。他说警方的行动不需要获得许可，他也不能要求他们停止在法律允许的范围内进行的行动。那次拜访非常糟糕。

既然与共和国总统周旋后无功而返,图尔巴伊和桑托斯决定另辟蹊径,他们想不到除"高贵者"之外更好的选择。这个组织由前总统阿丰索·洛佩斯·米切尔森,前总统米萨尔·帕斯德拉那,议员迭戈·蒙塔那·古埃亚尔与红衣主教、波哥大大主教马里奥·莱沃约·布拉沃组成。十月,被绑架者的家属同他们在埃尔南多·桑托斯家里会面。他们先讲述了与加维里亚总统会面的情况。事实上,通过司法解释修改法令,从而给投降政策开辟新路径的可能性是那几次会面中唯一让洛佩斯·米切尔森感兴趣的内容。"得动点脑子。"他说。帕斯德拉那表示支持寻求新方法,以迫使毒贩投降。但是用什么武器呢?埃尔南多·桑托斯提醒蒙塔那·古埃亚尔,可以动员游击队的力量。

在一场漫长而顺畅的交流之后,洛佩斯·米切尔森得出了第一个结论。他说:"我们要跟'可被引渡者'玩游戏。"于是,他提议写一封公开信,宣布"高贵者"已经掌握了被绑架者家属的话语权。大家一致同意让洛佩斯·米切尔森写这封信。

两天后,第一稿起草完毕,并在一场会议中被公布,基多·帕拉和埃斯科瓦尔的另一名律师出席了这次会议。那份文件第一次提出了贩毒可以被视为集体犯罪的观点,具有特殊性;还指出了一条通往协商的前所未有的道路。基多·帕拉跳了起来。

"一种特殊的犯罪,"他惊讶地大喊,"这真是太棒了!"

之后,他以自己的方式扩展了这一概念,他认为那是一种完美的特权,处于普通犯罪和政治犯罪之间的模糊边缘地带。这使得"可被引渡者"可能与游击队同样,取得政治地位。第一次阅读时,每个人都提出了自己的看法。最后,埃斯科瓦尔的那名律师要求"高贵者"拿到一封加维里亚的信,以明确的、毫不含糊的方式保证埃斯科瓦尔的生命安全。

"我很遗憾地告知诸位,"埃尔南多·桑托斯对这个要求非常恼火,他说,"我不会插手这件事。"

"我更加不会。"图尔巴伊说。

洛佩斯·米切尔森强烈拒绝。于是,律师要求他们安排一次与总统的会见,让总统亲口向埃斯科瓦尔保证。

"这事儿没法在这儿谈。"洛佩斯说。

在"高贵者"聚集起来起草声明之前,巴勃罗·埃斯科瓦尔就已经获悉他们最隐蔽的目的。只有这样才能解释为什么他在一封急信中给基多·帕拉做出了极端的指示。"我给你自主权,你想办法让'高贵者'邀请你去交流想法。"他写道。接着他罗列了一系列"可被引渡者"做出的决定,以赶在其他不同的提议之前确定他们的立场。

"高贵者"的信二十四个小时内就完成了,其中包含了关于之前行动的重要的新内容:"我们的调解行动有了新的意义,我们的努力不仅是为了一次偶然的营救活动,也是为了让所有哥伦比亚人得到真正的安宁。"这是一个全新的说法,让人充满希望。加维里亚总统觉得这很不错,但是他认为应该与"高贵者"划清界限,避免人们将其与官方立场混淆。他还指示司法部长发布通告，申明投降政策是让恐怖分子自首的唯一政策。

埃斯科瓦尔对这封信则是一行字都不喜欢。十月十一日，他刚读完登报的信函，就愤怒地把回复发给了基多·帕拉，之后哥伦比亚所有的沙龙里都回响着他的答复。"'高贵者'的信简直无耻，"他说，"他们让我们尽快释放人质，因为政府为了研究我们的事耽误了时间。难道他们觉得我们又会上当吗？"他说，"可被引渡者"的立场和第一封信里写的一样，"既然我们在第一封信中提出的要求没有得到肯定的答复，我们就没有更改立场的理由。这是一次谈判，不是一场判断谁更聪明谁更愚蠢的游戏。"

事实上，当时埃斯科瓦尔已经领先"高贵者"好几光年了。他想让政府给他分配一块独立、安全的土地———一块监狱营地，正如他所说的，就像 M-19 完成投降手续之后得到的那样。一周多以前，他交给基多·帕拉一封信，详细地说明了他想要的特殊监狱的情况。他说，最完美的地点是距离麦德林十二公里的一座农庄，这座农庄是他的财产，但登记在另一个人名下。恩比加多市政府可以租下该农庄，将其改造为监狱。"由于这需要很多开销，'可被引渡者'将根据费用支付补贴。"他接着说。最后，他用一大段令人惊愕的话作结："我之所以把这些都告诉你，是因为我希望你跟恩比加多市市长谈一谈，告诉他你是代表我去的，然后把我的想法解释给他听。同时，我希望你说服他给司法部长写一封公开信，告诉司法部长，他认为'可被引渡者'没有寻求 2047 号法令的庇护是出于对自身安全的考虑；恩比加多市能够建设一座特殊监狱，保障投降者的生命安全，以此为哥伦比亚人民的和平做出贡献。你去跟他们面谈，并明确提出让他们和加维里亚交涉，向他提议营地的事。"这封信的明显目的是强迫司法部长公开做出答复。"我知道，这会是一枚炸弹。"埃斯科瓦尔在信中写道，并以极其平和的语气结尾："有了这些，我们就能逐步把我们的人带到我们想去的地方。"

然而，部长拒绝了信中提出的要求，埃斯科瓦尔不得不在下一封信里放缓语气。在这封信中，他第一次提供了比他所要求的更多的东西。为了换取监狱营地，他承诺解决不同贩毒集团、团伙和帮派之间的冲突，保证让一百名弃暗投明的毒贩投降，最终开辟一条和平之路。"我们没有请求赦免，没有请求对话，也没有请求任何他们说给不了的东西。"他说。这单纯是一个关于投降的提议。"这个国家的所有人都在请求对话，请求政治地位。"他甚至蔑视了对他而言最有价值的东西："我对引渡没有意见。我知道如果被活捉，他们会杀了我，就像他们对所有人做过的那样。"

他的策略是，家属如果想要与被绑架者保持通信往来，就得拿极大的好处来换。"你告诉桑托斯先生，"他在另一封信中写道，"如果他想要弗朗西斯科还活着的证据，首先得发布《美国观察》的报告，再发一篇对其主编胡安·蒙德斯的采访，还有一篇关于麦德林屠杀、酷刑和失踪案的报道。"但是当时埃尔南多·桑托斯已经学会了如何处理这样的情况。他意识到，虽然他因循环往复的提案和反提案损耗极大，但对他的对手们也是如此。比如，基多·帕拉在十月底就经受着一种难以抵御的紧张状态的折磨。桑托斯回复埃斯科瓦尔,只要他没有得到儿子还活着的确凿证据,就不会发表一个字,也不会再次接待他的使者。阿丰索·洛佩斯·米切尔森以退出"高贵者"作为要挟,支持他的做法。

这种措施很有效。两周后,基多·帕拉在一家旅馆跟埃尔南多·桑托斯通话。"我和我的妻子坐车过来,十一点到您家,"基多·帕拉说,"我给您带了最美味的甜品。您不知道我享用了什么,您也想象不到您将会享用到怎样的东西。"埃尔南多立马觉得他们会把弗朗西斯科带过来。但是他们带来的只有他录在迷你磁带里的声音。为了听这卷磁带,他们花费了两个多小时的时间,因为没有合适的录音机,直到有人发现电话机的自动应答器也可以播放磁带。

帕丘·桑托斯可以出色地从事多种职业,除了语音教师。他想以他思考的速度说话,但他的各种零碎的想法总是接踵而至,说得没有想得快。那晚,让人惊讶的是,一切与平时完全相反。他说得很慢,声音平稳,结构完美。实际上,帕拉带来了两条口信——一条给他的家人,另一条给总统,都是他在一周前录制的。

绑架者们自作聪明地让帕丘念了几则报纸头条作为录制日期的依据,埃斯科瓦尔必定不会原谅这个错误。这给了《时代报》法律编辑路易斯·伽农利用重磅新闻亮相的机会。

"他在波哥大。"他说。

事实上,帕丘朗读的一则新闻头条只在当地报纸中出现,发行范围仅限于波哥大北部。这条信息珍贵如金,如果埃尔南多·桑托斯没有反对武装营救,这条信息会有决定性的作用。

对他来说,这是个重获新生的瞬间,主要是因为磁带中的内容让他确定,被绑架的儿子赞同他处理绑架案的方式。此外,家人们一直认为帕丘是兄弟姐妹中最脆弱的一个,因为他脾气暴躁,情绪很不稳定。没有人会想到,在七十天的囚禁之后,他仍神志清醒,有着很强的自控力。

埃尔南多把全体家庭成员都召集到家里,让他们听录音,一直听到黎明。只有基多沉浸在痛苦之中。他哭了。埃尔南多朝他走了过去,安慰他。在汗湿的上衣里,他嗅出了恐惧的味道。

"别忘了,警察不会杀我。"基多·帕拉眼泪汪汪地告诉他,"但巴勃罗·埃斯科瓦尔会杀了我,因为我知道的太多了。"

玛丽亚·维多利亚无动于衷。她觉得帕拉在玩弄埃尔南多的感情,在利用他的弱点,一边给他点好处,一边从他身上榨取更多的东西。基多·帕拉应该在那天晚上的某个时刻感受到了这一点,他告诉埃尔南多:"那个女人是块铁板。"

事态进展到这一步时,十一月七日,玛露哈和贝阿特利丝被绑架了。"高贵者"失去了立足之处。十一月二十二日,迭戈·蒙塔那·古埃亚尔向他的同伴们提议解散组织,此前他曾公布过这一计划。他的同伴们庄重地依次将关于"可被引渡者"最终条件的结论提交给总统。

如果加维里亚总统指望投降法令能迅速使毒贩们大规模投降,那么他必然要失望了。因为情况并非如此。新闻界、政界和知名法律界人士的反应,甚至是"可被引渡者"的律师们的合法提议都表明,应该修改2047号法令。首先,这部法令让任意一名法官都能以自己的方式操纵引渡。该法令的另一个缺点是,贩毒的决定性证据都在国外,与美国合作的每个阶段都变得非常关键,但是获取证据的期限非常紧迫。解决方法(在法案中没有体现)是延长期限,并将沟通的责任转移到共和国总统府,由总统负责把证据带回国。

阿尔贝托·比亚米萨尔也没有在法令中找到他所期待的决定性支持。他与桑托斯和图尔巴伊的交流以及他和巴勃罗·埃斯科瓦尔的律师的最初几次会晤,让他对形势有了整体的看法。投降法令是正确的,但有缺陷,他只有很小的行动空间去解救他被绑架的亲人。这是他对投降法令的第一印象。与此同时,随着时间的流逝,他没有得到她们的任何消息,也没有获得丝毫她们活着的证据。他唯一与她们联系的机会是一封通过基多·帕拉送出的信,在信里他展现出乐观的态度,并保证不会再做任何与解救她们无关的事情。"我知道,您的情况非常糟糕,但请您放心。"他对玛露哈写道。

事实上,比亚米萨尔正处在阴霾之中。他已经山穷水尽,整个漫长的十一月里,他唯一的盼头就是拉法埃尔·帕尔多的承诺,他说总统正在构思一部可以补充、解释2047号法令的文件。"已经准备好了。"帕尔多告诉他。拉法埃尔·帕尔多几乎每天下午都会路过他家,随时把自己的行动告诉他,但是自己也不是很确定如何继续。比亚米萨尔与桑托斯和图尔巴伊进行过低效的对话,他的结论是,谈判已经陷入僵局。他不信任基多·帕拉。他了解一些基多在国会奔走钻营的往事，认为他是一个不正派的投机者。然而，不论好坏，那是唯一一封信，他决定彻底地赌一把。时间紧迫，他别无选择。

应他的请求，前总统图尔巴伊和埃尔南多·桑托斯约见了基多·帕拉，条件是埃斯科瓦尔的另一位律师圣地亚哥·乌里维博士也得出席。圣地亚哥·乌里维博士严肃认真，有着良好的声誉。基多·帕拉以他惯用的天花乱坠的词汇开启了对话，但比亚米萨尔从第一句话开始就用桑坦德式的斗牛技巧让他双脚着地。

"您别跟我瞎扯，"比亚米萨尔告诉他，"我们直奔主题吧。您到处尽要求些没用的，所以您把什么都弄僵了。现在只有一件事：很简单，这些家伙得投降认罪，坐十二年的牢。这是法律规定的。完了。作为交换，他们能获得减刑，保障生命安全。别的全是瞎扯淡。"

基多·帕拉毫不犹豫地顺势说话。

"您看，我的医生，"他说，"事情是这样的，政府说不会引渡他们，所有人都这么说。但是法令哪有明确指出这一点？"

比亚米萨尔表示赞同。如果政府表示不会实施引渡，那就要在法律的层面这么表示。说服政府修改法律中的模棱两可之处是任务所在。其他（对"特殊"罪行的狡猾解读，或是拒绝认罪，或是对不道德行为的揭发）只不过是基多·帕拉迷惑人的辞令。显然，对于"可被引渡者"来说，就像他们自己名字说明的那样，当时，唯一真实而紧迫的诉求就是不被引渡。因此比亚米萨尔认为，在法令中明确这一点不是没有可能。但是在此之前，他要求基多·帕拉坦诚、坚决地表态，而坦诚和坚决正是"可被引渡者"要求比亚米萨尔一方持有的态度。首先,他想知道帕拉被授予了多少权力进行谈判;其次,在法令修改完之后,需要多长时间才会释放人质。基多·帕拉很认真。

"二十四个小时之后他们就出来了。"他说。

"一定是所有人。"比亚米萨尔说。

"所有人。"

五

玛露哈和贝阿特利丝被绑架一个月后,荒谬的关押制度已经出现了裂痕。她们起身时不再请求许可,可以自己倒咖啡、更换电视频道。在房间内说话还是得轻声细语,但是动作已经变得比较随意。玛露哈尽量当心,免得外面的人能听见她的咳嗽声,但她已经不需要蒙进枕头里咳嗽了。午饭和晚饭依然与原来一样,有同样的菜豆、同样的兵豆、同样干瘦的肉,还有一份普通的速食汤。

看守们经常互相讨论,除了窃窃私语之外,对她们也没有其他的防备。他们互相交流血腥的新闻,谈论他们在麦德林的夜晚因为猎杀警察赢了多少钱,讲述他们充满男子气概的英雄壮举和风流故事。玛露哈已经说服他们,如果发生武装营救,更实际的做法是保护她们,这样至少能够保证体面的待遇和宽容的审判。起初,他们看起来无动于衷,因为他们是无可救药的宿命论者,但感化策略使得他们在睡觉的时候没有继续把武器对准囚徒们，而是用毛巾卷起来，藏到电视机后面。相互的依赖和相同的遭遇最终为囚犯和看守之间的关系增添了几丝人性的光辉。

玛露哈由于她的性格因素无法隐忍任何让她痛苦的东西。她向脾气暴躁的看守们发泄不满。她带着令人不寒而栗的决心面对他们："杀了我吧。"她偶尔向玛丽娜发泄，玛丽娜和看守们在一起时的心满意足让她愤怒，她的末日幻想让她失去理智。有时，玛丽娜会抬起头，无缘无故做出让人气馁的评论或是邪恶的预言。

"在这个院子后面有一间作坊，停着杀手们的汽车。"她有一次说，"所有的杀手都在那里，早晚都拿着猎枪，准备来杀我们。"

然而，最严重的一次争吵发生在一个下午，玛丽娜习惯性地发表对记者的侮辱性言论，因为一档关于被绑架者的电视节目没有提到她。

"所有记者都是婊子养的。"她说。

玛露哈走到她面前。

"这可不对，"她愤怒地驳斥玛丽娜，"请您放尊重点。"

玛丽娜没有反驳。后来，她冷静了一会儿，向玛露哈道歉。事实上，玛丽娜活在另外一个世界里。她六十四岁，曾经是一个出众的美人，有一双又大又黑的漂亮眼睛和一头银发，尽管头发有些杂乱，但依然保持着光泽。她瘦得只剩皮包骨。贝阿特利丝和玛露哈到来的时候，她几乎有两个月的时间没有与看守之外的人交谈过了，她需要时间和精力来接受她们。恐惧对她造成了巨大的伤害：她瘦了二十公斤，精神低落至尘埃里，成了一个幽灵。

她非常年轻的时候就嫁给了一名脊骨神经医学家，他在体育界也有着良好的声誉，身材魁梧，有着一副好心肠。他全心全意地爱她，他们生了四个女儿和三个儿子。她掌控着自家和其他几家亲戚的一切，因为她认为自己有义务承担一个人数众多的安蒂奥基亚家族的一切事务。她就像所有人的第二个母亲，因为她的权威，也因为她的操劳。除此之外，她还关心任何一个叩开她心门的外人。

她卖汽车，也卖保险，并非是出于需要，而是由于她桀骜不驯的独立意识。而且，她似乎有能力卖出一切她想卖出去的东西，只是因为她想挣钱自己花。然而，熟悉她的人会感到痛心，一个天生具有诸多美德的女人却置身于悲惨的命运之中。她的丈夫接受了将近二十年的精神治疗，生活无法自理，两个兄弟在一场可怕的交通事故中丧命，一个兄弟因为心梗而猝死，另一个兄弟在一场混乱的交通事故中被红绿灯的灯杆压死，还有一个喜欢四处旅行的兄弟永远地失踪了。

她被绑架的处境是无解的。她也同意那种已经被普遍认可的想法，他们绑架她只是为了得到一名有分量的人质，他们可以杀了她，又不至于因此让投降谈判落空。但是，她被囚禁了六十天的事实让她觉得，刽子手们发现，用她的生命换取某种好处几乎不太可能。

然而引人注目的是，尽管处在最糟糕的日子里，她依然花上数个小时认真仔细地打理手指甲和脚指甲。她把指甲挫平、磨光，用自然色的指甲油把指甲刷得闪闪发亮，这让她看起来比实际年龄更加年轻。她还很细心地修剪眉毛和腿毛。克服了最初的困难之后，玛露哈和贝阿特利丝就开始帮助她。她们学会了如何与她相处。贝阿特利丝和她不停地聊天，谈论喜爱和憎恶的人，没完没了的低语声甚至把看守们给激怒了。而玛露哈试着安慰她。她们俩都觉得非常难过，因为她们是除了看守之外，唯一知道玛丽娜还活着的人，但她们不能告诉任何人。

蒙面首领的意外回归是当时为数不多的宽慰之一，他在第一天就曾经拜访过她们。他回来的时候很开心，带来了她们十二月九号之前会被释放的消息，那是制宪议会选举的日子。这条新闻对玛露哈来说意义非常特殊，因为那一天是她的生日。和她的家人一起过生日的想法提前使她喜悦万分。然而，那是个转瞬即逝的美梦：一周后，那位首领告诉她们，她们不会于十二月九日被释放，而且绑架时间还会变得更长：圣诞节和新年时都不可能被释放。这对她们俩都是沉重的打击。玛露哈饱受初期静脉炎的困扰，炎症引发了剧烈的腿痛。贝阿特利丝觉得呼吸困难，胃部溃疡还出血。一天晚上，她被疼痛折磨得失去了理智，她恳求"大灯"，让他破例准许她在那时候上厕所。他考虑很久之后同意了，同时警告她，自己冒了很大的风险。但是没有用。贝阿特利丝继续发出伤犬一般的哭声，她觉得自己快死了。最后连"大灯"都可怜她，到"管家"那儿给她拿了一剂丁溴东莨菪碱。

尽管她们一直以来都在努力，但是仍没能获得任何关于她们所在位置的可信依据。看守们害怕邻居们听见他们的声音，她们由此以及从外面传来的声音猜测，那里是一个居民区。那只不分昼夜随时打鸣的发疯的公鸡可能印证了这一点，因为被关在高楼上的公鸡通常不再能感知时间。她们经常听见在很近的地方，有不同的声音叫唤着同一个名字："拉法埃尔。"短途飞机飞得很低，直升机依然离得非常近，以至于她们觉得它就在房子上方。玛丽娜坚信着一个永远无法证实的猜测，她觉得那是巡视绑架案进程的高级军官。对于玛露哈和贝阿特利丝而言，这是她的另一个幻想。但是，每次直升机来到的时候，关押生活的军事化规定就会重新变得严格起来：像军营一样有序的房子，里面上了插销、外面上了锁的门，低声讲话，随时待命的武器以及没那么糟的食物。

十二月初，看守人员由一开始就和她们在一起的四个人换成了另外四人。他们之中，有一个与众不同的怪人，看起来就像是从恐怖电影里走出来的人物。他们管他叫"猩猩"，他也确实像猩猩：身材巨大，像角斗士一般强壮，肤色很深，毛发浓密卷曲。他的声音太过洪亮，无法低声说话，而且也没有人敢要求他那么做。很明显，所有人见到他都觉得低他一等。其他看守都穿短裤，但他穿着健美裤。他戴着遮住脸孔的防寒帽，穿着完美显示身材的紧身衣，脖子上戴着一块圣子像章，手臂非常漂亮，手腕上戴着能带来好运的巴西手环。他的手很大，命运线在苍白的手掌上尤为明显，像是被火烙上去的。房间几乎装不下他。他每次挪动身体都会让周围一片狼藉。人质们已经学会了如何对付之前的看守，对于她们来说，这是一次糟糕的换岗。特别是对贝阿特利丝来说，因为她一开始就让他看不顺眼。

在那些日子里，看守和人质们都感到百无聊赖。作为圣诞节欢庆氛围的前奏，房子的主人和教区神甫举行了九日祭。那位神甫是他们的朋友，他或许是无辜的，或许是同谋。他们做祷告，合唱圣诞歌，给孩子们分发糖果，用苹果酒碰杯。苹果酒是家里的正式饮品。最后，他们洒圣水给房子驱邪。他们需要大量的圣水，甚至动用了油桶来搬运。神甫走了以后，女主人走进屋里，在电视机、床垫和墙上洒圣水。三名人质非常惊讶，不知所措。"这是圣水，"女人一边洒水一边说，"它能让我们平安。"看守们划着十字，双膝跪地，用天使般的热忱接受圣水的洗礼。

这种对祷告和节庆的兴致是安蒂奥基亚人特有的，整个十二月都没有减退。玛露哈已经做了准备，以免看守们得知九号是她的生日：她已是一个五十三岁的灵魂。贝阿特利丝保证过，她会保守秘密，但是看守们通过一档玛露哈的孩子们在她生日前夕献给她的特别电视节目得知了这个消息。

看守们觉得他们以某种方式参与了那档节目，他们毫不掩饰激动之情。"玛露哈女士，"一位看守说，"比亚米萨尔医生年纪很大吧？身体好吗？他爱您吗？"他们期待玛露哈会向他们介绍她的某个女儿，想要跟她们约会。无论如何，在监牢里看那档节目就像是死去之后从另一个世界观看无法参与其中的生活，活着的人对此却一无所知。第二天上午十一点，"管家"和他的妻子毫无预兆地走进房间，带着一瓶克里奥约香槟酒，给每个人拿了一个杯子，还端着一个仿佛涂满了牙膏的蛋糕。他们祝福玛露哈时,情感非常强烈。她们和看守们一起合唱"生日快乐"[①]。所有人都吃了蛋糕,喝了酒,而玛露哈陷入了复杂的情感斗争之中。

十一月二十六日,胡安·维塔醒来时得知,由于他糟糕的身体状况,他即将被释放。恐惧让他动弹不得。就在那几天,他觉得自己前所未有地健康。他觉得,那则通知是向舆论交出第一具尸体的幌子。因此,在看守通知他为自由做好准备之后的两个小时中,他遭受了恐惧的折磨。"我本来更愿意自己了结,"他说,"但如果这是我的命运,我只能接受它。"他们命令他刮胡子,穿上干净的衣服。他这么做时,确信他是在为自己的葬礼穿衣打扮。他们给他指示,告诉他获得自由之后的做法,特别是迷惑记者提问的方法,这样警方就无法推测出用以辅助营救行动的蛛丝马迹。正午后不久,他们坐上车,在麦德林错综复杂的街区兜了几个圈子,然后在一个街角突然把他放下了。

释放胡安·维塔之后,他们又把埃罗·布斯单独换到了一个不错的街区,对面是一所为富豪小姐们设立的有氧体操学校。房子的主人是一个热爱聚会、挥金如土的穆拉托人。他的妻子大概三十五岁,怀有七个月的身孕,她从早餐开始就佩戴着极其惹眼的昂贵珠宝。他们有一个年幼的儿子,和他的祖母在另一所房子里生活,他

[①]原文是英语。

堆满了各种机械玩具的卧室被埃罗·布斯占了。鉴于自己是被安置在家庭中，埃罗·布斯做好了被长期关押的准备。

房子的主人大概像玛琳·黛德丽①电影里的人们一样，和这个德国人度过了美好的时光。埃罗·布斯两米高，一米宽，是个五十岁的青少年。他的幽默感可以经受住债主考验，他的西班牙语像是在妻子卡门·圣地亚哥的加勒比风格中煎了一小会儿。作为德国报刊和广播电台在拉丁美洲的通信员，他曾经冒过巨大的风险，甚至在军事体制下的智利度过一个不眠之夜，担忧着自己黎明时就会被枪决。因此，他已经习惯了身处各种困境，甚至在被绑架时还可以享受当地的风俗。

在这所房子里，风险并没有减小，每隔一段时间就会有使者带着装满钞票的口袋前来，然而他们总是过得很拮据。因为房子的主人们很快就把所有钱都花在聚会和零食上，有时候，他们连吃饭的钱都没有。每逢周末，他们都为兄弟、堂表亲和亲密的朋友们准备聚会和丰盛的食物。孩子们满房子乱跑。第一天，他们认出了这个经常在电视里看见的德国巨人，非常激动，像对待电视剧演员一样对待他。不少于三十个与绑架案无关的人向不戴面具的他索要照片和签名，和他吃饭，甚至和他跳舞。在那座疯子们的房子里，他一直住到囚禁生活结束。

高筑的债台最终逼疯了主人们。为了养活被绑架者，他们不得

---

①玛琳·黛德丽（Marlene Dietrich, 1901 – 1992），生于德国柏林,德裔美国演员兼歌手,著名好莱坞影星。

不典当电视机、贝塔录像机、唱片机以及随便什么东西。女人脖子、手臂和耳朵上的珠宝逐渐消失，直到一件不剩。一天清晨，男人把埃罗·布斯叫醒，向他借钱，他妻子将要分娩，已经开始阵痛，他却发现他没有一分钱可以付给医院。埃罗·布斯把他最后的五万比索借给了他。

十二月十一日，在胡安·维塔被释放十五天之后，埃罗·布斯也被释放了。为此，房子的主人给他买了一双穿不了的鞋子，他的鞋码是四十六号，他们找了很久，找到的最大鞋码只有四十四号。他们给他买了一条裤子和一件上衣，买的尺码比他原来穿的小了两号，因为他瘦了十六公斤。他们把摄影设备和手提包还给了他，手提包的里衬中还藏着几本笔记。他们把分娩时花的五万比索和他之前借给他们的一万五千比索还给了他，这一万五千比索是用来还他们从市场里偷来的钱的。他们还给了他很多东西，但他唯一的要求是，请他们给他争取一次对巴勃罗·埃斯科瓦尔的采访。他没有得到答复。

那几位在最后几天里陪伴他的毒贩把他从家里拖了出来，塞进一辆私家车里。为了防止被跟踪，他们在麦德林最上等的街区里兜了许多圈子，然后把背着行李的他留在了距离《哥伦比亚人》日报半个街区之外的地方。他还带着一封声明，在声明中，"可被引渡者"认可了他为捍卫哥伦比亚和拉美各国的人权所做的斗争，并重申，只要他们及家人的安全有司法保障，他们会寻求投降政策的庇护。埃罗·布斯把相机递给了第一个从他身边经过的行人，请他给自己拍摄一张获得自由的照片。自始至终，他都是一名记者。

迪安娜和阿苏塞娜通过广播得知了这个消息，看守说，她们会是接下来获得自由的。但是他们说了太多次，她们都已经不相信了。她们俩都给自己的家人写了一封信，万一只有一个人获释，就让离开的那个人把信带出去。从那以后，对她们俩来说什么都没有发生，她们没有再得到任何消息，直到两天之后，也就是十二月十三日清晨，迪安娜被房子里的窃窃私语和奇怪的动静吵醒。她们会被释放的预感让她从床上跳了起来。她通知了阿苏塞娜。没有人告诉她们任何消息，而她们已经开始收拾行李。

迪安娜和阿苏塞娜都在日记里记录了那个戏剧性的时刻。一名守卫突然通知阿苏塞娜，让她准备离开。只有她。当时，迪安娜正在冲澡。在不久之后出版的书里，阿苏塞娜用简单得惊人的笔触重现了那个时刻。

"我回到房间，回家穿的衣服已经在椅子上放好。穿衣服的时候，迪安娜女士还在洗澡。她出来的时候看见了我，她便站住看着我，对我说：

"'我们要走了吗，阿苏？'

"她的眼睛闪闪发光，急切地等待着答复。我什么都不能告诉她。我低下头，深呼吸，告诉她：

"'不。我一个人走。'

"'我很高兴，'迪安娜说，'我知道会是这样的。'"

迪安娜在她的日记中写道:"我感到心里一阵刺痛,但是我告诉她,我为她感到高兴,让她安心离开。"她把写给妮迪娅的信交给阿苏塞娜。她及时写了这封信,以防他们不放她走。在这封信里,她请求妮迪娅和自己的孩子们一起过圣诞节。阿苏塞娜哭了,迪安娜拥抱她,让她平静下来,接着陪她上车,在那里,她们又一次相互拥抱。阿苏塞娜转身透过玻璃看迪安娜,迪安娜在挥手道别。

他们把阿苏塞娜送到麦德林机场,让她飞回波哥大。一个小时之后,她在车里听见电台记者问她的丈夫,当听到释放新闻的时候,他在做什么。他实话实说:

"我在给阿苏塞娜写诗。"

就这样,十二月十六日,他们实现了心愿,一起庆祝了结婚四周年纪念日。

理查德和奥兰多已经厌倦了在臭气熏天的牢房地板上睡觉,他们说服看守,给他们换了一个房间。他们被换到了那个被铐的穆拉托人先前住的房间,此前已经很久都没有听说关于他的消息。他们惊恐地发现,床垫上有大量新鲜的血迹,很可能是缓慢的折磨或是突然的刺伤造成的。

他们通过电视和广播得知了释放行动。看守说,他们会是接下来被释放的。十二月十七日一大早,一位被叫作"长者"的首领(实际上就是负责迪安娜的"堂帕丘")没有敲门就走进了奥兰多的房间。

"您把自己收拾得体面点儿,因为您要走了。"他告诉他。

他勉强能刮完胡子、穿好衣服，还没来得及通知在同一所房子里的理查德。他们给了他一封写给媒体的通告信，给他戴上了一副度数很高的眼镜。"长者"独自一人带着他在麦德林的数个街区里仪式性地兜了几个圈子，之后给了他五千比索的打车钱，把他留在一个他不认识的街心花园，因为他对这座城市毫不熟悉。那是一个凉爽干净的星期一，时间是上午九点。奥兰多无法相信这一切。甚至在当时，向载有乘客的出租车做着无用的手势时，他仍确信，对于绑架他的人来说，杀死他比冒险给他活路要容易得多。他一找到电话便马上打给妻子。

莉莉安娜正在给孩子洗澡，满手泡沫地跑去接电话。她听见了一个陌生而冷静的声音：

"瘦妞，是我。"

她以为有人想开她玩笑，马上就要挂断电话了。当她认出那个声音的时候，她大叫起来，"啊，我的上帝！"奥兰多非常匆忙，他只告诉她自己还在麦德林，当天下午会到达波哥大。在那一天剩下的时间里，莉莉安娜没有得到片刻的安宁，她为自己没听出丈夫的声音而感到忧心忡忡。胡安·维塔被释放的时候曾经告诉过她，奥兰多被监禁生活改变了很多，得费些功夫才能认出他。但是，她从来没想过，他连声音都变了。当天下午，她在机场受到了更大的震撼，她穿过一群记者，却无法认出那个亲吻她的男人。那正是度过四个月囚禁生活的奥兰多，他很胖，脸色苍白，蓄着黝黑扎人的胡子。他们两人都已经决定，一重聚就要第二个孩子。"但是，人太多了，那天晚上我们没做成，"莉莉安娜笑弯了腰，"第二天因为惊吓也没做成。"但是，他们很好地弥补了失去的时间：九个月零一天之后，他们生下了一个男孩；再过一年，又生下了一对双胞胎。

释放人质的风波（对于其他人质和他们的家人来说是一阵乐观的微风拂过）让帕丘·桑托斯相信，没有任何合理的迹象表明事情在往对他有利的方向发展。他觉得，巴勃罗·埃斯科瓦尔只是清除了小牌，以便在制宪议会上施加压力，获得赦免和不被引渡的权利。他留下了三张"A"：前总统的女儿、国内最重要的报纸的总编辑之子和路易斯·卡洛斯·加兰的妻妹。虽然玛露哈不愿用粗浅的解读来让自己不失望，但是贝阿特利丝和玛丽娜感受到了重生的希望。玛露哈情绪低迷，圣诞节的临近让她更加萎靡不振，她讨厌强制性的节日，从来不做圣诞马槽和圣诞树，不发礼物和卡片。没有什么比平安夜凄惨的聚会更让她感到压抑，大家在这些聚会上因为悲伤而歌唱，或是因为快乐而哭泣。"管家"和他的妻子准备了一顿令人作呕的晚餐。贝阿特利丝和玛丽娜努力参加了，但是玛露哈吃了两片药效强劲的巴比妥[①]，醒来时并没有感到内疚。

接下来的星期三，阿莱桑德娜的周播节目献给了妮迪娅家的圣诞夜，图尔巴伊全家都聚集在前总统身边；还有贝阿特利丝、玛露哈和阿尔贝托·比亚米萨尔的家人。孩子们出现在特写镜头中：迪

---

①一种催眠药。

安娜的两个孩子,玛露哈的外孙,也就是阿莱桑德娜的儿子。玛露哈激动地流下了眼泪,因为她上一次见到他时,他还在牙牙学语,现在他已经会说话了。最后,比亚米萨尔用他抑扬顿挫的嗓音详细地讲述了他们行动的经过以及进展。玛露哈用一句精准的话给那次节目作了概括:"美好而可敬。"

比亚米萨尔的信息让玛丽娜·蒙托亚打起了精神。她很快变得宽厚仁慈,表现出她的好心肠来。凭借着不为人知的政治敏感度,她开始兴致盎然地收听、解读新闻。对法令的分析让她得出了一个结论——她们被释放的可能性前所未有地大。她的身体开始好转,她甚至开始藐视囚禁规则,用自然、美妙、银铃般的嗓音说话。

十二月三十一日是她重要的一晚。妲玛莉丝送早饭的时候带来了一个消息:他们将举办一次像模像样的聚会来庆祝新年,到时会有克里奥约香槟和猪肘。玛露哈想,那将是她人生中最悲伤的夜晚,她第一次在那一晚远离家人。她陷入了抑郁之中,贝阿特利丝也被击垮了。她们俩都没有心情参加聚会。玛丽娜正好相反,她兴高采烈地接受了这个消息,毫不吝惜地列举让她们高兴起来的理由。她甚至还鼓舞看守们。

"我们得讲点理,"她对玛露哈和贝阿特利丝说,"他们也远离家人,我们该做的是让他们尽可能高高兴兴地过年。"

在玛丽娜被绑架的那个晚上,看守们给了她三件睡衣,但是她只穿过一件,把另外两件放进她的私人口袋里保存了起来。之后,玛露哈和贝阿特利丝被带来了,她们三个把运动服用作监狱制服穿,每十五天清洗一次。

在十二月三十一日下午,玛丽娜变得更加兴奋之前,没有人记得这些衣服。"我有个想法,"她说,"我这儿有三件睡衣,我们把这三件睡衣穿上,让我们在新的一年里一切顺利。"接着她问玛露哈:

"亲爱的,你想要什么颜色的?"

玛露哈说,她无所谓。玛丽娜觉得绿色更适合她,又把粉色的给了贝阿特利丝,给自己留了一件白色的。然后,她从口袋里拿出一个化妆盒,提议给彼此化妆。"今晚让我们都漂漂亮亮的。"她说。玛露哈已经受够了在穿着上的装扮,便暴躁地拒绝了。

"我都到了穿睡衣的境地了,"玛露哈说,"到这步田地了,还在这儿化得像个疯女人?不,玛丽娜,这可不行。"

玛丽娜耸了耸肩。

"那我化了。"

由于没有镜子,玛丽娜把化妆品递给了贝阿特利丝,坐在床上,让贝阿特利丝给她化妆。贝阿特利丝在床头灯的灯光下,化得完整、雅致:掩盖了苍白皮肤的胭脂、热烈的嘴唇、眼影。那个曾因个人魅力和美貌而名声斐然的女人竟依然如此美丽,她们俩都惊叹万分。贝阿特利丝对自己的马尾辫和学生气质感到非常满意。

那天晚上,玛丽娜展现了她作为安蒂奥基亚人令人无法抗拒的魅力。看守们效仿她,每个人都用上帝赋予的嗓音说想说的话。"管家"例外,他在放纵的酒宴中依然低声细语。"大灯"借酒壮胆,送给贝阿特利丝一瓶男士香水。"让你们在被放出去的那天,能在无数拥抱你们的手臂里散发香气。"他告诉她们。粗鲁的"管家"没有忽略这件事,他说那是一份来自压抑之爱的礼物。这使得贝阿特利丝的诸多恐惧中又多了一样。

除了被绑架者之外,"管家"、他的妻子和四个轮班看守也在。贝阿特利丝如鲠在喉。玛露哈非常想家,而且觉得很羞愧。但是,她也无法掩饰自己对玛丽娜的敬佩之情:玛丽娜穿着白衣服,满头银发,声音动听,因为妆容而显得光彩照人、青春洋溢,快乐得令人难以置信,但她还是成功地让别人信服了。

她和看守们开玩笑,让他们摘了面具喝酒。有时候,他们热得受不了,于是要求人质们背过身去,让他们摘下面具透透气。十二点整,消防车的鸣笛声和教堂的钟声一齐响起,所有人都挤在房间里,他们坐在床上、床垫上,在锻炉间般的热气里大汗淋漓。电视里响起了国歌。玛露哈站了起来,命令所有人起立和她一起唱国歌。最后,她举起苹果酒,为哥伦比亚的和平干杯。半个小时之后,酒喝完了,聚会也结束了,盘子里只剩一块猪腿骨和吃剩的土豆沙拉。

换岗让人质们松了一口气,因为换回了她们被绑架那晚的同一批看守,她们已经知道如何应对他们了。玛露哈尤其觉得放松,她的身体正在低落的情绪中每况愈下。起初,恐惧使她全身疼痛,因为她被迫保持着不自然的姿势。后来,由于看守们施加的不人道的压力,疼痛变得更加明显了。十二月初,由于不听话,她被罚一整天不能上厕所。等到能去的时候,她什么都排不出来。那是顽固性膀胱炎早期症状。从那开始,一直到囚禁结束,她都受着出血症的折磨。

玛丽娜跟丈夫学过运动按摩,她用她微弱的力量坚持帮玛露哈复原。她依然保留着新年的好心情,依然乐观,讲述着趣闻轶事:她在生活。她的名字和照片出现在支持被绑架者的电视运动中,这给了她希望和快乐。她再次感受到了曾经的自己,存在过的自己,身处此地的自己。她总是出现在电视运动的第一阶段,直到有一天,她没有缘由地不再出现了。玛露哈和贝阿特利丝都不敢告诉她,她被从名单里划去可能是因为没有人相信她还活着。

对于贝阿特利丝来说,十二月三十一日是一个重要的日子,她曾经把这一天定为获得自由的最后期限。失望击垮了她,连她的狱友们都不知道该拿她怎么办。有一段时间,玛露哈没法正视她,因为她失去了控制,号啕大哭。她们甚至在一个不比卫生间大多少的房间里忽略彼此的存在。情况变得难以为继。

对于三名人质来说,在洗完澡之后的漫长时间里,互相用保湿霜进行缓慢的腿部按摩是最持久的消遣。为了防止她们失去理智,看守们提供了充足的保湿霜。一天,贝阿特利丝发现保湿霜快用完了。

"等保湿霜用完的时候,"她问玛露哈,"我们该怎么办?"

"那就再管他们要。"玛露哈刻薄地回答,接着用更加刻薄的语气强调:"要不然,我们就看着办。对吧?"

"您别这么跟我说话。"贝阿特利丝勃然大怒,冲她大声喊道:"我现在之所以在这儿都是您的错!"

这样的爆发是难以避免的。在那一刻，她说出了她在这么些紧张压抑的白天与恐惧的黑夜里隐忍的一切。令人惊奇的是，这一情绪的爆发并没有伴随着更加强烈的恨意。贝阿特利丝处于一切的边缘，她克制地活着，独自咽下怨恨，不加细细品尝。一句简单的、漫不经心的话迟早会解放压抑在恐惧下的攻击性，当然，这是可能发生的最不严重的事了。然而，轮值的看守并不这么想。他担心会发生剧烈的争吵，于是威胁要把贝阿特利丝和玛露哈分开，关进不同的房间。

她们两人都很不安，因为对性侵的恐惧依然存在。她们相信，只要她俩在一块儿，看守们就不容易得手，因此把她们分开的想法总是最让她们恐惧的。另一方面，看守们总是两两出现，互相并不亲近，而且似乎在监视对方，这像是一种维持内在秩序的防备措施，以免人质出什么大岔子。

但是，看守们的压迫在房间里营造出了一种病态的氛围。十二月轮班的看守们带来了一台贝塔录像机，用来播放极其色情的暴力电影，时不时还会放些色情片。房间里充斥着令人无法忍受的躁动。此外，人质们上厕所的时候必须把门留一条缝，她们不止一次发现看守在偷窥。有一个看守一直用手顶着门，这样她们上卫生间的时候门就关不上了。当贝阿特利丝故意一下子把门关上的时候，他的手指几乎要废了。另一件让人不适的事情是值第二轮班的看守中有一对同性恋，他们用各种下流的方式调情，一直保持着兴奋的状态。"大灯"对贝阿特利丝一言一行的过分监视、赠送给她的香水和"管家"的无礼也是骚动的种种表现。他们互相讲述强奸陌生女人的经历,交流变态的色情行为和虐淫的快感。这让气氛变得更加怪异了。

由于玛露哈和玛丽娜的要求,一月十二日午夜前,"管家"为贝阿特利丝叫来了一位医生。那是一个年轻人,衣着得体,很有教养。他戴着一个黄色的丝质面具,和他的黄色衣服很相称。通常,蒙面医生很难让人觉得值得信任,但是,他一进门就表现得相当熟练。他能让人安心,给人带来安全感。他带着一只像行李箱一样大的高级皮箱,里面装着听诊器、血压计、心电描记器、便携化验箱和其他急救用品。他给三名人质做了全面的检查,用便携化验箱给她们化验了血液和尿液。

做检查的时候,医生悄悄对玛露哈说:"看着您处在这样的境地却无可奈何,我觉得自己是世上最羞愧的人。我想告诉您,我是被迫来这里的。我是路易斯·卡洛斯·加兰博士的朋友。我支持他,给他投过票。您不应该受这样的罪,但是请您试着克服它。冷静对您的身体有好处。"玛露哈对他的话非常欣赏,但为他道德的妥协程度感到惊讶不已。他跟贝阿特利丝说了一样的话。

她们俩的诊断结果是重度心理压力和早期营养不良,因此他建议要丰富、平衡膳食。他发现玛露哈有血液循环问题和需要警惕的水疱感染症状,便以七叶树、利尿剂和镇定片为基础给她开了药方。他给贝阿特利丝开了镇静剂,来减轻胃溃疡的痛苦。至于玛丽娜,他之前已经见过了,还给她提了建议,让她多注意自己的身体,但他发现她没有好好听取这些建议。他让她们三个每天至少散步一个小时。

从那时起,看守给她们每人一个装着二十片镇静剂的药盒,让她们早上、中午和睡前各服一片。极端的情况下,她们可以把镇静剂换成药效强劲的巴比妥,以便从恐怖的监牢暂时解脱。只要四分之一片,她们就能在数到四之前不省人事。

那天凌晨一点钟,她们开始在漆黑的院子里散步,看守们带着没上保险的机关枪战战兢兢地监视她们。走完第一圈的时候,她们有点晕,特别是玛露哈,她得靠着墙壁才不会摔倒。在看守和姐玛莉丝偶尔的帮助下,她们最终习惯了这样散步。两个星期后,玛露哈就能快速走完一千圈,也就是两公里。她们三个的情绪都有了好转,日常生活也变得更加和谐。

除了房间之外,院子是那座房子里她们唯一熟悉的地方。她们散步的时候,院子里一片漆黑。但在月朗星稀的夜晚,可以看见一台破破烂烂的大洗衣机、电缆上晾着的衣服,还有乱七八糟的破盒子和废旧物品。洗衣机的雨棚上方是紧闭的二楼窗户,布满灰尘的玻璃上盖着报纸做的窗帘。被绑架者们猜想,不值班的看守们就睡在那里。院子里有一扇门通往厨房,另一扇通往被绑架者们的房间。还有一扇旧木板制的大门,它和地面之间有点缝隙,那是连接世界的大门。她们之后将会发现,这扇门通向一个安宁的牧场,复活节羔羊和散养的母鸡在那里吃草。似乎很容易就能把门打开,但是门口有一条看起来忠心不二的德国牧羊犬把守着。不过,玛露哈和它关系不错,当她走上前去摸它的时候,它不会叫。

阿苏塞娜被释放之后，只留下迪安娜独自一人。她带着前所未有的兴趣看电视、听广播，偶尔看看报纸，但是了解这些新闻却无法与别人谈论是唯一比得知它们更糟糕的事情。她觉得看守们对她很不错，她承认他们为了取悦她所付出的努力。"我不想形容，也很难形容我每一分钟的感受：疼痛、焦虑以及我经历的恐怖的日子。"她在日记里写道。她担忧她的生命安全，尤其对武装救援有着不曾止歇的恐惧。要释放她的消息常变成一句蛊惑人心的话："就差一点了。"她想，那是一种无限延期的策略，用来等待制宪议会成立，做出关于引渡和赦免的具体决定。这种想法让她非常恐惧。过去，堂帕丘和她在一起很长时间，和她探讨，让她充分了解信息，但他现在跟她越来越疏远。他们无缘无故地不再给她送去报纸。随着元旦的远去，新闻，甚至电视剧都感染上了这个瘫痪国家的节奏。

在一个多月的时间里，他们反复向她承诺她会见到巴勃罗·埃斯科瓦尔本人，以此分散她的注意力。她演练自己的态度、理据和语气，肯定自己可以跟他谈判。但是，永远的拖延把她带入了不可思议的悲观的极点。

在那样的恐惧里，她脑海中的保护人形象是她的母亲，或许她从母亲那里继承了热情的性格、百折不挠的信念和对幸福捉摸不定的幻想。她们有与人沟通的才能，在被绑架的暗无天日的几个月里，这种才能使她有了奇迹般的洞察力。妮迪娅在广播电视上说的每一个词、做的每一个动作和最出人意料的强调处向身处黑暗监牢的迪安娜传递着假想的信息。"我总觉得她仿佛是我的守护天使。"她写道。她坚信,在众多的挫败之后,最后的成功将归功于母亲的奉献和力量。由于这种信念的激励,她幻想自己会在圣诞夜被释放。

圣诞前夜,房子的主人们为她举办了一场聚会,对自由的幻想让她在聚会时坐立不安。他们准备了烤肉、萨尔萨唱片、烧酒、烟花和五颜六色的气球。迪安娜把这当作一种道别。她甚至已经把手提包准备好,放到床上了。为了在他们释放她的时候不浪费时间,她从十一月就开始收拾了。晚上很冷,晚风像狼群般在树木间呼号,但她把这当作美好时光的征兆。当他们给孩子们分发礼物的时候,她想起了自己的孩子,盼望着明天晚上和他们在一起,以此来安慰自己。梦想实现的可能性越来越大,因为看守们送给她一件加了里衬的皮衣。也许,为了让她更好地忍受不幸,他们特意挑选了这件衣服。她肯定,她的母亲会像往年一样等她吃晚饭,还会在门上挂一个槲寄生花环,还有为她准备的"欢迎"标语。的确是这样的。迪安娜依然非常肯定自己会被释放,她一直等到聚会最后的碎屑在地平线上消失。又一个充满不确定性的早晨来临了。

接下来的周三,她独自一人在电视前搜索着频道。突然,她在屏幕上认出了阿莱桑德娜·乌利维的小儿子,那是《焦点》栏目为圣诞节制作的节目。当她发现这期节目的出现是因为她在阿苏塞娜给她母亲带去的信上要求庆祝平安夜时,感到惊喜万分。玛露哈和贝阿特利丝的家人在场,图尔巴伊全家都在:迪安娜的两个孩子、她的兄弟姐妹和她的父亲。她父亲站在中间,他身材高大、精神萎靡。"我们并没有在庆祝。"妮迪娅讲述道,"然而,我决定满足迪安娜的心愿。我花了一个小时组装圣诞树,在壁炉里组装圣诞马槽。"尽管所有人都好心地不想给被绑架者们留下悲伤的回忆,但与其说是在庆祝,这更像是一场追悼会。但是妮迪娅坚信迪安娜会在那天晚上被释放,她在门上安了圣诞装饰和金色的欢迎标语。"那天我不能和大家一起过节,我感到非常痛苦。"迪安娜在她的日记中写道,"但是,这极大地鼓舞了我,我觉得自己离大家很近,我很高兴看见他们团聚在一起。"她非常喜欢玛丽亚·卡罗琳娜的成熟,也很担忧小米盖尔的孤僻,同时不安地想起他还没有受洗;父亲的悲伤让她难过,母亲让她十分感动——母亲在圣诞马槽里放了一件为她准备的礼物,在门上挂上了欢迎的标语。

迪安娜没有因为圣诞节的希望落空而消沉,相反,她对政府有了抗拒的态度。一开始,她对2047号法令表现出了极大的热情,十一月的幻想正是基于这条法令而产生的。基多·帕拉的行动、"高贵者"的努力、对制宪议会的期望以及调整投降政策的可能性都激励着她。但是,圣诞节的失望让她不再体谅政府。她愤怒地想,为什么政府不考虑任何对话的可能性,而荒谬地让绑架案的压力决定一切。她明确地表示,她一直了解在受讹诈的情况下开展行动的难度。"在这方面,我是图尔巴伊家族的人。"她写道,"但是我认为,随着时间的流逝,事态已经向相反的方向发展。"她不能理解政府面对在她看来是绑架者的嘲弄行为时所表现出的消极态度。她不明白,政府既然已经制定出针对他们的政策,并接受了一些合理的要求,为什么不以最大的力度威胁他们投降。"只要不强制他们投降,"她在日记中写道,"他们就可以舒舒服服地慢慢来,而且他们知道自己掌握着最重要的施压武器。"她觉得体面的调停已经变成了一盘象棋,双方挪动着自己的棋子,等着看谁会把对方将死。"但是,我会是哪颗棋呢?"她想,又坦率地回答,"我禁不住想,我们是可以被抛弃的棋子。"对已经消亡的"高贵者"团队,她直击他们的要害:"他们从极富人道主义精神的事业开始,到为'可被引渡者'服务告终。"

一月,一位值班的看守闯进了帕丘·桑托斯的房间。

"这事玩儿完了,"他说,"他们要杀人质了。"

他说,这是为了给死去的普里斯科集团成员复仇。公告已经拟好了,几个小时后就会发布。第一个被杀的会是玛丽娜·蒙托亚,往后按顺序每三天杀一个人:理查德·贝塞拉、贝阿特利丝、玛露哈和迪安娜。

"您是最后一个。"看守安慰他说,"但您放心,死的人超过两个,这届政府就撑不住了。"

帕丘非常害怕,他根据看守的数据算了一笔账:他还能活十八天。因此,他决定给他的妻子和孩子们写信。他在笔记本上写了整整六页,没有打草稿。他用分开的小写字母书写,像印刷体一样,比往常更容易辨认。他握笔很稳,他明白这不仅是一封道别信,还是他的遗嘱。

"不管结局如何,我只希望这场戏尽快结束,让大家最终都能得到安宁。"他在开头写道。他最感激的人是玛丽亚·维多利亚,他写道,和她在一起,他成了一个男人、一位公民和一名父亲。唯一让他遗憾的是,他过去更注重他的记者工作,而不是家庭生活。"在坟墓里我会感到内疚。"他写道。至于他几乎刚出世的孩子,他相信他们会被最可靠的人抚养长大,这让他感到安心。"等他们能理解曾经发生的一切的时候,再跟他们谈起我,这样他们能平静地消化我的死所带来的不必要的痛苦。"他感激父亲为他做了那么多事,只求他"在与我团聚之前,把所有的事情都处理好,免得我的孩子们在将来的财产争夺中伤透脑筋"。于是,他谈起了他认为在未来的日子里"无聊但重要"的内容:他孩子们的富足生活和《时代报》家庭内部的团结。前者很大程度上依赖于日报给他的妻儿买的保险。"请让他们把提供给我们的东西交给你,"他说,"我为日报做出的牺牲并不完全是徒劳,这样才勉强公平。"关于报纸的行业、商业或是政治前景,他唯一担忧的是内部的斗争和分歧,他意识到大家族之间有着不小的冲突。"在这次牺牲之后,《时代报》将会分崩离析或是落入他人之手,这令人难过。"这封信以对玛丽亚维的感谢结尾,感谢他们在一起生活时的美好回忆。

看守感动地接过这封信。

"放心,老爹。"他告诉他,"我保证让这封信寄到。"

事实上,帕丘·桑托斯没能剩下十八天的时间,他只剩了几个小时。他是名单上第一个,谋杀的命令在一天前就下达了。由于机缘巧合，玛尔塔·妮耶维丝·奥乔阿在最后时刻通过第三人得知了这个消息，她给埃斯科瓦尔寄了一封求情信。她坚信帕丘的死最终将燃烧整个国家。她一直不知道他有没有收到这封信，但是，针对帕丘·桑托斯的命令从来没有真正被发布出来，他们发布的是一条针对玛丽娜·蒙托亚的无法撤销的命令。

玛丽娜似乎从一月初就有了预感。出于她从来不加以解释的理由，她决定在"和尚"的陪伴下散步。"和尚"是她的老朋友，在新年第一轮换岗时回来了。电视节目结束以后，他们会散步一个小时，之后玛露哈与贝阿特利丝会和她们的看守一起出来。一天晚上，玛丽娜回来的时候非常害怕，她看见一个穿着黑衣服、戴着黑色面具的人，他在洗衣机那里，在黑暗处看着她。玛露哈和贝阿特利丝认为那又是她经常出现的幻觉，没有理会她。当天她们就证实了这个推断，因为放洗衣机的阴暗处没有任何光线，不可能看见一个穿着黑衣服的男人。而且，如果这是真的，那应该是家里的某个熟人。否则，那条害怕自己影子的德国牧羊犬会受到惊吓。"和尚"说，那应该是一个只有她能看见的幽灵。

然而，两三晚之后，玛丽娜散完步回来时，就处于真正的恐慌状态了。那个男人又来了，他总是一身黑衣，用令人毛骨悚然的注意力长时间观察她，而且完全不在意她也在看他。和前几晚不同，那天是满月，院子被笼罩在一种奇幻的绿色中。玛丽娜向"和尚"讲述这件事，"和尚"反驳了她，认为她在说谎。但是出于错综复杂的理由，玛露哈和贝阿特利丝都对此感到困惑。从那时起，玛丽娜就不再散步了。幻想与现实之间的疑虑给人留下了无比深刻的印象，以至于玛露哈产生了真正的幻觉。一天晚上，她睁开眼睛，就着床头灯的灯光看见了"和尚"。他像往常一样蹲着，面具变成了一副骷髅。玛露哈受到了极大的震撼，因为她把这幅景象同她母亲的忌日（即将到来的一月二十三日）联系了起来。

玛丽娜在床上度过了周末，似乎已经被遗忘的脊椎旧疾把她折磨得非常虚弱。初来时的混沌情绪又回来了。由于她无法自理，玛露哈和贝阿特利丝开始照顾她。她们几乎抬着她去卫生间，喂她吃东西、喝水，在她的背后放一只枕头让她在床上看电视。她们宠着她，真心地爱她，但觉得自己被她前所未有地蔑视。

"我病得这么厉害，你们都不帮我，"玛丽娜对她们说，"我帮了你们那么多。"

有时候，对于玛丽娜来说，只有折磨着她的无助感在不断滋长。她连续几个小时激情洋溢地低声祈祷。事实上，这样的祈祷和处理指甲是她在那场危机中仅有的安慰。几天后，她厌倦了一切，筋疲力尽地躺在床上。她叹了口气：

"唉，随上帝所愿吧。"

二十二日下午，最开始来过的那个医生又一次来看望她们。他悄悄地和看守们谈话，并认真倾听了玛露哈和贝阿特利丝关于玛丽娜身体状况的评论。最后，他坐在床边和玛丽娜交谈。他们说的应该是严重而秘密的事情，他们俩的窃窃私语声是如此微弱，没人能听清一个字。医生离开的时候比来的时候情绪更好，他承诺会很快再来。

玛丽娜沮丧地躺在床上，不时地哭泣。玛露哈试着鼓励她，玛丽娜用不停做祷告的方式感激她，而且总是充满情感地回应她，用僵硬的手握住她的手。玛丽娜跟贝阿特利丝的感情更加深厚，也同样亲昵地对待她。修剪指甲是唯一支持她活下去的习惯。

二十三日（周三）晚十点半，她们开始看《焦点》节目。她们期待听到迥异的词汇、熟悉的笑话、最意想不到的动作和歌词里可能藏匿加密信息的细微变化。但是，没有时间了。主题曲刚刚响起，房门就在这个奇怪的时刻被打开了。"和尚"走了进来，而那天晚上他并不用值班。

"我们是为奶奶来的，我们要把她带去另一个农场。"他说。

他仿佛在发出一个共度周末的邀请。玛丽娜躺在床上，仿佛被刻进了大理石里。她脸色惨白，连嘴唇也毫无血色，头发卷曲。"和尚"像孙子一般亲昵地向玛丽娜走去。

"收拾好您的东西，奶奶，"他对她说，"您有五分钟时间。"

他想帮她起身。玛丽娜张开嘴想说点什么，却又将话咽了回去。她没有依靠任何帮助就起了身，拿起装着她个人物品的袋子，向卫生间走去，走路时像梦游一般轻飘飘的，仿佛没有踩到地面。玛露哈毫不畏惧地质问"和尚"。

"你们会杀了她吗？"

"和尚"被激怒了。

"这些东西不能问。"他说，但他立马恢复了正常，"我已经说了，她会去一个更好的农场。我保证。"

玛露哈不惜一切代价尽力阻止他们把她带走。由于没有任何一位首领在场——这对于一个重要的决定来说是不正常的,她要求叫一个领导人来讨论这件事。但是另一个走进来的看守打断了争执,他还带走了收音机和电视机。他们没有解释一句就切断了电源,聚会的最后一寸光在房间里熄灭了。玛露哈请求他们,至少让她们把节目看完。贝阿特利丝表现得更加暴躁,但是并没有用。他们带走了收音机和电视机,并告诉玛丽娜他们五分钟后回来接她。玛露哈和贝阿特利丝留在房间里,她们不知道应该相信什么,应该相信谁,甚至不知道那个捉摸不透的决定在何种程度上成了自己命运的一部分。

玛丽娜在卫生间里待了远远不止五分钟。她穿着完好的粉色汗衫、棕色的男袜和被绑架那天穿的鞋子回到屋里。汗衫很干净,刚被熨过。由于潮湿,她的鞋子上长了苔藓。它们看起来很大,因为在忍受了四个月的折磨之后,她的脚缩了两码。玛丽娜依然面色苍白,全身被冷汗浸湿了,但是她还留有一丝幻想。

"天知道他们会不会把我放了。"她说。

玛露哈和贝阿特利丝不约而同地决定,无论如何,最基督的做法是欺骗她。

"当然了。"贝阿特利丝回答她。

"就是这样。"玛露哈第一次灿烂地笑了,"真好啊!"

玛丽娜的反应让人感到惊讶。她半开玩笑半认真地问她们有什么口信要捎给家人。她们临时想出了尽可能好的答案。玛丽娜自嘲了一会儿，又问贝阿特利丝借"大灯"在新年时送给她的那瓶男士香水。贝阿特利丝把香水递给她，玛丽娜非常优雅地把香水喷到耳后。她没有照镜子，用手指轻轻地整理她暗淡的美丽银发。最后，她似乎为自由和幸福做好了准备。

事实上，她快要晕厥了。她向玛露哈要了一根烟。他们朝她走去的时候，她正坐在床上抽烟。她抽得很慢，也因为忧虑抽得很大口。与此同时，她一寸寸地审视那个糟糕又悲惨的房间，她在那里没有找到丝毫的怜悯，在那里，他们最后连死在床上的尊严都不给她。

为了不让自己哭出来，贝阿特利丝认真地重复了一遍给她家人的口信："如果您有机会见到我的丈夫和孩子们，告诉他们我很好，我很爱他们。"但是，玛丽娜已经不属于这个世界了。

"别拜托我。"她回答的时候甚至没有看她，"我知道，永远不会有那样的机会了。"

玛露哈给她拿了一杯水和两片足够睡上三天的巴比妥。她得喂她喝水，因为玛丽娜的双手颤抖着，无法将杯子送到嘴边。当时，玛露哈看见了她闪烁的眼睛深处的东西，这足以让她发现玛丽娜连自己也没有欺骗得了。玛丽娜很清楚地知道自己是谁，他们会对她做什么，她会被送到哪里；她明白，同样是出于同情，她顺从了她人生中剩下的最后的朋友。

他们给她带来了一顶新的风帽，帽子是粉色的，用羊毛织成，和她的汗衫很相称。在他们给她戴上帽子之前，她向玛露哈道别，给了她一个拥抱和亲吻。玛露哈为她祈福,告诉她:"放心。"她也给了贝阿特利丝一个拥抱和亲吻,跟她告别,对她说:"愿上帝保佑您。"贝阿特利丝直到最后一刻依然坚持自己的想法,沉浸在幻想之中。

"您就要见到您的家人了,真好呀!"她对玛丽娜说。

玛丽娜任由看守们摆布自己,没有流一滴眼泪。他们给她反着戴上风帽,给眼睛留了两个孔,让她能看清东西,还在风帽后颈处给嘴巴留了孔。"和尚"拉着她的双手,把她从房子里带走了。玛丽娜任由他带着,脚步很稳。另一名看守从外面把大门锁上了。

面对那扇紧闭的大门,玛露哈和贝阿特利丝纹丝不动,不知道如何继续生活。车库里响起发动机的声音,后来,这声音消失在了地平线上。她们在那个时候才明白,他们拿走电视机和收音机是为了不让她们得知当晚的结局。

六

次日，也就是二十四日，星期四。清晨，有人在波哥大北部的荒地发现了玛丽娜·蒙托亚的尸体。她几乎是坐在早晨的毛毛雨淋湿的草地上，倚靠着刺网围栏，手臂十字交叉。描述尸体的78号刑事诉讼法官形容她是一个六十岁左右的女人，有一头银发，发量很足，穿着粉色汗衫和棕色男袜，汗衫下面戴了一条配有塑料十字架的圣衣项链。司法人员到来之前，已经有人偷走了她的鞋子。

尸体头部被风帽盖住了，风帽反戴着，因为干涸的血迹而皱得像一块纸板，在后颈部有给嘴巴和眼睛留的小孔。头部中了六枚子弹，几乎被打碎了，子弹是从五十厘米开外的地方射出的，没有在布料和皮肤上留下印记。伤口分布在头颅和左侧脸颊，额头上还有由一颗致命的子弹造成的清晰伤口。然而，在被野草浸湿的尸体旁只找到了五枚九毫米的子弹壳。司法警察的技术部队已经提取了五套指纹。

马路对面圣·卡洛斯学院的一些学生和其他好奇的人在四周游荡。在围观尸检的人中，有一个在城北墓园卖花的女人。她起得很早，要去附近的一所学校给女儿注册。死者给她留下了深刻的印象，这人穿着高档内衣，双手护理得很好。尽管她的脸上千疮百孔，但依然能让人注意到她的与众不同。那天下午，鲜花批发商在给五公里外城北墓园的摊位供货时发现，这位卖花女头痛得厉害，并处于需要注意的抑郁状态之中。

"您都想不到，看着那位可怜女士倒在草地上是多么难过。"卖花女告诉她，"您得看看她的内衣，贵妇人的身材，白色的头发，细嫩的双手和精心修剪的指甲。"

那位批发鲜花的女士为她的衰弱感到惊慌，给了她一片治疗头疼的止痛药，建议她不要想这些伤心事，尤其是不要为别人的事情难过。一周之后，她们俩才意识到，她们经历的是一段令人难以置信的插曲。那位批发商叫玛尔塔·德·佩雷斯，是路易斯·吉耶尔摩·佩雷斯的妻子，路易斯正是玛丽娜的儿子。

星期四下午五点半，法医研究所接收了尸体，将其留在了停尸房，等待第二天解剖，因为弹伤超过一处的死者不会在晚上进行尸检。还有两具上午在街上发现的男尸在等待确认身份和解剖。夜间，又送来了两具成年男性的尸体，也是在露天场所被发现的；还有一具五岁男孩的尸体。

帕特莉西娅·阿尔瓦雷斯医生从周五早上七点半开始解剖玛丽

娜·蒙托亚的尸体。医生在她的胃里发现了可辨认的食物残渣,并推测死亡时间是周四清晨。她也对高级内衣和精心修剪、涂了指甲油的指甲印象深刻。她向她的上司佩德罗·莫拉莱斯医生寻求帮助,他当时在两台桌子外解剖另一具尸体。他帮她发现了其他证明尸体生前社会地位的不容置疑的特征。他们给她做了牙齿鉴定,给她拍摄了照片和X光片,又提取了三对指纹。最后,他们给她做了原子吸收测试,并没有发现精神类药品的残留。虽然玛露哈·帕琼在她死前的几个小时给了她两片巴比妥,但看来她没有吃。

初步的手续完成之后,尸体被送到了城南墓园。三周前,那里挖掘了一个大约能埋下两百具尸体的公共墓穴。她和另外四个陌生成年人还有那个孩子埋在了一起。

显然,在那个残酷的一月,国家已经陷入了可想象的最糟糕的状况。自一九八四年罗德里格·拉腊·波尼亚部长被刺杀以来,我们已经历了各种令人深恶痛绝的事件。但是,这样的形势不但没有结束,而且最糟糕的情况也没有成为过去。所有暴力的因素都被激发、加剧了。

在众多引发国家动荡的危险中,毒贩恐怖主义被定义为最有害、最残忍的因素。四名总统候选人在一九九〇年的大选之前被谋杀。一名单独行动的杀手在一架民航客机上杀死了M-19的候选人卡洛斯·皮萨罗,尽管他已经在绝对保密的前提下四次变更了航班,并使用了各种精明的技巧来为自己打掩护。预备候选人埃尔内斯托·桑佩尔在十一颗子弹的扫射中幸存了下来。五年后,他成为共和国总统时,身体里还留着四颗子弹,它们会在过机场的电磁门时嘀嘀作响。他们在玛萨·马尔克斯将军的途经处引爆了一辆装有三百五十公斤炸药的汽车,将军从他的低配装甲车里逃了出来,还拖着一名受伤的卫兵。"突然,我觉得自己好像被浪头打到了空中。"将军讲述说。他受到了很大打击,为了恢复平静,他寻求了精神治疗的帮助。七个月后,一辆携带两吨炸药的卡车用一次毁灭性的爆炸,炸毁了安全管理部(DAS)的巨型大楼,造成七十人死亡,七百二十人受伤,还有无法估量的财物损失。当时,将军的精神治疗还没有结束。恐怖分子按照往常将军走进办公室的时间精准地引爆炸弹,但是他在那场灾难中连一点擦伤都没有。同年,一枚炸弹在一架客机起飞五分钟后爆炸,造成一百零七人死亡,其中有安德烈斯·埃斯卡比——帕丘·桑托斯的妻弟,以及哥伦比亚男高音歌手赫拉尔多·阿莱亚诺。人们普遍认为,此次爆炸是针对候选人塞萨尔·加维里亚的。那是个糟糕的失误,因为加维里亚从没有乘坐那班飞机的打算,竞选团队中负责他人身安全的成员甚至禁止他乘坐民航客机。有一次他想乘坐民航客机,但其他乘客试图下飞机,以避免跟他同行的危险。在他们的惊慌面前,他不得不放弃了。

事实上,国家陷入了地狱般的恶性循环之中。一方面,"可被引渡者"拒绝投降,也不肯减少暴力行动,因为警方没有给他们停战的机会。埃斯科瓦尔通过各种媒体揭露,警方随意闯入麦德林的贫民窟,随机抓走十个孩子,不经调查就把他们枪决在酒馆和牲口圈里。警察粗略地推测，大多数人都在为巴勃罗·埃斯科瓦尔效力，要么是他的支持者，要么出于理智或被强迫，随时都会变成他的支持者。不管是在对警察一个不留的屠杀中，还是在袭击和绑架中，恐怖分子都没有停歇。另一方面，两场历史最久、力量最强大的游击运动——民族解放军和革命武装力量的运动，正用各种恐怖行动抗议塞萨尔·加维里亚政府的第一份和平提案。

受那场盲目战争影响最大的群体是记者，还有谋杀和绑架行为的受害者，以及因为威胁和腐败而逃逸的人。在一九八三年九月至一九九一年一月期间，有二十六名来自全国不同媒体的记者被贩毒集团杀害。《观察者报》的主编吉耶尔摩·加诺是其中最文弱、最无辜的一个。一九八六年十二月十七日，他在报社门口被两名暗中监视的持枪者杀害。当时他正在自己的车里。由于写作攻击毒品贸易的自杀性社论，他成了国内最受威胁的人之一，但他拒绝使用装甲汽车，也不携带卫队。然而，在他死后，他的敌人还试图继续毁灭他。一个纪念他的半身像在麦德林被炸毁。几个月后，一辆装有三百公斤炸药的汽车被引爆，摧毁了报社的办公楼。

一种比臭名昭著的海洛因更有害的毒品被引入了民族文化中：赚快钱。这种想法盛行一时：法律是幸福最大的阻碍，学会读写没有用处，像罪犯一样活着比像好人一样活着更好、更安全。一言以蔽之，这是非典型战争时期特有的社会腐化状态。

在哥伦比亚近期的历史中，绑架并不是新鲜事。前些年的四位总统都没有逃过破坏国家稳定的绑架案的考验。当然，就目前所知，这四位总统中没有一位屈服于绑架者的要求。一九七六年二月，在阿丰索·洛佩斯·米切尔森政府时期，M-19绑架了哥伦比亚工人联盟主席何塞·拉盖尔·麦尔卡多。绑架他的人认为他背叛了工人阶级，最后，他被处死。由于政府拒不满足一系列的政治条件，他的后颈挨了两枪。

一九八〇年二月二十七日，在胡里奥·塞萨尔·图尔巴伊政府时期，同一武装组织的十六名精英成员攻占了多米尼加共和国位于波哥大的大使馆，当时大使馆正在庆祝国庆节。在六十一天里，几乎整个驻哥伦比亚的外交系统都成了人质，包括美国、以色列和梵蒂冈的大使。他们索要五千万美元的赎金，并要求释放三百一十一名被拘捕成员。图尔巴伊总统拒绝谈判。但是，四月二十八日，人质们被无条件释放，绑架者们在古巴政府的保护下离开了国家，这次保护行动是由哥伦比亚政府申请的。绑架者们私下承认，他们收到了五百万美元的赎金，这笔现金是由哥伦比亚的犹太移民向全世界的教友募集的。

一九八五年十一月六日，M-19的突击队在最繁忙的时间段占领了人流涌动的最高法院大楼。他们要求共和国最高法院审判贝利萨里奥·贝坦库尔总统，因为他没有履行他的和平承诺。总统没有同意谈判。十个小时后，军队强行武装解救了最高法院大楼，造成了九十五位公民死亡，其中有最高法院的九名法官，还有院长阿丰索·莱耶斯·埃昌迪亚，失踪人数难以统计。

比尔希略·巴尔科总统在他的任期快要结束之时，没能妥善处理秘书长之子阿尔瓦罗·迭戈·蒙托亚的绑架案。七个月后，巴勃罗·埃斯科瓦尔的怒火向继任总统塞萨尔·加维里亚爆发了。他的政府在成立之初就面临着超过十名显赫人物被绑架的难题。

然而，在最初的五个月，加维里亚争取到了不太动荡的氛围，因此顶住了骚乱。为了召集一个被最高法院赋予足够权力的制宪议会，他达成了一项政治协议，让制宪议会可以不受限制地决定任意事务。当然，其中包括最热门的议题：国民引渡和赦免。但是，只要哥伦比亚没有一个有效的司法体系，就几乎不可能整合出一项和平政策，能将国家置于好人的一边，将各种罪犯归于坏人的一边。对于政府、毒贩和游击队来说，这才是根本性的问题。但是，在那个时期，没有什么事是容易的，让某一方客观地通报某条新闻更是不易，教育孩子、教他们区别善恶也并不简单。

政府的公信力不再由突出的政治成就决定，而是由政府的安全机构、国际媒体的抨击和国际人权机构的底线来衡量。相反，巴勃罗·埃斯科瓦尔取得了游击队在鼎盛时期都没有获得的信任度。人们甚至更相信"可被引渡者"的谎言，而不是政府的真话。

十二月十四日，政府颁布了3030号法令，这部法令修订了2047号法令的内容并废除了之前所有的相关法令。它引进了诸多新内容，其中有一个司法刑罚累积的概念。也就是说：对于一个被判定有数项罪行的人来说，无论是在同一场审判还是在之后的审判中，他都不会因为不同的罪行而增加服刑的年份，而是只承担其中判得最重的刑罚。此外，法令还确定了一系列程序和从国外转回到哥伦比亚审理的案件的证据期限。但是，阻碍投降的两块巨大的礁石依然坚挺：不够明确的不被引渡条件和可被赦免罪行的固定期限。确切地说，投降和认罪依然是不被引渡和减刑的必然要求，但前提是所有罪行是在一九九〇年九月五日之前犯下的。巴勃罗·埃斯科瓦尔通过一条愤怒的信息表达了他的不满。这一次，他并非是想避免被当众揭发，而是另有缘由：与美国交流证据的进程在加快，促进了引渡事宜的进展。

阿尔贝托·比亚米萨尔是对这部法令最惊讶的人。由于与拉法埃尔·帕尔多日常的联系，他正等待一部更容易操作的法令出现。然而，他认为这部法令比第一部更难操作。这么认为的人不止他一个。不赞同的意见不计其数，甚至在第二部法令颁布当天，就有人在构思第三部法令了。

至于让3030号法令变得更难操作的原因，一个很容易想到的猜测是，面对调解公告的进攻和无故释放四名记者的行为，政府中最激进的派别已经使总统相信埃斯科瓦尔正面临困境。而实际上，凭借绑架案施加的巨大压力和制宪议会取缔引渡和宣布赦免的可能性，埃斯科瓦尔当时前所未有地强大。

相反，奥乔阿三兄弟立即选择了投降以寻求庇护。这可以解读为贩毒集团高层出现了裂痕。其实，他们的投降进程从第一部法令颁布后就已经开始了。九月，一名跟拉法埃尔·帕尔多相熟的安蒂奥基亚参议员请他接见一个他之前并不认识的人。那是玛尔塔·妮耶维丝·奥乔阿，她大胆地为她的三个兄弟办理投降手续已经有一个月了。投降将会这样进行：最小的法比奥于十二月十八日投降；一月十五日，豪尔赫·路易斯将投降；二月十六日，胡安·大卫投降。五年后，一群记者在监狱里采访豪尔赫·路易斯，他的解释斩钉截铁："我们投降是为了保命。"他承认，在这背后有着家族女性施加的难以抗拒的压力。但是，直到他们被安全地关进位于麦德林工业区的伊塔古伊装甲监狱时，他们才真正得到了安宁。那是一次信任政府的家族行为，当时政府依然能在他们有生之年把他们引渡到美国。

妮迪娅·金特罗女士一直很关注这些事件，她没有忽视奥乔阿兄弟投降的重要性。法比奥投降三天后，她便和女儿玛丽亚·维多利亚，还有迪安娜的女儿玛丽亚·卡罗琳娜一起去监狱探望他。奥乔阿家族的五名成员：母亲、玛尔塔·妮耶维丝、另一个姐妹和两名年轻的男子到她的住处接她，他们遵循着帕伊萨人的部落礼仪。他们把她带到了伊塔古伊监狱，那是一座装甲建筑，位于山坡上一条小街的尽头，已经装饰上了圣诞节的彩纸花环。

在监狱的牢房里，除了小法比奥之外，父亲堂法比奥·奥乔阿也在那里等待他们。他是一位一百五十公斤重的族长，七十岁了，却有着孩子的容貌。他饲养着步伐高贵的哥伦比亚马，还是一个由英勇的男性和安分守己的女性组成的大家庭的精神领袖。他喜欢戴骑手的帽子，坐在主座上指挥客人。他的举止礼数周全，和他缓慢拖沓的说话风格以及他的群众智慧非常契合。他的儿子在他的身边，常被衬托得很有活力，说话很不得体。但那天，他父亲说话的时候，他几乎没有插嘴。

堂法比奥首先赞美了妮迪娅为了救迪安娜表现出的撼天动地的勇气。他用精湛的措辞技巧提出了帮助她对付巴勃罗·埃斯科瓦尔的可能性：在我力所能及的范围内，我非常愿意帮忙；但是，我认为我做不了什么。拜访结束时，小法比奥请求妮迪娅向总统解释在投降法令中增加投降期限的重要性。妮迪娅告诉他，她无法这么做，但他们能，他们可以写信给相关的权威机构。这是她避免自己被用作面见总统的信使的方法。小法比奥理解这一点，他用一句鼓舞人心的话向她告别："只要活着就有希望。"

妮迪娅回到波哥大后，阿苏塞娜把迪安娜的信交给了她，信里请妮迪娅和她的孩子们一起过圣诞节。埃罗·布斯打电话催她去卡塔赫纳私下谈一次话。她发现，这个德国人在三个月的囚禁生活之后依然保持着良好的身体和精神状态，这让她对女儿的身体稍稍放心了一些。埃罗·布斯从被绑架的第一周以来就没有见过迪安娜。但是，看守和服务人员之间有持续不断的信息交流，这些信息会被泄露给人质，因此他知道迪安娜很好，唯一严重的、一直迫在眉睫的危险是武装营救的可能性。"您无法想象一直面临着被杀害的风险是何种境况。"埃罗·布斯说，"不只因为警察会来，就像他们说的那样，还因为他们总是心惊胆战，连一点点小声音都会被误认为是一场行动。"他唯一的建议是不计一切代价阻止武装营救，并争取更改法令规定的投降期限。

回到波哥大当天,妮迪娅向司法部表达了她的不安。在儿子胡里奥·塞萨尔·图尔巴伊·金特罗议员的陪同下,她拜访了国防部长奥斯卡·博特罗将军。她以所有被绑架者的名义焦急地请求他利用好情报机构,而不要采取营救行动。身心消耗让她头晕目眩,悲剧的直觉变得越来越明晰。她的心很痛,一直在哭泣。她尽最大的努力控制自己,但是坏消息让她喘不过气。通过广播,她听到了"可被引渡者"的口信,他们威胁说,如果不修改第二部法令的条款,他们会把被绑架者的尸体装在麻袋里,抛到总统府前。妮迪娅极其绝望地给共和国总统打电话。但当时他人在安全委员会,因此拉法埃尔·帕尔多接了电话。

"我恳求您问一问总统和安全委员会的人,是不是得等到人质被杀了装到麻袋里扔到门口,他们才会修改法令。"

几个小时后,她依然很激动,当面请求总统更改法令的期限。总统已经听说了妮迪娅抱怨他面对别人的痛苦无动于衷的消息,因此他努力表现得耐心,尽量表达清晰。他说,3030号法令刚刚颁布,至少应该给它时间,看它表现如何。但是妮迪娅认为,总统的说法不过是为他没有在合适的时间做该做的事而找借口。

"改变最后期限不仅是为了拯救人质的生命,"妮迪娅已经厌倦了讲理,反驳道,"也是让恐怖分子投降唯一欠缺的条件。请您改变期限吧,这样他们就会把迪安娜还给我们。"

加维里亚没有让步。他已经确信,固定期限是投降政策最大的绊脚石，但是他拒绝更改期限，这样"可被引渡者"就无法通过绑架获得他们想要的东西。在接下来的几天里，制宪议会将在不确定的期望中集合起来，他们不会允许因政府的软弱而赦免贩毒贸易。"民主不会因为四名总统候选人被谋杀或因为某件绑架案而岌岌可危。"后来，加维里亚这么说，"存在着诱惑、风险或者可能正在发酵的谣言的时候，才是民主真正岌岌可危之时。"也就是说：制宪议会的意识也被令人难以置信的风险绑架了。加维里亚已经决定了：如果这发生了，他会冷静坚决地决定让制宪议会解散。

从某一刻起，妮迪娅就想让图尔巴伊博士做些震撼全国的事来支持被绑架者：组织总统府前的群众游行、公民罢工、在联合国的正式抗议。但是，图尔巴伊博士让她冷静了下来。"他总是这样，因为他有责任感和自制力。"妮迪娅说，"但是，我们知道，在内心深处他痛苦得要死。"这种了解并没有让她松一口气，反而增加了她的焦虑。就是在那时，她决定给共和国总统写一封私信，这封信"会让他在他认为有必要的方面采取行动"。

古斯塔沃·巴尔卡萨尔博士为妻子妮迪娅的精神衰弱感到担忧。一月二十四日，他说服她一起去塔比奥的房子（位于一小时车程外的波哥大草原）里住几天，减轻焦虑。自从女儿被绑架之后，她就没有回过那里，她带上了圣母半身像和两支大蜡烛，每支可以用十五天。她还带了所有她可能需要的东西，以免与现实脱离联系。她在草原上度过了漫长寒冷的一夜，跪着请求圣母用刀枪不入的玻璃罩来保护迪安娜，让大家都尊重她，让她不觉得害怕，把打向她

151

的子弹弹回。凌晨五点，在一个短暂而混乱的梦之后，她开始在餐桌上给共和国总统写一封发自肺腑的信。她胡乱地记录转瞬即逝的想法，一直到天明时分，她哭泣着，不停地哭着撕碎草稿，又在泪海里把稿子誊清。

与她自己预想的相反，她在写一封最慎重、最激进的信。"我不想写一份公文，"她起笔写道，"我想写给我国总统，凭借我理应得到的尊重，我请您做适当的反思，同时我痛苦但理智地向您恳求。"尽管总统反复保证绝不会通过武装行动解救迪安娜，但妮迪娅为一次富有远见的恳求留下了书面证据："如果警察搜查民宅时碰上了被绑架者，可能会酿成可怕的悲剧。这一点国家明白，你们也明白。"妮迪娅坚信，第二部法令中的障碍中断了"可被引渡者"在圣诞节前发起的释放行动，她带着全新的、清醒的恐惧警告总统：如果政府不立即做出决定清理障碍，人质们将会面临该议题落入制宪议会之手的风险。"这将使我们这些家属和整个国家遭受的痛苦和忧虑延长无数个月份。"她写道。她用高雅的敬辞结尾："出于我的信仰，出于我对您作为国家元首的敬意，我无法向您提出自己的建议，但是我想向您恳求，在保护无辜的性命时，不要轻视时间所意味的危险。"写完草稿，用好看的字体誊抄后，内容共占二又四分之一页稿纸。妮迪娅在总统府的私人秘书处留下了口信，并说明了应该把信寄到哪里。

当天上午，随着普里斯科集团头目死亡的消息传开，动荡加剧了，该集团的头目是大卫·里卡尔多和阿尔曼多·阿尔贝托·普里斯科·洛佩拉两兄弟。他们因为当年刺杀了七位要人并策划了绑架案而被指控，其中包括迪安娜·图尔巴伊和她小组的绑架案。兄弟中的一人以伪造的弗朗西斯科·穆纽斯·塞尔纳的身份死去。但是，当阿苏塞娜·里埃瓦诺在报纸上看到照片的时候，她认出了那是堂帕丘，是在囚禁期间负责迪安娜和她的人。在那个混乱的时刻，他和他兄弟的死对于埃斯科瓦尔来说是难以弥补的损失，埃斯科瓦尔很快就用行动说明了这一点。

"可被引渡者"在一封威胁性的公告中指出，大卫·里卡尔多不是在战斗中死去的，而是在他年幼的孩子和有孕在身的妻子面前被警察折磨致死。至于他的兄弟阿尔曼多，公告肯定，他也不是警方所说的在战斗中死去，而是在里奥内格罗的一个农庄被杀害的，而他在之前的一次袭击中已经瘫痪了。公告说，在当地的电视新闻栏目上可以清楚地看见轮椅。

这就是看守向帕丘·桑托斯谈起的公告。一月二十五日，他们宣布将每八天处死两名人质，第一个命令已经针对玛丽娜·蒙托亚发布了。这个消息令人震惊，因为人们以为玛丽娜·蒙托亚在去年九月份被绑架的时候就已经被杀害了。

"当我向总统传达他们将把人质的尸体装进麻袋的消息的时候，指的就是这种情况。"妮迪娅在回忆起那糟糕的一天时说，"并非是我冲动或者脾气暴，我也不需要心理治疗。他们要杀死的人是我的女儿，可能是因为我没有办法打动能够阻止这件事的人吧。"

阿尔贝托·比亚米萨尔绝望极了。"那是我生命中最可怕的一天。"他当时说,他确信行刑在即。会是谁呢:迪安娜、帕丘、玛露哈、贝阿特利丝还是理查德?那是一场根本无法想象的死亡抽签。他愤怒地给加维里亚总统打电话。

"您得停手。"他告诉他。

"不,阿尔贝托,"加维里亚冷静得令人不寒而栗,"人民不是为了这个选我的。"

比亚米萨尔挂断电话,被自己的冲动打乱了思路。"现在我该怎么办?"他想。首先,他向前总统阿丰索·洛佩斯·米切尔森、前总统米萨埃尔·帕斯特拉纳和佩雷拉的主教达里奥·卡斯特利翁求助。他们都公开抨击了"可被引渡者"的做法,并要求保障人质的生命安全。洛佩斯·米切尔森通过国家广播电视台呼吁政府和埃斯科瓦尔停止战争,寻求政治解决方法。

当时,悲剧已经发生了。一月二十二日零点前的几分钟,迪安娜写下了最后一篇日记。"快五个月了,只有我们知道这意味着什么。"她写道,"我不想失去安然无恙回家的信念和希望。"

她不再孤单一人。在阿苏塞娜和奥兰多被释放之后,她要求和理查德团聚。圣诞节过后,要求被满足了。对他们俩来说,这都是幸运的。他们聊天聊到筋疲力尽,收听广播一直到黎明,就这样养成了白天睡觉晚上活动的习惯。他们通过看守们的对话得知了普里斯科集团成员的死讯。一个看守哭了,另一个坚信这就是结局,问:"现在我们怎么处置货物?"毫无疑问,他指的是被绑架者。正在哭泣的看守不假思索。

"了结他们。"他说。

早饭过后，迪安娜和理查德无法入睡。几天前，他们已经被告知换房子的事。他们没有放在心上，因为在他们共处的短短一个月里，已经两次被转移到附近的庇护点，因为看守们预见到了警方真正的，或是假想的进攻。二十五日上午快到十一点的时候，迪安娜和理查德在她的房间里小声讨论看守们的对话，这时他们听见了从麦德林飞来的直升机的声音。

最近几天，警方的情报机构接到了举报科帕卡瓦那市萨瓦内塔区（尤其是在阿尔托·德·拉·克鲁兹、比亚·德尔·罗萨里奥和拉·波拉）武装人员行动的数个匿名来电。也许迪安娜和理查德的看守们计划将他们转移到阿尔托·德·拉·克鲁兹，那是最安全的农场，位于地势陡峭、林木茂盛的山顶上，从那里可以俯视整个谷地，视线一直通往麦德林。由于电话检举和其他特别的征兆，警方几乎要搜查民宅了。他们进行了一次大规模的作战行动：出动了两名上尉、九名军官、七名士官和九十九名特工，一部分人在地面行动，另一部分人在四架带有航炮的直升机上行动。然而，看守们已经不再理会直升机了，因为它们时常经过，但什么事也没有。突然，一名看守探出门外，发出了可怕的叫喊声：

"警察来了！"

迪安娜和理查德故意尽可能地拖延时间，因为当时正是警察到来的有利时机：那四名看守是态度最不强硬的，而且他们看起来害怕得甚至无法自卫。迪安娜刷了牙，穿上了她前一天洗干净的白衬衣、运动鞋和被绑架那天穿的牛仔裤。由于体重下降，牛仔裤变得特别宽松。理查德换了衬衣，拿起了他们前几天还给他的摄影装备。直升机从房子上空飞过，向谷地驶去，然后贴着树木返回。它越来越大的轰鸣声似乎让看守们失去了理智。看守们大声催促着被绑架者，把他们推向门口，给了他们两顶白色的帽子，好让空中的警察错认为他们是当地的农民。他们扔给迪安娜一条黑色的披肩，理查德穿上了他的皮衣。看守们命令他们朝山的方向跑，自己也朝那个方向跑去。看守们带着武器，好在直升机处于射击范围内的时候开枪。迪安娜和理查德开始沿着一条布满石块的小路往上爬。山坡非常陡峭，灼热的太阳从空中垂直照射下来。当直升机出现时，迪安娜走了几米后觉得筋疲力尽。第一阵扫射过后，理查德躺在地上。"您别动，"迪安娜冲他喊道，"装死。"她立马趴倒在了他的身边。

"我中弹了！"她大喊，"我的腿动不了了。"

的确动不了，但是她没有感觉到疼痛。她让理查德帮她检查后背，因为摔倒之前她在腰上感觉到了一阵电击。理查德掀起了她的衣服，在左侧的骼嵴处看到了一个清晰可见的小洞，但没有出血。

射击还在继续，而且越来越近，迪安娜绝望地坚持让理查德把她留在那儿，自己逃走。但是他一直在她身边等待救援，好让她脱离危险。与此同时，她把一直放在口袋里的圣母像握在手里祈祷。射击声突然停止了，两名精英部队的警员拿着武器出现在小路上。

理查德跪在迪安娜旁边举起双手，说："别开枪！"其中的一名警察惊讶地看着他，问他：

"巴勃罗在哪里？"

"我不知道，"理查德说，"我是理查德·贝塞拉，是个记者。这是迪安娜·图尔巴伊，她受伤了。"

"请您证实一下。"警察说。

理查德向他出示了身份证。迪安娜被安置在一张垫着床单的临时吊床上。他们和草丛里走出的几个农民一起把她送进直升机，让她躺好。疼痛变得难以忍受，但她依然很冷静、很清醒。她知道自己快死了。

半个小时后，前总统图尔巴伊接到了军方的来电，得到通知，精英部队在麦德林的一次行动中救出了他的女儿迪安娜和弗朗西斯科·桑托斯。他立刻给埃尔南多·桑托斯打电话，埃尔南多发出了胜利的欢呼声，他命令报社的话务员把这个消息告知给分散在各地的所有亲人。接着，他给阿尔贝托·比亚米萨尔的公寓打电话，把得知的消息重新传达了一遍。"太好了！"比亚米萨尔喊道。他的快乐是真诚的，但是他马上意识到，一旦帕丘和迪安娜被解救，玛露哈和贝阿特利丝将变成埃斯科瓦尔手里唯一能行刑的目标。

他拨打紧急电话的时候打开了收音机，这一事件的新闻还没有播出。他正要给拉法埃尔·帕尔多打电话时，电话铃再次响起。还是埃尔南多·桑托斯打来的，他在电话里气馁地说，图尔巴伊纠正了上一条消息：被解救的人不是弗朗西斯科·桑托斯，而是摄影师理查德·贝塞拉。迪安娜受了重伤。然而,这个错误并没有令埃尔南多·桑托斯感到特别烦恼,反倒是图尔巴伊因为让他空欢喜一场而感到十分沮丧。

当新闻栏目的人打电话给玛尔塔·露贝·洛哈斯,通知她儿子理查德已经被释放时,她并不在家,而是去了她兄弟的家里。她非常关注新闻,甚至随身携带便携式收音机。但就在那天,自绑架案发生以来,收音机第一次坏了。

当有人告诉她,她的儿子安全了以后,她坐上一辆出租车,去了新闻编辑部。在车上,胡安·戈萨音记者熟悉的声音让她回到了现实:来自麦德林的消息依然非常混乱。已经确定了迪安娜·图尔巴伊死亡的消息,但是关于理查德·贝塞拉的消息依然不明朗。玛尔塔·露贝开始低声祷告:"我的上帝,让子弹从他身边飞过,而不要碰到他。"此时,为了给她报平安,理查德从麦德林给家里打电话,但没有找到她。戈萨音激动的叫喊声让玛尔塔·露贝回过神来。

"号外!号外!理查德·贝塞拉还活着!"

玛尔塔·露贝哭了起来,一直到深夜在《氪》新闻栏目编辑部接到她儿子的时候,她仍无法控制住自己。她至今记得:"他瘦得只剩皮包骨,脸色苍白,满脸胡须,但他还活着。"

几分钟前,拉法埃尔·帕尔多在他的办公室里接到了一位记者朋友的电话,询问营救的实情。他这才得知了这个消息。他先后给玛萨·马尔克斯将军和警察局长戈麦斯·帕蒂亚将军打了电话,他们都对营救行动一无所知。过了一会儿,戈麦斯·帕蒂亚给他回了电话,告诉他那是精英部队在寻找埃斯科瓦尔行动中的意外发现。他说,行动之前他们完全不知道那个地方会有绑匪。

图尔巴伊博士接到来自麦德林的消息之后,一直试图与在塔比奥家中的妮迪娅取得联系,但是没有人接电话。他派卫队队长驱车前去传达迪安娜已经获救、正在麦德林的医院接受常规检查的消息。下午两点,妮迪娅收到了这个消息。她没有像她的家人一样高兴地尖叫,而是痛苦而惊愕地大喊道:

"他们杀了迪安娜!"

在返回波哥大的路上,她收听着电台的新闻,感到一切越来越不确定。"我一直在哭,"她后来说,"但当时的哭声已经不像之前一样声嘶力竭了,我只是流着眼泪。"去机场前,她先回家换了衣服。一架老掉牙的福克总统专机在机场等候他们一家人,在近三十年的义务劳动后,它依然因神赐的恩慈而翱翔天际。当时的消息是迪安娜正处于密切的监护之下,但是妮迪娅除了自己的直觉之外不相信任何人。她径直向电话走去,要求和共和国总统通话。

"迪安娜被杀了,总统先生。"她说,"这是您的杰作,是您的错,是您的铁石心肠造成的结果。"

总统很高兴能用一条好消息反驳她。

"不,女士。"他愈发冷静地说,"似乎是进行了一次行动,事情还没有查清楚。但是迪安娜还活着。"

"不，"妮迪娅否定道，"她死了。"

总统与麦德林方面有直接的联系，他毫不怀疑自己的判断。

"您怎么会知道？"

妮迪娅以她绝对的信念回答：

"因为我的慈母心是这么告诉我的。"

她的心是对的。一个小时后，驻麦德林的总统顾问玛丽亚·爱玛·梅希亚登上了图尔巴伊一家乘坐的飞机，给他们带去了坏消息。在数小时的医治之后，迪安娜因为失血过多而死亡。在飞往麦德林的直升机上，她就已经失去了意识，而且再也没有恢复。一颗子弹打断了她的腰椎。那是一颗高速飞行的中等直径爆炸性子弹，在她的体内炸成了碎片，造成了无法恢复的全身瘫痪。

妮迪娅在医院里见到迪安娜的时候，受到了巨大的打击。迪安娜赤裸地躺在手术台上，身上盖着一张沾满血迹的床单，她面无表情，由于大量失血而肤色苍白。她的胸部有一道巨大的手术切口，因为医生们要从那里伸进拳头，按压心脏。

妮迪娅已经出离痛苦和绝望了，她刚从手术室里出来，就在医院里召集了一场激烈的新闻发布会。"这就是一场事先张扬的谋杀案。"她开场说。她坚信，迪安娜是一场受波哥大指挥的行动的受害者（根据她到达麦德林之后得到的情报），她详细列举了她的家人以及她本人向共和国总统做出的恳求，他们希望警方不要采取行动。她说荒谬至极、罪行累累的"可被引渡者"是害死她女儿的罪人，但是政府和共和国总统本人也承担着一样的罪责，尤其是总统。"他冷漠无情，无动于衷，不理睬人们向他的恳求，这才导致被绑架者被强行救援，令他们的生命危在旦夕。"

这一决绝的声明在所有媒体上直播，引发了舆论的一致回应和政府部门的愤怒。总统召集了秘书长法比奥·比耶加斯、私人秘书米盖尔·席尔瓦、安全顾问拉法埃尔·帕尔多和新闻顾问毛里西奥·巴尔加斯，他们本来想制订一个强烈反对妮迪娅声明的计划。但是深刻的反思让他们得出了结论：母亲的痛苦无法辩驳。加维里亚也是这么理解的。他放弃了会议原有的意图，命令道：

"我们去参加葬礼吧。"

不仅是他，还有全体政府人员。

妮迪娅的仇恨没有饶过总统。她和某个他记不清名字的人一起，给他寄去了一封晚到的信（当时他已知道迪安娜已经去世），也许是为了让他时刻记得她预见未来的能力。"显然，我不指望您会回信。"她说。

追思弥撒在主教座堂举行，当天，教堂里少见地人头攒动。弥撒结束时，总统从椅子上站了起来，他在众目睽睽之下，在摄影师的闪光灯下，在电视节目的摄像镜头下，独自一人穿过空旷的中殿，向妮迪娅伸出了手，他相信她会回应的。妮迪娅勉强地、极其冷漠地伸出手。事实上，她松了一口气，因为她害怕总统会拥抱她。相反，她欣然接受了总统夫人安娜·米莱娜的哀悼亲吻。

事情还没有结束。刚从哀悼的任务中解脱，妮迪娅又一次申请面见总统，让他在当天发表关于迪安娜死亡的讲话之前，知道他应该知道的重要消息。席尔瓦一字不差地传达了她的要求，总统露出了妮迪娅再也没见过的微笑。

"她来是为了掏空我。"他说，"但当然了，让她来吧。"

他像往常一样接见了她，而妮迪娅走进办公室，一身黑衣，态度与往常相去甚远：简单而痛苦。她开门见山，第一句话就让总统明白她的来意。

"我是来帮忙的。"

让人吃惊的是，她开始向总统道歉，之前她误以为是总统指挥了导致迪安娜惨死的行动。现在，她明白总统对此也并不知情。她还想告诉他，他们骗了她，那次行动也不是为了寻找巴勃罗·埃斯科瓦尔，而是为了救出人质。人质的关押地点在警方严刑拷打一名被捕的杀手之后水落石出。妮迪娅解释说，那名杀手之后被当作是战死人员。

她激动而清晰地讲述着，希望能激发总统的兴趣，但是她没有发现他有任何同情的表露。"他就像一块冰。"后来，她回忆起那一天时如此评价道。她不知道为什么，也不知道从什么时候开始，自己无法避免地哭了起来。于是，她之前控制住的脾气又重新上来了，彻底地改变了话题和说话的方式。她指责总统的无动于衷和冷漠无情，批评他没有履行宪法规定的拯救被绑架者的义务。

"请您想想，"她最后说道，"如果是您的女儿处于这样的情境中，您会怎么做？"

她直视他的双眼，但是她太激动了，总统没法打断她。后来，他本人说："她向我提问，但是不给我时间回答。"妮迪娅确实用另一个问题打断了他："总统先生，您不认为您处理这个问题的方式错了吗？"总统第一次表现出了犹豫。"我从来没有那么难受过。"几年后，他说。但是，他当时只是眨了眨眼，用他自然的嗓音说：

"有可能。"

妮迪娅站了起来，安静地跟他握手，在他给她开门之前离开了办公室。当时，米盖尔·席尔瓦走进了办公室，发现总统被杀手死去的消息震惊了。加维里亚立即给总检察长写了一封私信，让他调查此事，秉公处理。

大部分人都相信那次行动是为了抓捕埃斯科瓦尔或是某位重要的头目。但是，甚至在这个逻辑里，这都是一桩蠢事，是无法挽回的失败行动。根据警方即刻提供的说法，迪安娜死于一场地空配合的搜捕行动。他们并没有要找到绑架迪安娜·图尔巴伊和摄影师理查德·贝塞拉的团伙的打算。在逃跑过程中，一名绑匪朝迪安娜的后背打了一枪，致使她的脊柱骨折。摄影师安全脱险。迪安娜乘坐警方的直升机被转移到麦德林总院，下午四点三十五分在医院死亡。

巴勃罗·埃斯科瓦尔提供的版本则完全不同，其中的要点和妮迪娅向总统讲述的版本不谋而合。他说，警方是在明确地知道被绑架者就在此处的前提下展开行动的。人质信息是在严刑拷打两名杀手之后获取的，他还提供了两名杀手的真实姓名和身份证号码。公告说，这两名杀手被警方捕获，并遭到严刑拷打，其中一名还在直升机上给那次行动的长官指路。还说，迪安娜已经逃脱了追捕，是在逃离战场时被警方杀死的。最后，他还指出，战斗中还有三名无辜的农民被杀，警方却告诉媒体他们是在战斗中死亡的杀手。这封公告应该让埃斯科瓦尔感到非常满意，他一直盼望揭发警方犯下的违反人权的行为。

理查德·贝塞拉是唯一的目击者，在悲剧发生的当晚，他在波哥大警察总局大厅被记者们团团围住。他依然穿着被绑架时穿的黑色皮衣，戴着绑架者递给他用来冒充农民的帽子。他的情绪状态并不适合给出任何表述清楚的证词。

当时情况一片混乱，他无法把它们汇总成新闻观点，这是留给最能体谅他的同事的印象。他声称，杀死迪安娜的那颗子弹是由一名绑匪故意射出的，但没有任何确凿的证据。尽管有各种猜测，但普遍认为迪安娜是意外死于双方交火中的。不过，最终的调查由总检察长负责。在妮迪娅·金特罗来过之后，加维里亚总统给总检察长寄了一封信。

闹剧还没有结束。面对公众不确定玛丽娜·蒙托亚死活的状况，"可被引渡者"于一月三十日发布了一封新的公告，他们在公告中承认，他们在二十三日发出了处决她的命令。但是："由于保密和通信原因，到目前为止，我们没有得知她被处死了还是被释放了。如果她被处决了，我们不理解为什么警方没有找到她的尸体。如果她被释放了,她的家属有发言权。"于是,在下令谋杀的七天之后,寻找尸体的行动才开始。

参与解剖的法医佩德罗·莫拉莱斯在报纸上读到了这封公告,他认为那位穿着高级内衣、有着考究指甲的女士就是玛丽娜·蒙托亚。确实如此。然而,身份刚被确认,某个自称司法部官员的人就给法医研究所打电话施压,不让他们把尸体在公共墓穴里的消息公之于众。

电台播放这则新闻的时候,玛丽娜的儿子路易斯·吉耶尔摩·佩雷斯·蒙托亚正要去吃午饭。法医研究所向他展示了被子弹打得面目全非的女人的照片,他费了好大的力气才认出她。由于新闻已经播出,警方得在城南墓园准备特殊的警用装置,为路易斯·吉耶尔摩·佩雷斯开路,让他在一群好奇群众的包围下到达墓穴。

根据法医规定,无名尸体被埋葬时,背上、手臂和腿上必须被印上序列号,这样就算尸体被肢解也依然能被认出来;尸体须被类似垃圾袋材质的黑色塑料布包裹起来,脚踝和手腕处须用牢固的绳子系紧。玛丽娜·蒙托亚的尸体(据她儿子证实说)全身赤裸,沾满了烂泥,被随意地扔在公共墓穴里,也没有法律规定的身份刺青。她旁边是与她同时下葬的孩子的尸体,包裹着粉色的汗衫。

到了解剖室,在玛丽娜被高压水管清洗完后,儿子检查了她的牙齿,迟疑了片刻。他似乎想起了玛丽娜没有左上白齿,而这具尸体的牙齿是完整的。但是,当检查双手的时候,他把她的手放到自己的手上,就打消了疑虑:两人的手一模一样。他一定坚持怀疑着另一件事，也许会永远坚持着：路易斯·吉耶尔摩坚信，发现尸体的时候，其身份已经被确认了；但为了避免舆论骚动或是扰乱政府事务，尸体没有经过任何手续就被送到了公共墓穴。

迪安娜的死（在发现玛丽娜的尸体之前）对国家状态有着决定性的作用。当加维里亚拒绝修改第二部法令时，比亚米萨尔的强硬态度和妮迪娅的恳求都没有使他让步。他的依据，一言以蔽之，是法令的合理与否不能根据绑架案的进展来评判，而应该根据公众的利益来评判，因为埃斯科瓦尔不是为了迫使政府投降，而是为了强行达到不被引渡和得到赦免的目的而绑架人质。种种考量导向了法案最终修订版的成形。在抵御了妮迪娅的恳求和众多他人的痛苦之后，更改日期是非常艰难的，但他决定面对困难。

比亚米萨尔通过拉法埃尔·帕尔多听说了这个消息。等待的时间对他来说是极其漫长的，他没有片刻的安宁。他密切关注着广播和电话，如果没有听到坏消息，他会大松一口气。他随时都会给帕尔多打电话。"事情怎么样了？"他问，"情况到什么地步了？"帕尔多会用一点理性精神让他冷静下来。每天晚上回家时他都是一样的状态。"得赶紧把这部法令弄出来，不然他们会把大家全杀了。"他一直这么说，帕尔多一直安慰他。终于，一月二十八日，帕尔多打电话告诉他，法令的最终版本在等着总统签字。由于所有的部长都得签字，可他们找不到通讯部部长阿尔贝托·卡萨斯·桑塔玛利亚，所以法令被耽误了。最后，拉法埃尔·帕尔多打通了他的电话，并用老朋友的温和态度胁迫他。

"部长先生,"帕尔多告诉他,"您要么半个小时内在法令上签字,要么您就不再是部长了。"

一月二十九日,303号法令颁布了,该法令清理了此前阻碍毒贩投降的所有障碍。正如政府事先预想的,他们永远无法让公众相信这是由于他们愧对迪安娜而采取的行动。跟往常一样,这引发了另外的分歧:一些人认为这是迫于哗然舆论的压力而向毒贩让步的行为;另一些人认为这是不可避免的总统授意行为,虽然已经晚了,但无论如何是为了迪安娜·图尔巴伊。不管怎样,加维里亚总统明知延迟可能会被解读为冷酷无情的表现,且迟到的决定会被认为是软弱的证明,但他还是坚定地签署了这部法令。

第二天早上七点,总统给比亚米萨尔回了一个电话。法令颁布前夜,比亚米萨尔曾打电话给总统,对他表示感激。加维里亚在绝对的沉默中听他讲了种种缘由,并与他分担了一月二十五日那天的痛苦。

"对于所有人来说,那都是可怕的一天。"总统说。

于是,比亚米萨尔松了一口气,他给基多·帕拉打电话。"您现在他妈的可别说这部法令不行。"他说。基多·帕拉已经深度研读过法令了。

"好了,"他说,"没有任何问题。您看,要是早这样咱们能少多少麻烦!"

比亚米萨尔想知道下一步怎么做。

"什么都不用做，"基多·帕拉说，"四十八小时之内就会有进展。"

"可被引渡者"立刻发布通告宣布，鉴于国内数位重要人物的要求，他们将终止之前进行的行刑活动。这里的"数位重要人物的要求"也许是指洛佩斯·米切尔森、帕斯特拉纳和卡斯特利翁向他们传达的电台信息。但是，这本质上可以解读为他们对法令的认可。"我们将尊重我们手中仍握有的人质的性命。"公告说。作为特殊的让步，他们还宣布，当天，他们将马上释放一名人质。比亚米萨尔正和基多·帕拉在一起，他大吃一惊。

"怎么就一个？"比亚米萨尔大吼道，"您说过所有人都会出来。"

基多·帕拉面不改色。

"放心，阿尔贝托，"他说，"就是一礼拜的事。"

七

玛露哈和贝阿特利丝还没有得知玛丽娜和迪安娜的死讯。她们既没有电视机,也没有收音机,除了绑匪提供的消息之外没有别的信息,不可能猜出真相。看守们自相矛盾的说法使得玛丽娜被带去某个农庄的说法站不住脚,因此任意一种猜测都会陷入同样的绝境:她要么自由了,要么死了。也就是说:过去她们是唯一知道她还活着的人,现在她们是唯一不知道她已经死去的人。

由于不确定他们对玛丽娜所做的事情,唯一的床变成了一个幽灵。她被带走半个小时之后,"和尚"就回来了。他像影子一样走进来,蜷缩在角落里。贝阿特利丝直截了当地问他:

"你们对玛丽娜做了什么?"

"和尚"告诉她,当他和她一起出去的时候,两个没有进屋的新首领已经在车库里等他了。他问他们要把她带去哪里,其中一人生气地说："婊子养的，不许提问。"后来，他们命令他回到房子里，让另一个值班看守巴拉巴斯看管玛丽娜。

这个说法听来非常可信。如果"和尚"参与了犯罪，他很难在这么短的时间内来回，而且他也不忍心杀死一个衰微的女人，他看起来像爱自己的奶奶一样爱她，而她也像宠爱孙子一样爱他。相反，巴拉巴斯是出名的嗜血狂人，他冷酷无情，而且对自己犯下的罪行感到非常得意。疑惑在清晨时变得更加让人不安，当时玛露哈和贝阿特利丝被仿佛是受伤动物的哭声吵醒，那是"和尚"的抽泣声。他不想吃早饭，好几次都感叹："他们把奶奶带走是多么让人心痛啊！"然而，他从来没有让人觉得她已经死了。"管家"固执地拒绝把电视机和收音机还给她们，这也更让她们怀疑玛丽娜被杀了。

离家几天后，妲玛莉丝心事重重地回来了，这种情绪使困惑的气氛更加复杂。在清晨的某次散步中，玛露哈问她去了哪里，她回答的语气仿佛是在说真话："我在照顾玛丽娜女士。"她没有给玛露哈思考的时间，又补充说："她一直记得你们，经常询问你们的情况。"紧接着，她用更加随意的语气说，因为巴拉巴斯负责玛丽娜的安全，所以还没有回来。从那时起，妲玛莉丝每次因为某种理由上街都会带回消息，这些消息越是热情洋溢越显得不可信。所有的信息都有个仪式性的结尾格式：

"玛丽娜女士好极了。"

跟"和尚"或是任何一名看守相比，玛露哈没有理由更相信妲玛莉丝，但是，在一切事情看起来都有可能发生的情况下，她也没有理由相信他们。如果玛丽娜真的活着,他们没有理由不让人质们接收新闻和娱乐消息,仅有的可能是为了向她们隐瞒其他更糟糕的事实。

对于玛露哈不服管束的想象力来说,没有什么是不合情理的。此前,她一直向贝阿特利丝隐瞒自己的不安,害怕她无法承受真相。而贝阿特利丝远离了所有的污染。从一开始,她就拒绝任何关于玛丽娜已经死去的怀疑。她的梦境帮助了她,她梦见她的哥哥阿尔贝托,就像他真的来到她身边一样,向她及时汇报了他们的行动,说一切进行得很顺利,她们离获救就差一点了。她梦见父亲安慰她说,她忘在手提包里的信用卡很安全。这些景象是如此生动,以至于她无法将这些回忆同现实区分开来。

那几天,一个叫霍纳斯的十七岁男孩即将结束对玛露哈和贝阿特利丝的监管。他从早上七点就开始用一台音质浑浊的录音机听音乐。他用震耳欲聋的音量重复播放他最喜欢的音乐,一直放到录音机没电。同时,他合着副歌大声喝道:"生活啊,你这个婊子养的混账东西,我不知道我为什么会掺和进来。"在安静的时候,他会跟贝阿特利丝谈起自己的家人。但是每次走到深渊边缘,他只会发出高深莫测的叹息:"如果你们知道我爸爸是谁就好了!"他从来没有说过他父亲是谁,而看守们的种种谜题让房间的氛围变得更加古怪了。

"管家"负责众人的饮食起居,他大概是向他的首领们汇报了笼罩房间的不安状态,因为那几天,来了两名前来调解矛盾的首领。

他们又一次拒绝归还收音机和电视机,但是试图改善她们的日常生活条件。他们承诺可以带书来,但是数量很少,其中有一本科林·特亚多的小说。她们拿到了几本娱乐杂志,但是没有一本是时新的。他们在之前装蓝灯泡的位置换上了一个大灯泡,并下令在早晨七点和晚上七点各开一个小时,让她们可以阅读。但贝阿特利丝和玛露哈已经习惯了黑暗,无法忍受强光。此外,灯光让房间变得闷热,甚至让空气变得令人窒息。

玛露哈失去了希望,任凭怠惰支配她的行为。她从早到晚都在床垫上装睡,脸朝墙壁,尽量不说话,饭也几乎不吃。贝阿特利丝占着空床,在杂志的填字游戏和谜语里寻找慰藉。事实是残酷而令人痛苦的:在这个房间里,四个人比五个人占的空间更小,少了逼仄感,也有了更多呼吸的空气。但这就是事实。

一月底,霍纳斯值班结束,向人质们告别时,透露了一条可靠的消息。"我想告诉你们一件事,但不准说出去这是谁说的。"他警告说。接着,他说出了那个侵蚀他内心的消息:

"迪安娜·图尔巴伊女士被杀了。"

这个打击把她们惊醒了。对玛露哈来说,那是囚禁生活中最糟糕的时刻。贝阿特利丝尽量不去想她认为无法避免的事:"如果他们杀死了迪安娜,下一个就是我。"总之,旧的一年过去了,她们没有被释放。从一月一日开始,她就告诉自己:"要么放了我,要么我就去死。"

一天,当玛露哈和一名看守玩多米诺骨牌的时候,"猩猩"用食指按压自己胸部不同的位置，说："我觉得这儿特别难受，会是什么呢？"玛露哈停下了牌局，极其不屑地看着他说："要么是胀气，要么是梗塞。"机关枪从他手里掉到了地上，他害怕地站了起来，五指张开放在胸前，大声地惨叫：

"我的心脏疼！他妈的！"

他突然头朝下倒在了早餐的餐具上。贝阿特利丝知道他讨厌她，但她有种救助他的职业冲动。此时，"管家"和他的妻子走了进来，被叫喊声和摔倒的动静吓坏了。另一个看守身材很小，虚弱无力，他想做点什么，但是机关枪让他行动不便，于是他把枪递给了贝阿特利丝。

"替我照看好玛露哈女士。"他对她说。

他、"管家"和妲玛莉丝三人合力都没有办法把摔倒的人扛起来。他们用尽力气抓住他，把他拖到客厅。贝阿特利丝拿着机关枪，而玛露哈错愕地看着另一个看守把枪扔在了地上。她们两个都因为同样的诱惑而颤抖着。玛露哈知道如何用左轮手枪射击，有一次别人还教过她怎么使用机关枪，但是一阵天赐的清醒阻止了她捡起那支枪的冲动。贝阿特利丝对军事操练很熟悉，她接受过五年每周两次的训练，当过少尉和中尉，并在军队医院中得到了荣誉上尉的军衔，她还曾学过炮击课程。然而，她也意识到她们全无胜算。她们俩用"猩猩"再也不会回来的想法互相安慰。确实，他没有再回来。

帕丘·桑托斯从电视里看到了迪安娜的葬礼和挖掘玛丽娜·蒙

托亚尸体的场景，他意识到他唯一的选择是逃跑。当时，他已经大致猜想到他在哪里。利用看守们的对话内容和疏忽大意，以及作为记者的本领，他推断自己身处波哥大西部某个人口众多的大型街区，他所在的房子位于某个街角。他的房间是二楼的主卧，窗户外侧被木条封死了。他意识到那是一栋出租房，或许没有合法的合同，因为女房东每月初都会来收租金，她是唯一进出房子的局外人。在给她开门前，他们会把帕丘锁在床边，胁迫他不要发出任何声音，还会关掉收音机和电视机。

他已经推断出房间内被封死的窗户朝向花园前庭，房间在狭窄的走廊尽头，卫生间也在那里。他可以不受监视地穿过走廊随意使用卫生间，但他得提前要求他们给他解锁。卫生间唯一的通风设施是一扇可以看见天空的窗户。窗户非常高，很难够到，但是窗户的宽度足以让他从那里出去。当时，他不知道这扇窗户通向哪里。隔壁房间用红色金属分成了几个隔间，睡着不值班的看守。他们共有四个人，每隔六个小时就换两个人值班。虽然他们一直把武器带在身边，但平常看不见它们。只有一名看守在双人床边打地铺。

他推断附近有一家工厂，因为每天能听到数次工厂的汽笛声。通过每天的合唱声和课间的嘈杂声，他知道附近有一所学校。有一次，他点了一份比萨，五分钟内就送来了，还是热乎乎的。就这样，他发现比萨是在同一个街区里制作售卖的。可以确信，他们在街对面的一家大商店里买报纸，因为那里还卖《时代周刊》和《新闻周刊》。晚上，面包店里刚刚烘焙好的面包会用香味将他唤醒。他向看守们提出狡猾的问题，得知了方圆一百米内有一家药店、一家汽修店、两家酒馆、一家小旅馆、一家修鞋铺和两个公交站。通过搜集到的各种零碎信息，他试图拼凑起逃亡路线。

一名看守告诉他，如果警察来了，根据命令，他们会提前进屋，直接给他三枪：一枪打在头上，一枪打在心脏，还有一枪打在肝上。从得知这件事开始，他准备了一个一升装的汽水瓶子，把它放在触手可及的地方，好像挥舞锤子一样挥舞它。那是唯一可用的武器。

国际象棋（一名看守凭借出众的天赋学会了下棋）给予他一种衡量时间的新方法。一名十月份值班的看守是电视剧方面的专家，他一开始的恶习是：从不考虑电视剧的质量而只是追剧。其中的秘诀就是不要过多地在意今天的剧情，而是学会想象第二天的剧情可能带来的惊喜。他们一起看阿莱桑德娜的节目，分享广播和电视新闻。

另一名看守在他被绑架的那天拿走了他口袋里的两万比索，但是作为补偿，他承诺带来他要求的一切东西。特别是书：几本米兰·昆德拉的书、《罪与罚》、桑坦德·德·皮拉尔·莫莱诺·德·安海尔将军的自传。他也许是他那一代哥伦比亚人中唯一听说过何塞·玛利亚·巴尔加斯·比拉的人了。何塞·玛利亚是二十世纪初在世界范围内最有名的哥伦比亚作家，帕丘极其热爱他的书，甚至到了一读就热泪盈眶的程度。他几乎读完了他所有的书，这些书是一名看守从他祖父的藏书中偷来的。在几个月的时间里，他还和另一位看守的母亲保持着有趣的通信，直到他的安全负责人明令禁止，这场通信才告一段落。每日的报纸补充了当日阅读量，他们会在下午给他带去平整的报纸。负责给他送报纸的看守强烈地仇视记者，尤其针对某个知名的电视主持人，当他出现在屏幕上的时候，看守就会用机关枪指着他。

"我负责免费搞定这一个。"他说。

帕丘从来没有见过首领们。他知道他们偶尔会来，但从来没有上楼到卧室来过。他们在"鞋匠"咖啡馆举行监督会议和工作会议。他反而和看守们建立起了一种特殊状态下的关系。他们有着掌控生死的权力，但他们一向承认他具有协商某些生活条件的权利。几乎每天，他都会赢得一些条件，或是输掉另一些条件。最后，他甚至赢得了睡觉时不被铐起来的条件，也通过玩莱米斯纸牌游戏赢得了他们的信任。这是个很简单的游戏，要凑三张数字一样的牌和十张顺子，而作弊非常容易。一名从未露面的首领每隔十五天会借给他们十万比索，他们会分掉这笔钱来玩牌，帕丘一直都输。六个月后他们才向他坦白，所有人都作弊了。他赢的那几次，是因为他们不想浇灭他的热情。这都是魔术师的手上把戏。

在新年到来之前，他的生活就是这样。自第一天起，他就预见到了囚禁生活将是漫长的，而他和看守们的关系让他觉得自己尚可以承受绑架的不幸，但是迪安娜和玛丽娜的死击溃了他的乐观态度。过去激励他的那些看守情绪低落地从街上回来。在等待制宪议会宣布引渡和赦免相关内容的时候，一切似乎都停滞了。因此，他相信逃亡是有可能实现的。但有一个条件：只有当他认为其他所有的道路都被堵死的时候,他才会尝试逃亡。

对于玛露哈和贝阿特利丝来说,在十二月的幻想破灭之后,前景已经被堵死了。但是,一月底,又传出了即将释放两名人质的传言。这样,前景又被打开了一条缝。当时,她们不知道还剩下几名人质,也不知道有没有新的人质。玛露哈认定被释放的会是贝阿特利丝。二月二日晚上,她们在后院里散步的时候,妲玛莉丝告诉她们自己有同样的猜想。她深信不疑,甚至去市场上买了口红、胭脂、眼影和离开那天要用的其他化妆品。贝阿特利丝脱去了腿毛,免得在最后时刻没有时间。

然而,第二天拜访她们的两名首领没有给出谁会被释放的任何确切信息,事实上连是否会有人被释放都无法确定。很容易注意到他们的级别。他们跟以往的首领完全不同,而且比那些人更善于沟通。他们证实,"可被引渡者"的一封公告宣布将释放两名人质,但有可能出现了意想不到的阻碍。这让囚犯们想起了会在十二月九日释放她们的承诺,那个诺言也没有兑现。

新来的首领们着手营造乐观的氛围。他们随时会无缘无故吵吵嚷嚷地进屋来。"进行得还算顺利。"他们说。他们带着孩童般的热情讲述当日的新闻,但是拒绝把电视机和收音机还给她们,被绑架者不能直接获悉这些新闻。一天晚上,一名首领出于恶意或是因为愚蠢,在同她们道别时说了一句话,背后的双重含义可把她们吓得要死:"放心,女士们,事情很快就结束了。"

之后便是紧张的四天。在这四天里,他们慢慢地给出了零散的新闻碎片。第三天他们说,将只会释放一名人质,可能是贝阿特利丝,因为他们要留下弗朗西斯科·桑托斯和玛露哈,好派更大的用场。对她们来说,最痛苦的事情是无法将这些新闻同外界的新闻做对比。特别是无法同阿尔贝托对证,他也许比那些首领更了解不确定因素背后的真实原因。

终于,二月七日,他们比往常来得更早,并揭晓了谜底:贝阿特利丝可以走了。玛露哈得再等一周。"还差一些小细节。"其中一个蒙面人说。贝阿特利丝对着筋疲力尽的首领们、"管家"和他的妻子,还有看守们唠叨了一阵。玛露哈没有理会,对丈夫无声的怨恨让她伤心,因为她奇怪地认为,她的丈夫更愿意救出妹妹而不是她。整个下午,她都是怨恨的囚徒。这幽怨好几天都没有褪去。

那天晚上,她教贝阿特利丝应该如何将绑架的细节告诉阿尔贝托·比亚米萨尔,以及为了大家的安全应该如何掌控这些细节。任何一个错误,无论看起来是多么无辜,都可能会要了人命。因此,贝阿特利丝应该向她哥哥简明、真实地讲述情况,不能轻描淡写也不能过分夸张,别让他毫无触动,也不必令他更加担心:只要说出残酷的真相。不该告诉他任何能判断出她们所在地点的信息。贝阿特利丝有些不满。

"您不相信我哥哥吗?"

"在这个世界上我最信任他,"玛露哈说,"但是这个承诺是我俩之间的,没有其他人。您要向我保证没有人会知道这些信息。"

她的恐惧是有道理的。她了解丈夫冲动的个性,为了他们俩和所有人着想，她想避免他试图凭借警力实施营救。她想让阿尔贝托咨询一下她在服用的心血管药物是否有副作用，这是给他的另一条口信。在那天晚上剩下的时间里，她们设计了一套在广播和电视中播送加密信息的实用系统。将来，如果书信往来被批准，也可以使用这个系统。然而，在灵魂深处，她在口述遗嘱：她的孩子们、她的古董和一些普通但值得特殊关注的物品该怎么处理。她情绪太过激动，以至于一名听见她说话的看守急忙告诉她：

"放心。您不会有什么事的。"

第二天，她们焦急地等待着，但是什么也没有发生。她们在下午继续交谈。终于，晚上七点，房门突然被打开了，两名熟悉的首领和一名新首领走了进来，他们走到贝阿特利丝面前：

"我们是为您来的，准备一下。"

玛丽娜被带走的那个夜晚骇人地重演了，这把贝阿特利丝吓坏了：同一扇门被打开，同样一句可被解读为获得自由或走向死亡的话语，关于命运的同样谜题。她不明白为什么他们对玛丽娜和她说："我们为您而来。"而不是她渴望听到的："我们会放了您。"她试图狡猾地引出答案，她问：

"你们会把我和玛丽娜一起放了吗？"

两个首领生气了。

"别提问题！"其中一个首领用粗暴的声音回答，"我怎么知道这种事！"

另一个首领更会说话，他最后说：

"这和另一件事没有关系。这是政治问题。"

贝阿特利丝渴望的词——释放——没有被说出来,但氛围是鼓舞人心的。首领们并不着急。妲玛莉丝穿着学生短裙,给他们带去了饯别用的葡萄酒和一磅蛋糕。他们谈论了囚犯们并不知道的当天新闻:实业家洛伦佐·金·玛苏埃拉和埃杜阿尔多·普亚纳在波哥大分别被绑架了,这似乎是"可被引渡者"的行为。但是,他们也告诉她们,在逃亡了许久之后,巴勃罗·埃斯科瓦尔热切地想要投降。据说,他甚至住在下水道里。他们承诺当晚把电视机和收音机带来,让玛露哈看见贝阿特利丝与家人团聚的场景。

玛露哈的分析似乎是有道理的。之前,她一直怀疑玛丽娜被处决了,那天晚上她才完全确定,因为这两次的仪式感完全不同。没有首领为了玛丽娜而提前几天来预热情绪。他们也没有去找她,而是派了两个恃强凌弱的无名小卒,没有任何批示,只用了五分钟就完成了任务。如果他们要杀死贝阿特利丝的话,他们用蛋糕和葡萄酒给她举办的饯行仪式就成了死亡仪式。玛丽娜被带走后,他们拿走了电视机和收音机,以免她们获悉行刑的消息;但现在,他们提出归还电视机和收音机,用好消息来缓解坏消息的伤害。因此,玛露哈直接得出了玛丽娜已经被处决、贝阿特利丝将获得自由的结论。

首领们给贝阿特利丝十分钟的时间梳洗打扮,他们去喝杯咖啡。她无法遏制自己正在重演玛丽娜最后一夜的想法。她要了一面镜子用来化妆。妲玛莉丝给了她一面金色叶子镶边的大镜子。在三个月没照镜子之后,玛露哈和贝阿特利丝着急地看了看镜中的自己。那是囚禁生涯中最惊悚的时刻之一。玛露哈的印象是：如果她在街上与自己相遇，都没法认出自己。"我要吓死了，"她后来讲述道，"我看见自己很瘦、很陌生，仿佛为了饰演一个戏剧角色而化了装。"贝阿特利丝看见自己极其苍白，她瘦了十公斤，头发又长又干枯，她惊恐地大叫起来："这不是我！"在虚虚实实的消息中，她已经屡次感受到了他们会趁某天她状态极其糟糕的时候释放她的羞辱，但她从来没想过现实会糟到这种地步。后来更糟了，因为一名首领点亮了正中的灯泡，房间的氛围变得更加充满恶意了。

一名看守拿着镜子让贝阿特利丝梳头。她想化妆，但是玛露哈制止了她。"您怎么想的！"她恼火地说，"就您这惨白的脸色，还想抹上这些？会很吓人的。"贝阿特利丝听取了她的意见。她还喷了"大灯"送给她的男士香水。最后，她干咽下了一片镇定片。

袋子里放着她被绑架那天晚上穿的衣服，还有其他的东西。但是她更喜欢那件不太穿的粉色汗衫。她犹豫地穿上了床底放着的发了霉的平底鞋，这双鞋跟她的汗衫并不相配。妲玛莉丝给了她一双健身用的运动鞋。鞋码正好合适，但是模样太寒酸，贝阿特利丝以鞋子挤脚为由拒绝了。她穿上了自己的平底鞋，用皮筋扎了马尾辫。最后，由于没什么装饰，她看起来就像个女学生。

他们没有像对玛丽娜那样给她戴上风帽，而是试图用医用胶带蒙上她的眼睛，免得她认出路线或是人脸。她意识到撕下胶带的时候会一起扯下眉毛和睫毛，因此她不同意。"等一下"，她对他们说，"我帮你们。"于是，她在两边的眼睑上放了一团棉花，并用胶带固定住。

告别很快就结束了，没有人流泪。本来贝阿特利丝快哭了，但是玛露哈用刻意的冷漠制止了她，让她振作起来。"请您告诉阿尔贝托，让他冷静，我非常爱他，也爱我们的孩子。"她说。她吻了贝阿特利丝一下，跟她道别。两人都非常痛苦。贝阿特利丝痛苦，是因为她怕在关键时刻，杀死她比放了她更容易。玛露哈痛苦，是因为她遭受着双重的恐惧，她害怕贝阿特利丝被杀，也害怕单独和四名看守待在一起。她唯一没有想到的可能性，是一旦贝阿特利丝被释放，她自己就会被处决。

大门关上了，玛露哈纹丝不动，她不知道该如何继续，直到听见车库里响起马达声，汽车的踪迹消失在夜色里。她强烈地感到自己被抛弃了。这时她才想起，他们没有履行把电视机和收音机还给她、让她获悉当晚结局的诺言。

"管家"和贝阿特利丝一起走了，但是他的妻子承诺说，她会打一通电话，让他们在九点半的新闻节目开始之前把电视机和收音机送过来。他们没有来。玛露哈哀求看守，让她看"管家"家里的电视，但是他们和"管家"都不敢在如此重要的问题上违反规定。姐玛莉丝在不到两个小时后走进房间，兴高采烈地告诉她，贝阿特利丝已经安全到家了，并在做出说明时表现得非常谨慎，没有说出任何会伤害任意一方的话语。当然，全家人和阿尔贝托一起，围绕在她的身边。家里都挤不下这么多人。

玛露哈依然很恼火，她觉得这不是真的。她坚持让他们借一个收音机给她。她失去了控制，不计后果地同看守们对峙。后果并不严重，因为他们都见证了首领们承诺给予玛露哈这一待遇，也更愿意使用另外的方法让她安静下来，努力借一台收音机。后来，"管家"探头进来，告诉玛露哈，他们把贝阿特利丝安然无恙地留在了一个安全的地方，现在全国都已经看到或听到了她和家人团聚。但是，玛露哈想要的是一台收音机，这样她可以用自己的耳朵听见贝阿特利丝的声音。"管家"承诺给她带收音机，但他没有兑现诺言。晚上十二点，玛露哈被疲倦和愤怒击垮了，她服下了两颗药效强劲的巴比妥，一直睡到了第二天早上八点。

看守们的说法是真的。贝阿特利丝穿过后院被带到了车库。他们把她安置在一辆汽车的车厢底板上，毫无疑问那是辆吉普车，因为她得在他们的帮助下才能够上侧踏板。起初，他们在坎坷不平的路段上颠簸了一阵。他们刚驶上柏油路，一个与贝阿特利丝同行的男人就开始毫无道理地威胁她。通过这个男人的声音，她意识到他非常紧张，他强硬的态度也无法掩饰这种紧张。他不是之前在房子里的任何一位首领。

"会有一群记者等着您。"那个男人说，"您当心点。任何一个多余的字都能要了您嫂子的命。记住，我们从没有跟您交谈过，您从来没见过我们，而且这趟行程开了两个多小时。"

贝阿特利丝安静地听完了这些威胁，那个男人似乎毫无必要地重复说了许多其他威胁的话，只是想让自己冷静下来。在一场三人对话中，她发现车上除了"管家"之外没有一个熟人，而他几乎不说话。她打了一个寒噤：最不幸的预想依然可能成真。

"我想请你们帮我一个忙。"她什么也看不见，但她完全控制住了自己的嗓音，"玛露哈有心血管问题，我们想给她寄一种药。你们能给她送到吗？"

"可以，"那个男人说，"您放心。"

"非常感谢。"贝阿特利丝说，"我会听从你们的指示。我不会伤害你们的。"

在川流不息的汽车和重型卡车发出的声音、音乐片段和尖叫声的背景音下，他们的行程出现了一阵长时间的停顿。男人们窃窃私语，其中一个对贝阿特利丝说：

"这里有很多岗哨，"他说，"如果我们被拦下了，我们会说您是我的妻子。因为您现在脸色苍白，我们可以说我们带您去诊所看病。"

贝阿特利丝已经冷静一些了，她忍不住开玩笑：

"眼睛上裹着胶带？"

"您眼睛做了手术。"男人说，"您坐到我身边来，我把胳膊搭在您身上。"

绑匪们的不安不是没有根据的。当时，在波哥大的不同街区，有七辆公共汽车被城市游击小分队放置的燃烧弹点燃，正在燃烧。同时，哥伦比亚革命武装力量炸毁了位于卡克萨市郊区的电力塔，还试图攻下市区。因此，波哥大开展了几次维护公共治安的行动，但几乎没人察觉。这种情况下，七点的城市交通与任何一个周四的状况一样，密集而吵闹，伴着缓慢变换的交通信号灯、为了避让而突如其来的躲闪，还有骂娘的话，就连在绑匪们的沉默中也能感受到紧张的氛围。

"我们找个地方把她放下吧。"其中一个人说，"您快点下，慢数到三十，然后摘下眼罩往前走，别回头看，坐上第一辆经过的出租车。"

她感觉他们往她手里塞了一张钞票。"给您打车用，"男人说，"五千比索。"贝阿特利丝把钱塞进了裤子口袋里，无意间又找到了一片镇定片，她把药吞了下去。车子开了半个小时后停了下来。同一个声音说出了最后的判决：

"如果您告诉媒体您曾经和玛丽娜·蒙托亚女士在一起，我们就杀了玛露哈女士。"

他们到了。男人们疯狂地把贝阿特利丝弄下车，但没有取下她的眼罩。他们非常紧张，步速参差不齐，命令和咒骂声一片混乱。贝阿特利丝感受到了踏实的地面。

"好了，"她说，"这样就行了。"

她在人行道上一动不动，他们回到车里，就立即发动了汽车。当时她才听见，他们后面还有一辆汽车同时发动。她没有完成数数的命令，张开双臂走了两步，意识到自己大概是站在大街上。她一把摘下了眼罩，马上认出这是诺曼底街区，有段时间她经常去一个卖珠宝的朋友家，途中会路过这里。她看着那些灯火通明的窗户，试图找出让她信任的一扇,她觉得自己穿得非常寒酸,因此不想打车,而是想给家里打电话,让他们来接她。当一辆保养得极好的黄色出租车停在她面前的时候,她还没有做出决定。年轻、体面的司机问她:

"坐出租车吗?"

贝阿特利丝坐上了这辆车。她上车后才意识到,一辆出现得如此合时宜的出租车不可能是偶然。她肯定这是绑匪们的最后一个环节。然而,这种肯定让她产生了一种奇怪的安全感。司机向她询问地址,她低声地把地址告诉他。她不明白为什么司机询问了三遍才听见。因此,她用自然的嗓音把地址又重复了一遍。

那晚寒冷而晴朗,天上挂着几颗星星。司机和贝阿特利丝只进行了必要的交流,但是他一直通过后视镜观察她。离家越来越近,贝阿特利丝觉得红绿灯出现得更频繁,变换的频率更慢了。在离家两个街区远时,她让司机放慢速度,以躲开接到绑架者通知而前来的记者。然而记者们并不在。她认出了她的房子,她很惊讶自己并不像预想的那样激动万分。

计价器显示的是七百比索。由于司机没有零钱找开五千比索,贝阿特利丝走进家里找人帮忙,老门房惊叫了一声,疯狂地拥抱她。在监禁期间无休无止的白天和胆战心惊的黑夜里,贝阿特利丝把这个时刻想象成惊天动地的场景,肉体和灵魂的所有力量都将涌向她。然而完全相反,她有一种几乎感受不到的迟缓,缓慢而深沉,她的心脏因为镇静剂而变得非常安静。于是,她让门房去付车钱,自己按响了公寓的门铃。

她的小儿子加夫列尔给她开了门。他的叫喊声在整个房子里回荡："妈妈！"她十五岁的女儿卡塔琳娜尖叫着上前环住她的脖子，但是立刻害怕地松开了手。

"但是妈妈，你为什么这样说话？"

这个幸福的细节让恐惧消散了。贝阿特利丝还需要在拜访她的人群里待上好几天才能改掉小声说话的习惯。

他们从早上就开始等她。三通匿名来电（毫无疑问是绑架者们打来的）宣布她将被释放。无数记者打电话来询问他们是否知道释放时间。正午过后，阿尔贝托·比亚米萨尔确认了这件事，基多·帕拉在电话中向他宣布了这个消息。媒体躁动不安。贝阿特利丝到家三分钟前，一名女记者打来电话，肯定而冷静地说："放心，今天他们会把她放了。"当门铃响的时候，加夫列尔刚刚挂断电话。

盖莱罗医生在比亚米萨尔家的公寓等她，他以为玛露哈也会被释放，她们俩都会去那里。他喝了三杯威士忌，一直等到了七点播出的新闻节目。见她们没有回来，他以为这又是一条假消息，和那些日子里诸多其他的假消息一样。于是他回到自己家，穿上睡衣，又喝了一杯威士忌，然后钻进被窝，把收音机调到"回忆广播台"，想要随着波莱罗舞曲入睡。自从苦难的日子开始，他就不再阅读了。在半梦半醒间，他听见了加夫列尔的叫声。

他带着可被奉为典范的自制力走出卧室。贝阿特利丝和他这对结婚二十五年的夫妻不紧不慢地拥抱对方，仿佛她刚从一次短途旅行回来，他们没有流下一滴眼泪。他们俩都曾经无数次地想象过这个时刻，而真正经历这一刻就像是上演一场排练过上千次的戏剧，感动了所有人，唯独没有感动演出的主角。

贝阿特利丝刚走进家里就想到了玛露哈，她孤独一人，在那个悲惨的房间里音信全无。她给阿尔贝托·比亚米萨尔打电话。铃声响了一下，他本人就用准备就绪的嗓音接起电话。贝阿特利丝认出了他的声音。

"你好，"她说，"我是贝阿特利丝。"

她意识到她哥哥在她自报姓名之前就已经认出了她。她听见深沉、刺耳的叹气声，仿佛是猫的叫声。紧接着，她听见他用平静的声音问道：

"您在哪儿？"

"在家里。"贝阿特利丝回答。

"太好了！"比亚米萨尔说，"我十分钟后到。在这期间，别跟任何人交谈。"

他准时到了。在他快要放弃的时候，贝阿特利丝的电话让他吃了一惊。他很高兴能够见到妹妹归来，并直接得到关于被囚禁的妻子的第一手消息。此外，当务之急是在记者和警察到来之前，让贝阿特利丝做好准备。他行动了起来。为他开车是他的儿子安德烈斯难以违抗的天职，儿子及时把父亲送到了。

众人的情绪已经平静了下来。贝阿特利丝和她的丈夫、孩子、母亲、两个姐妹待在客厅里，他们如饥似渴地听着她的讲述。阿尔贝托觉得，她由于长期囚禁而脸色泛白，看起来比过去年轻了，而且由于运动衫、马尾辫和平底鞋而有了学生的气质。她想哭，但是被他制止了，他急切地想知道玛露哈的消息。"您放心，她很好。"贝阿特利丝告诉他，"那边的情况很艰难，但是可以忍受，而且玛露哈很勇敢。"她想立即解决折磨了她十五天的担忧。

"你知道玛丽娜的电话吗？"她问。

比亚米萨尔想，或许真相是最不残忍的。

"她被杀害了。"他回答。

贝阿特利丝把坏消息带来的痛苦和后知后觉的恐惧混淆在了一起。如果她在两个小时前得知真相，或许她将无法撑过释放之旅。她哭了个痛快。与此同时，比亚米萨尔采取了防范措施，不让别人进来。他们讨论着绑架的公开版本，避免让其他被绑架者处于危险之中。

囚禁生活的细节让她对监牢所处的位置有了大致的概念。为了保护玛露哈，贝阿特利丝得告诉媒体，他们从某个气候温和的地点出发，全程花了三个小时。虽然真相并非如此：真实的距离，途经的山坡，周末从扬声器里传来的震耳欲聋、持续到凌晨的音乐，飞机的噪声，气候和所有一切都说明了那是城里的某个街区。另一方面，只要询问该区的四五位神甫就能发现是哪一位负责给房子驱邪。

一些更加愚蠢的破绽给最低风险的武装营救提供了线索。如果营救，时间应该是早晨六点换岗之后，因为上岗的看守们晚上没睡好觉，疲惫地倒在地上，毫不担心自己的武器。另一个重要的信息是房子的布局，特别是后院的大门，她们在那里见过一名携带武器的看守和那条事实上比它的叫声显示的更容易被收买的狗。很难预见周围是否还有防护带，但是内部的混乱秩序让人觉得防护带不可能存在，无论如何，一旦房子被定位，就很容易查清这一点。在迪安娜·图尔巴伊的悲剧之后，人们对武装营救前所未有地缺乏信心，但是比亚米萨尔将武装营救纳入了考虑范围，以免陷入没有其他选择的境地。无论如何，这也许是他唯一没有同拉法埃尔·帕尔多分享的秘密。

这些信息让贝阿特利丝感到良心不安。她已经承诺玛露哈，她不会给出方便袭击那座房子的线索。但是，在确定比亚米萨尔与玛露哈还有她自己一样明白武力解决方式的弊端之后，她郑重地决定把这些信息告诉她哥哥。而且，释放贝阿特利丝的行为证明，在种种挫折之后，协商之路是行得通的。就这样，在睡了一晚好觉之后，她第二天已经非常清醒和冷静。她在哥哥家里举办了新闻发布会。会上，人们勉强能从鲜花丛中穿过。她向记者和舆论机构讲述了囚禁生活中恐怖的真实情况，没有提及任何会促使别人自发采取行动、让玛露哈的生命置于危险之中的信息。

之后的周三，在确定玛露哈已经了解新法令的前提下，阿莱桑德娜决定临时播出一期娱乐节目。最近的几周，随着谈判的进展，比亚米萨尔对他的公寓做了显著的改变，好让即将重获自由的妻子称心如意。他按照她的想法在一个位置摆了书架，更换了一些家具和几幅画。他把玛露哈从雅加达带回来的唐代马俑放在了一个显眼的地方，这是玛露哈生命中最重要的纪念品。最后时刻，他们想起，玛露哈抱怨卫生间里没有一块像样的地毯，于是赶紧去买了一块。他们在模样大变、灯火通明的家里录制了一期特别电视节目，玛露哈可以在回家之前就熟悉新的装饰。虽然他们无从得知玛露哈是否看了这期节目，但节目的效果很好。

贝阿特利丝很快就恢复了。她把重获自由时穿的衣服放进了囚徒口袋里，里面锁着那个房间压抑的味道，这种味道依然会在午夜时分将她忽然惊醒。在丈夫的帮助下，她抚平了情绪的波澜。唯一曾经从过去来到她身边的幽灵是"管家"的声音，他打了两次电话给她。第一次传来的是绝望的叫喊声：

"药！药！"

贝阿特利丝认出了那个声音，血液在静脉里凝固了，但是她调整呼吸，用同样的语气回问。

"什么药！什么药！"

"那位女士的药！""管家"喊道。

于是他说，他想要玛露哈吃的治疗心血管疾病的药名。

"七叶树。"贝阿特利丝说。回答完之后，她立即问道："她怎么样了？"

"我很好[①]，""管家"回答，"非常感谢！"

"不是问您，"贝阿特利丝纠正说，"是问她。"

---

①在西班牙语中，"您"与"他/她/它"的变位形式是一样的。

"啊。您放心,""管家"说,"那位女士很好。"

贝阿特利丝一下子挂断了电话,哭了起来,她被惨无人道的回忆恶心坏了:极其糟糕的食物、卫生间的粪坑、千篇一律的日子、发臭的房间里玛露哈的恐惧与孤独。不管怎样,电视新闻的体育版块插播了一段神秘的广告:"请服用漆树叶。"他们改变了词的写法,以免某个糊涂的实验室莫名其妙地抗议节目中产品的植入。

"管家"几周后的第二次来电非常不同。贝阿特利丝花费了一些时间才认出那个经过伪装之后变得很奇怪的声音。这种说话的风格更像是父辈的风格。

"您记住我们谈过的,"他说,"您没有跟玛丽娜女士在一起。没有。"

"放心。"贝阿特利丝说,接着挂断了电话。

基多·帕拉对他辛勤劳动的初步成就非常满意,他通知比亚米萨尔,玛露哈大概会在三天之后被释放。比亚米萨尔在一次记者招待会上通过广播和电视向玛露哈传达了这个消息。另一方面,贝阿特利丝关于监狱条件的叙述让阿莱桑德娜肯定,她的消息可以传到那里。因此,她对贝阿特利丝进行了半个小时的采访,贝阿特利丝讲述了玛露哈想知道的一切:她是如何被释放的,孩子们、家里和朋友们怎么样了,可以对自由保有怎样的期待。

从那时起,她将利用各种细节制作节目,用他们穿的衣服,买的东西和接待的客人作为题材。有人一直说:"马努埃尔已经烧好猪大腿了。"这些只是为了让玛露哈知道,她在家里留下的秩序依然保持着原样。所有这些，虽然看起来无关紧要，但对玛露哈有着激励的作用：生活在继续。

然而，日子一天天过去，并没有要释放她的迹象。基多·帕拉满口空洞的解释和幼稚的借口；埃斯科瓦尔拒接电话；他消失了。比亚米萨尔质问他。帕拉只是顾左右而言他。他说，由于警方在麦德林贫民窟的屠杀行为不断增加，情况变得复杂了。他援引了一句话：只要政府不停止那些野蛮的行为，释放任何一名人质都会是非常困难的。比亚米萨尔没有让他把话说完。

"这不是条约里的内容，"他说，"一切都建立在法令清晰的基础上，现在也很清晰了。这有关名誉，别跟我耍花招。"

"您不知道当这些家伙的律师有多倒霉，"帕拉说，"我的问题不是我收不收钱，而是事情必须得顺利进行，否则我就没命了。您希望我怎么做？"

"我们别废话了，"比亚米萨尔说，"究竟发生了什么？"

"只要警察不停止屠杀，不停止处罚罪犯，玛露哈女士就没有被释放的可能。事情就是这样。"

比亚米萨尔被愤怒遮蔽了双眼，他说了许多辱骂埃斯科瓦尔的话，并总结说：

"您快滚吧，因为杀死您的人会是我。"

基多·帕拉消失了。不只是因为比亚米萨尔的激烈反应，还和巴勃罗·埃斯科瓦尔有关，埃斯科瓦尔似乎无法原谅他滥用谈判者的职权。埃尔南多·桑托斯察觉到了这一点，因为基多·帕拉害怕地打电话给他，告诉他埃斯科瓦尔写了一封可怕的信，基多·帕拉甚至连读这封信的勇气都没有。

"这个人疯了，"他告诉他，"谁都不能让他平静下来，除了从这个世界上消失之外，我没有别的办法。"

埃尔南多·桑托斯意识到，这个决定中断了他与巴勃罗·埃斯科瓦尔之间唯一的联系，他试着说服基多·帕拉留下来，但没有成功。基多·帕拉求他帮最后一个忙，让他帮忙办一张去委内瑞拉的签证，并让基多·帕拉的儿子完成在波哥大现代中学的学业。一个永远无法证实的传言让人们相信，他在委内瑞拉的一所修道院避难，他的一个姐妹在那里当修女。埃尔南多·桑托斯再也没有听说过他的消息，直到一九九三年四月十六日，在麦德林一辆无照汽车的后备箱里发现了他和他当时读高中的儿子的尸体。

比亚米萨尔需要时间从可怕的挫败感中恢复过来。他后悔轻信埃斯科瓦尔的话，悔意压得他无法喘息。他觉得失去了一切。谈判过程中，他随时同图尔巴伊博士和埃尔南多·桑托斯分享进展，他们也失去了与埃斯科瓦尔沟通的渠道。他们几乎每天都见面。最后，他没有讲述自己的困难，而是告诉他们可能激励他们的消息。他陪前总统待了几个小时，图尔巴伊已经凭借着令人痛心的克制精神承受了女儿的死亡。他没有表露出任何的情绪，拒绝任何一种表态，他变得隐形了。埃尔南多·桑托斯陷入了深深的挫败感中，因为他把解救儿子的唯一希望寄托在帕拉的调解之上。

对玛丽娜的谋杀，尤其是承认和宣布谋杀的残忍方式，不可避免地使人反思往后应当如何行动。"高贵者"式调解的一切可能性都已经穷尽了。然而，似乎没有其他有效的调停者，好心好意与间接手段又缺乏实际意义。

比亚米萨尔看清了自己的处境，他去向拉法埃尔·帕尔多发泄。"您想象一下我的感受，"他倾诉说，"这么多年来，埃斯科瓦尔一直折磨着我，也折磨着我的家人。起初，他威胁我。后来，他袭击我，我奇迹般地活下来了。他继续威胁我。他杀了加兰，绑架了我的妻子和妹妹，现在还想让我捍卫他的权利。"然而，这样的发泄是没有用的，因为他的命运已经注定了：解救被绑架者的唯一正确道路是深入虎穴。直截了当地说：他唯一能做的——而且无论如何都得做的——是飞到麦德林去，掘地三尺地找到巴勃罗·埃斯科瓦尔，面对面地和他商议这件事。

195

八

问题是，如何在一个暴力肆虐的城市里找出巴勃罗·埃斯科瓦尔。一九九一年一月和二月，这里发生了一千二百起谋杀案——每天二十起，每隔四天还会发生一场屠杀。几乎所有的武装组织都一致决定发动哥伦比亚历史上最残忍的游击恐怖袭击，而麦德林正是城市行动的中心。在短短几个月的时间里，有四百五十七名警察被杀害。安全管理部曾说，贫民窟里有两千来人为埃斯科瓦尔效力，其中很多是青少年，靠猎杀警察为生。他们每杀一名警官能获得五百万比索，每杀一名警员能获得一百五十万比索，每打伤一人能获得八十万比索。一九九一年二月十六日，一辆装着一百五十公斤炸药的汽车在麦德林斗牛广场对面爆炸，炸死了三名士官和八名警察，与战争毫无关联的九名市民死亡，一百四十三名民众受伤。

与贩毒贸易团伙正面交锋的精英部队被巴勃罗·埃斯科瓦尔指控为一切罪恶的化身。一九八九年，比尔希略·巴尔科总统组建了精英部队。当时，他陷入了军队和警察等大型部队无法明确各自职责的困境，深感绝望，便将组建精英部队的任务委托给国家警察，让军队尽可能地远离贩毒贸易和准军事集团的毒害。最初的精英部队不超过三百人，拥有直升机特种小分队，并接受英国政府特种空勤团（SAS）的训练。

地主组建的反游击队准军事化队伍于巅峰时期，在国家中部的马格达莱纳河中游开始了行动。之后，这支部队分离出了一支专门进行城市作战的队伍，并作为自由行动军团驻扎在麦德林。它直接听命于波哥大国家警察总局，不受任何中间机构影响。由于其属性特殊，这支部队行使职权时并不是非常谨慎。罪犯们一头雾水，地方政府也很不情愿地接纳了一股跳脱其管辖的自治武装力量。"可被引渡者"暴怒，指控他们实施了各种践踏人权的行为。

麦德林的人们明白，"可被引渡者"揭露警方犯下谋杀与欺凌罪行不是没有依据的，因为他们目睹这些事情在大街上发生，尽管大部分案件都没有得到官方的承认。国内外的人权组织对此表示抗议，但政府没有做出让人信服的答复。几个月后，政府决定，如果没有国家检察院的人员在场，不许私闯民宅，这就不可避免地使得军事行动的官僚手续烦琐起来。

司法部门并不能做多少事。法官们微薄的工资仅够他们糊口，而不够他们负担孩子的教育费用。他们深陷于没有出路的两难抉择当中：要么被杀，要么被毒贩收买。令人敬佩和痛心的是，许多法官在这种情况下情愿选择死亡。

也许在这种形势下，最具有哥伦比亚特点的是，麦德林人有一种惊人的能力：他们能习惯一切（不论情况是好是坏），并从中迅速恢复过来。这种恢复能力可能是他们无所畏惧的性格最苦涩的表现方式。大部分人似乎都没有意识到，他们生活的麦德林曾是全国最美丽、最有活力、最热情好客的城市，但是在那几年里，这座城市变成了全世界最危险的城市之一。当时，城市恐怖主义已经变成了哥伦比亚百年暴力文化的奇特组成部分。历史悠久的游击队——城市恐怖主义的实践者——曾经亲自有板有眼地将这种行为谴责为非法的革命斗争方式。人们已经学会了带着对已经发生之事的恐惧生活，但还没有学会带着对可能发生之事的不确定感生活：炸弹将学校里的孩子炸得粉碎，将空中的飞机炸毁，市场里的豆子也会突然炸开。杀死无辜平民、随处爆炸的炸弹和匿名的威胁电话一起，成了日常生活中最让人不安的因素。然而，从统计数据看，麦德林的经济状况并没有受到影响。

几年前，贩毒分子嚣张至极，处于虚幻的光环之中。他们完全不受法律的制裁，甚至还享有某种民间威望，因为他们在童年时居住过的贫困街区推行慈善事业。如果有人想送他们进监狱，完全可以让街角的警察去抓他们，但更多哥伦比亚人会带着类似满足感的好奇心和兴趣对毒贩们听之任之。政治家、实业家、商人、记者，甚至是地痞流氓都出席了麦德林附近的那不勒斯庄园举办的永留史册的聚会。巴勃罗·埃斯科瓦尔在那儿开了一家动物园，里面有从非洲带回来的活生生的长颈鹿和犀牛。在动物园的大门口，展示着第一架运载出口可卡因的轻型飞机，仿佛一座国家纪念碑。

凭借巨额财富和保密工作，埃斯科瓦尔成了幕后的主人，他变成了一个在阴影里掌控一切的传说。他的公告具有模板一般的审慎风格，内容足够以假乱真。在他的鼎盛时期，麦德林的贫民窟里建起了供有他画像的祭台，祭台上摆着蜡烛。人们甚至相信，他会创造神迹。在历史上，没有一个哥伦比亚人拥有像他一样控制舆论的天赋和腐化社会的力量。他个性中最让人不安、最具破坏性的特点，是他完全没有分辨好坏的恻隐之心。

这就是阿尔贝托·比亚米萨尔二月中旬打算寻找的无迹可寻的、不可思议的男人，他想让他把妻子玛露哈还给他。他开始寻求途径与关押在戒备森严的伊塔古伊监狱中的奥乔阿三兄弟取得联系。拉法埃尔·帕尔多根据总统的指示给他亮了绿灯，但是提醒他不能越界：他的行动不是以政府名义进行的谈判，而是一次考察任务。他告诉他，不能以政府方面的酬劳作为交换来达成任何协议。但是在投降政策的范畴内，政府对"可被引渡者"自首是感兴趣的。从这个新概念出发，他想改变行动的视角，不再像往常那样专注于解救人质，而是专注于促使巴勃罗·埃斯科瓦尔投降。投降之后，释放人质就顺理成章了。

就这样，可以说玛露哈第二次被绑架了，而比亚米萨尔的另一场战争开始了。也许，埃斯科瓦尔原本打算把玛露哈和贝阿特利丝一起释放，但是迪安娜·图尔巴伊的悲剧可能打乱了他的计划。迪安娜的死对他来说应该糟糕至极，除了得替他并未下令执行的杀人行为背负罪责之外，他还失去了一颗价值难以估量的棋子，他所面临的情况因此更加复杂了。此外，当时警方的行动对他步步紧逼，使他跌入了谷底。

在死去的玛丽娜同迪安娜、帕丘、玛露哈和贝阿特利丝中，如果当时他决定要杀死一个人，那个人大概本会是贝阿特利丝。但贝阿特利丝获得了自由，迪安娜死了，他还剩两个人：帕丘和玛露哈。也许由于帕丘的交换价值，他原本更愿意保留他。但是现在玛露哈获得了意料之外、无法估量的价值，她能让比亚米萨尔与他保持沟通，促使政府颁布一部表述更加清楚的法令。同样，对于埃斯科瓦尔来说，从那时起，他唯一的救命稻草就是比亚米萨尔的调解，而唯一的保证方法是滞留玛露哈。他们的命运连在了一起。

比亚米萨尔从拜访妮迪娅·金特罗女士入手，以了解她调解经历中的细节。他发现她是个慷慨又果断的人，而且心平气和地服着丧。她向他转述了自己与奥乔阿姐妹、老族长以及狱中的法比奥的对话。她让人觉得她已经接受了女儿的惨死，她既不是因为痛苦也不是因为仇恨，而是为了争取和平才记住这场死亡。凭借这种精神，她交给比亚米萨尔一封写给巴勃罗·埃斯科瓦尔的信，在信中表达了她的期望，希望迪安娜的死能让其他的哥伦比亚人不再经历她经历过的痛苦。在信的开头，她承认政府不能阻止警方为了找出犯罪分子而搜查民宅，但的确能阻止警方用武力营救人质。因为受害者的家属明白，政府明白，所有人都明白，如果在搜查民宅的行动中发现了被绑架者，有可能会酿成无法挽回的悲剧，就像她女儿身上发生的那样。"因此，我来到您面前，"信上说，"带着充满痛苦、谅解和善意的心，恳请您放了玛露哈和弗朗西斯科。"最后，她用一个令人惊讶的请求结尾："请您告诉我您不想让迪安娜死去的理由。"几个月后，埃斯科瓦尔在监狱里公开表示了他的惊讶之情，因为妮迪娅的来信既没有指责也没有仇恨。"我非常痛苦，"埃斯科瓦尔写道，"我没有勇气给她回信。"

比亚米萨尔带着妮迪娅的信和政府口头授予的权力前往伊塔古伊监狱拜访奥乔阿三兄弟。两名安全管理部的卫兵与他同行，麦德林的警察还增派了六名人员。他发现奥乔阿兄弟刚被安置进一间戒备森严的监狱，里面有三重一模一样的防护门，每一道门打开都很费功夫。墙皮脱落的砖墙让人觉得这是一座没有修好的教堂。空空荡荡的走廊、狭窄的楼梯、黄色管道制成的栏杆和显眼的警报器延伸到三楼，那里又延伸出了一座小楼，奥乔阿三兄弟在小楼里制作精美的皮具和马鞍等各种马具以消磨服刑的时光。全家人都在那儿：子女、姑舅亲眷和姐妹们。最活跃的玛尔塔·妮耶维丝和豪尔赫·路易斯的妻子玛丽亚·莉娅都表现出了帕伊萨人热情好客的典型品质。

比亚米萨尔来的时候恰好是午饭时间，食物摆在后院深处的一间敞开式棚屋里，棚屋的墙上贴着电影明星的海报，屋里还有一组专业的健身设备和一张十二人餐桌。出于安全考虑，食物是在附近的拉·洛玛农庄准备的。拉·洛玛农庄是全家人正式的住所,而那天享用的是美味丰盛的克里奥约食物。他们吃饭的时候不谈论食物之外的话题,这在安蒂奥基亚是必不可少的礼节。

饭后,伴随着家庭会议的各种繁文缛节,谈话开始了。午饭时的和谐气氛让人很难想象这次对话的情况。比亚米萨尔用他缓慢、精确、善于解释的方式开始了对话,这使其他人很难提问,因为一切似乎都已经被提前回答了。他细致地讲述了他与基多·帕拉的谈判情况和突然的决裂,最后说,他坚信只有与巴勃罗·埃斯科瓦尔直接联系才能救出玛露哈。

"让我们来中止这种野蛮的状态,"他说,"让我们好好谈谈,不要再犯错了。首先,你们得知道,我们不可能会采用武装营救的方式。我更愿意进行对话,了解事情的状况以及你们想要的是什么。"

豪尔赫·路易斯是三兄弟中的老大,掌握着话语权。他讲述了他的家族在战乱中的困境,他们投降的理由与困难,还有对于制宪议会不取消引渡的令人难以忍受的担忧。

"对我们来说,这是一场非常艰难的战争。"他说,"您无法想象我们的遭遇、我的家人和朋友们的遭遇,以及在我们身上发生过的一切。"

他说的句句属实:他的姐妹玛尔塔·妮耶维丝曾经被绑架;一九八六年,他姐妹的丈夫阿隆索·卡尔德纳斯被绑架后遭杀害;一九八三年,父亲的兄弟豪尔赫·伊万·奥乔阿被绑架;表兄弟马里奥·奥乔阿和吉耶尔摩·莱昂·奥乔阿被绑架后遭杀害。

比亚米萨尔也试图向他们说明，他与他们一样都是战争的受害者，而且从今往后发生的一切都将由所有人平等地偿还。"我的经历不比你们的轻松。"他说，"一九八六年，'可被引渡者'试图谋杀我，我被逼得逃到世界的另一头，但他们还不放过我。现在他们绑架了我的妻子和妹妹。"然而，他没有抱怨，而是将自己摆在与对话者同等的高度上。

"这太过分了。"他总结说，"现在是时候开始互相理解了。"

只有他们俩在说话。家族的其他成员在悲伤的死寂里倾听着，女人们专注地围在来客身边，没有参与对话。

"我们什么都做不了，"豪尔赫·路易斯说，"妮迪娅女士也曾经来过这里。我们理解您的处境，但是我们不想惹祸上身，我们跟她说了同样的话。"

"只要战争继续下去，你们所有人都会处在危险当中，即使四面都被装甲墙包围。"比亚米萨尔坚持说，"相反，如果现在这一切结束了，你们的父母和全家人都不会受到伤害。但前提是埃斯科瓦尔自首，玛露哈和弗朗西斯科安然无恙地回家。不过你们要知道，如果他们被杀害了，你们也会一起付出代价，你们的家人会付出代价，所有人都会付出代价。"

在监狱里三个小时的漫长会面中，每个人都拼尽全力地克制自己。比亚米萨尔欣赏奥乔阿家族帕伊萨式的现实主义。来访者分析话题时的直接与坦率也给奥乔阿一家留下了深刻的印象。他们在库库塔[①]生活过——那里是比亚米萨尔的家乡，他们在那儿认识许多人，并和他们相处得非常融洽。最后，另外两名奥乔阿家的人加入了对话，玛尔塔·妮耶维丝用她克里奥约人的风趣使气氛缓和下来。男人们似乎非常坚定地拒绝参与这场他们自以为已经全身而退的战争，但是他们逐渐开始考虑这件事。

"那好吧。"豪尔赫·路易斯最后说，"我们会给巴勃罗带信儿，告诉他您来过这里。但是我建议您跟我的爸爸谈一谈。他在拉·洛玛农庄，他会很高兴跟您交谈的。"

于是，比亚米萨尔和他们一家人去了农庄，他只带了两名从波哥大来的卫兵，因为奥乔阿一家认为他们的安保措施太显眼了。他们来到大门口，沿着一条郁郁葱葱、精心打理的小路，朝着房子步行了大概一公里。几个看起来没有携带武器的男人挡住了卫兵们的去路，并让他们原路返回。气氛变得有些躁动，但是这些看守用良好的风度和合情合理的理由让外来的卫兵们冷静了下来。

"你们往这边走，在这儿吃点东西。"他们对卫兵说，"比亚米萨尔医生得跟堂法比奥谈一谈。"

树林尽头是一个小广场，后面是一栋整齐的大房子。从露台上可以俯视延绵至天边的草原，老族长在上面等候客人的到来。家族的其他成员，包括女人们，都和他在一起，几乎所有的女眷都在为战争中死去的亲人服丧。虽然已经到了午睡的时间，但他们还是准

[①]哥伦比亚东北部城市。

备了各种食物和饮品。

从问好开始,比亚米萨尔就意识到堂法比奥已经完全了解监狱中的对话结果了。这样就省去了开场白。比亚米萨尔只是重复强调说,如果战争加剧,就更加可能伤害他人数众多、繁荣昌盛的家族,尽管他们没有因为凶杀也没有因为恐怖主义而被指控。因此,虽然他的三个儿子已经脱险,但未来是无法预测的。没有人比他们更希望获得和平。但只要埃斯科瓦尔不像他的儿子们一样投降,和平就不可能实现。

堂法比奥平静而专注地听着他说话,当听到他认为正确的内容时,他会轻轻点头表示赞同。接着,他用类似于墓志铭的简略有力的话语,在五分钟内说明了他的想法。现在做的任何一件事,他说,到头来都缺少最重要的一环:当面同埃斯科瓦尔交谈。"因此,最好从这一步开始。"他说。他认为比亚米萨尔是合适的人选,因为埃斯科瓦尔只相信一诺千金的人。

"您是这样的人,"堂法比奥总结说,"问题是如何向他证明。"

这次拜访上午十点在监狱开始,下午六点在拉·洛玛结束,最大的成就是打破了比亚米萨尔和奥乔阿一家之间的坚冰,双方有着共同的目的,且已经与政府达成共识——让埃斯科瓦尔自首。确定了这一点,比亚米萨尔便有勇气把他的感受传达给总统。但是,他一回到波哥大就听说了一则坏消息:总统本人也在经受着绑架案带来的痛苦。

事情是这样的:福尔图纳托·加维里亚·博特罗是总统的堂弟,

也是他从小到大最要好的朋友。他在佩雷拉的农庄里被四名持枪蒙面人劫持了。总统没有取消在圣安德烈斯岛举行的地区行政长官会议。周五下午离开波哥大的时候，他还没有确定绑架他堂弟的人是不是"可被引渡者"。周六上午，他起床去潜水，浮出水面时，他被告知，福尔图纳托已经被劫持者杀害了，劫持者不是贩毒分子。他被偷偷地埋在旷野里，连棺材都没有。尸检时发现他的肺里有泥土，说明他是被绑匪活埋的。

总统的第一反应是取消地区会议，马上返回波哥大，但是医生们制止了他。他在六十英尺深的水下待了一个小时，他们不建议他在二十四个小时内坐飞机。加维里亚听从了建议，全国人民都看见他在电视上一脸阴沉地主持会议。但是，下午四点，他无视医嘱，回到了波哥大主持葬礼。他后来回想起那天，认为那是他人生中最艰难的日子之一，他心酸地说：

"我是唯一不能抱怨总统的哥伦比亚人。"

在监狱里与比亚米萨尔共进午餐后，豪尔赫·路易斯·奥乔阿就给埃斯科瓦尔寄了一封信，试图游说他投降。他把比亚米萨尔描述成一个严肃的桑坦德人，比亚米萨尔说的话可以相信，他言出必行。埃斯科瓦尔立即回复说："告诉那个婊子养的，别跟我说话。"比亚米萨尔通过玛尔塔·妮耶维丝和玛丽亚·莉娅打来的电话得知了这个消息。她们让他回麦德林继续想办法。这一次，他没有带卫兵就去了。他从机场打车到洲际酒店。大概十五分钟后，一名奥乔阿家的司机来酒店接他。司机是一个大概二十岁的帕伊萨人，很和

善,喜欢开玩笑,他从后视镜里观察了他好一会儿,终于问他:

"您很害怕吗?"

比亚米萨尔通过后视镜对他笑了笑。

"放心,医生。"年轻人接着说。他还略带讽刺地补充:"跟我们在一起您不会有事的。您怎么会这么想!"

这句玩笑话让比亚米萨尔在接下来的行程中一直保留着安全感和信任感。他永远不知道自己有没有被跟踪,甚至到了谈判后期也是如此,但是他一直觉得自己处于一种超自然力量的影响之下。

看来,埃斯科瓦尔不觉得自己对比亚米萨尔有所亏欠,虽然比亚米萨尔在为他打开反引渡法令的大门中功不可没。毫无疑问,赌棍的算盘打得精明,他认为这个恩惠已经用释放贝阿特利丝的方式报答了,但其他历史债务依然原封未动。然而,奥乔阿一家认为,比亚米萨尔应该坚持下去。

因此,他无视那些恶语相向,准备继续前行,奥乔阿一家支持着他。他又去了两三次监狱,他们一起制定了行动策略。豪尔赫·路易斯又给埃斯科瓦尔写了一封信,在信里告诉他,他投降后的保障都已经确定,他的生命会得到尊重,他也不会因为任何原因被引渡。但是埃斯科瓦尔没有回信。因此,他们决定让比亚米萨尔本人给埃斯科瓦尔写信,向他说明自己的处境和提议。

三月四日,这封信在关押奥乔阿一家的牢房里写成了。豪尔赫·路易斯是这封信的顾问,他告诉比亚米萨尔哪些话对他有利,哪些话可能不合时宜。比亚米萨尔在开头承认,尊重人权是取得和平的基础。"然而，有一个无法忽略的事实：揭露他人侵犯人权的行为是自己侵犯人权的最好借口。"这增加了双方行动的难度，也抹杀了他本人在为解救妻子而斗争的这几个月里取得的成果。比亚米萨尔家族长期受暴力之苦：对他的袭击、对他的连襟路易斯·卡洛斯·加兰的谋杀，对他妻子和妹妹的绑架，但他们自己并没有任何责任。"我和我的妻姐格萝莉娅·帕琼·加兰，"他补充说，"既不能理解也无法接受那么多不合情理且无法解释的暴行。"相反，释放玛露哈和其他记者是哥伦比亚真正走向和平的必然要求。

两周后，埃斯科瓦尔的回信以一记晴天霹雳开头："尊敬的医生，非常遗憾，我无法满足您的要求。"接着，他援引了一则新闻。在被绑架者家属的默许下，一些来自政府部门的制宪议会成员即将提议，如果不释放被绑架者，他们就不会着手处理引渡的议题。埃斯科瓦尔认为这不合理，被绑架者不能被当作向制宪议会成员施压的砝码，因为他们在选举之前就已经被绑架了。无论如何，关于这个话题，他放肆地发出了令人畏惧的警告："比亚米萨尔医生，请您记住，引渡政策已经牺牲了许多受害者的性命，再添两条命并不会改变这个进程，也不会改变一直以来进行的斗争。"

这是间接的警告，因为法令颁布之后，埃斯科瓦尔没有再提及引渡，也没有将引渡作为战争的理由。这部法令没有给投降者留下余地，而是侧重于处罚为埃斯科瓦尔作战的特殊武装力量犯下的违反人权的罪行。这是他的精妙策略：凭借部分胜利获得优势，并用其他不计其数且越来越多的理由继续战争，这样就不需要投降。

信上说，比亚米萨尔所进行的战争与他为了保护家人而进行的战争是相同的，在这个意义上，他表示理解。但是他坚持认为，精英部队杀死了麦德林贫民窟的四百多名青少年，却没有人惩罚他们，这些行动证实了绑架记者并给政府施压使其制裁警方相关责任人的合理性，而且他对没有一名政府官员试图就绑架案跟他建立直接的联系表示惊讶。他总结说，无论如何，来电、恳求他释放人质都是没有用处的，因为危在旦夕的是"可被引渡者"的家人及其合伙人的生命。最后，他说："如果政府不介入，也不听从我们的提议，毫无疑问，我们将处死玛露哈和弗朗西斯科。"

这封信证明埃斯科瓦尔希望与政府官员取得联系。他没有放弃投降，但是投降的代价会比想象中更加高昂，而且他已经打算以投降为借口进一步索要好处。比亚米萨尔理解他，并在一周内拜访了共和国总统，把最新的情况告诉他。总统只是认真地做了笔记。

那几天，比亚米萨尔还拜访了总检察长，试图在新的形势下找到不同的行动方法。那是一次硕果累累的拜访。总检察长说，他将在周末发布迪安娜·图尔巴伊的死亡报告。在这份报告里，他将责任归于警方无序、莽撞的行动，并列出了三名精英部队警官的罪状。他还透露，他调查了十一名被埃斯科瓦尔点名指控的警察，也列出了他们的罪状。

总检察长履行了自己的承诺。四月三日，共和国总统收到了国家检察院关于迪安娜·图尔巴伊死亡原因的评估报告。报告说，该行动从一月二十三日开始酝酿，当时麦德林警方的情报机构接到了几通匿名来电，内容都涉及在科帕卡瓦那市的高地出现的武装人员。根据来电内容，他们的行动集中在萨瓦内塔区，尤其是在比亚·德尔·罗萨里奥、拉·波拉和阿尔托·德·拉·克鲁兹的农庄。其中有一通来电透露，被绑架的记者们就在那里，连"大头目"，即巴勃罗·埃斯科瓦尔，也可能在那里。第二天的行动分析文件总结了这次行动的基本信息，其中提到了埃斯科瓦尔的信息，但没有提到被绑架的记者也可能在那里。国家警察局局长米盖尔·戈麦斯·帕蒂亚声称，他于一月二十四日下午收到消息，计划在第二天进行核实、搜寻和清查行动，"而且有可能抓捕巴勃罗·埃斯科瓦尔和众多毒贩"。但是，当时似乎也没有提到发现两名人质——迪安娜·图尔巴伊和理查德·贝塞拉的可能性。

一月二十五日上午十一点，行动开始了。哈伊罗·萨尔塞多·加西亚上尉与七名军官、五名士官和四十名警察离开麦德林卡洛斯·奥尔金学校。一个小时后，埃杜阿尔多·马尔蒂内斯·索拉尼亚与两名军官、两名士官和六十一名警察也离开了那里。报告指出，相应的文书中没有埃尔梅尔·埃塞基埃尔·托雷斯·维拉上尉的出行记录，他是拉·波拉农庄的小组负责人，迪安娜和理查德实际上就在那里。但是后来在国家检察院做陈述的时候，上尉本人承认，他于上午十一点同六名军官、五名士官和四十名警察一起离开。为了这场行动，他们派出了四架带航炮的直升机。

在比亚·德尔·罗萨里奥和阿尔托·德·拉·克鲁兹庄园进行的搜捕行动顺利完成了。大约下午一点，他们在拉·波拉农庄开展了行动。伊万·迪亚斯·阿尔瓦雷斯少尉说,他从直升机上下来之后,从高地向下走,此时他听见了山坡上的爆炸声。他向那个方向跑去,看见了大约十个人带着步枪和冲锋枪落荒而逃。"我们在那里待了几分钟,想看看进攻是在哪里发起的。"少尉说,"当时,我们听见有人在地势很低的地方求救。"于是他着急地向下跑,然后碰到了一个男人,男人向他喊:"请您帮助我。"少尉也向他喊道:"站住!您是谁?"那人回答说他是理查德,是个记者,需要帮助,因为迪安娜·图尔巴伊也在那儿,她受伤了。少尉说,当时不知道为什么,他脱口而出:"巴勃罗在哪里?"理查德回答:"我不知道,但是请您帮帮我。"于是,这名军人向他警惕地走去。之后,小组的其他人也到了那里。少尉总结道:"对我们来说,在那里找到记者们是意外所得,因为这不是我们的目标。"

他对这次碰面的叙述几乎与理查德·贝塞拉向检察院叙述的内容完全吻合。后来,理查德·贝塞拉还扩充了他的声明,声称看见了向他和迪安娜射击的男人。那个人站立着,双手伸向左前方,距离他们大约十五米远。"枪击声刚刚响起的时候,"理查德说,"我还没有趴在地上。"

至于导致迪安娜死亡的那枚子弹,化验结果证明,它从左侧髂骨进入,紧接着向右上方移动。创口很小,说明那是一颗高速运行的子弹,秒速在两千到三千英尺之间,也就是音速的三倍左右。子弹无法找回,因为它碎成了三部分,重量减轻了,形状也发生了改变,最后变成了不规则的碎块,在她体内继续移动,造成了致命的脊柱碎裂。几乎可以确定，那是一颗直径五点五六毫米的子弹，可能是由奥地利AUG突击步枪或是技术条件与之类似的武器射出的，因为在事发地点找到了一把该型号的步枪。这种步枪并不是警方的常规武器。在尸检报告的空白处有一条注解："迪安娜的预期寿命本来还有大约十五年。"

现场一名戴手铐的平民的出现是该行动最让人好奇的疑点。他也在把受伤的迪安娜送到麦德林的直升机上。两名警方特工都认为他是一个农民，年龄在三十五到四十岁之间，他脸色黝黑，头发很短，身材有些粗壮，身高差不多一米七，那天戴着一顶布帽。他们说，他是在行动中被逮捕的。当双方开始交火的时候，他们试图让他表明自己的身份，因此不得不逮捕他，在上直升机之前一直带着他。其中一名警员补充说，自己把他交到了少尉手里，少尉当着他们的面质问他。后来，少尉在找到他的地点附近把他放走了。"那位先生与这事无关，"他们说，"因为枪击声是从下面传来的，而当时这位先生和我们一起在上面。"这些说法都否认了这位平民曾经上过直升机，但是机组成员的证词完全相反。另一些声明则更加具体：路易斯·卡洛斯·里奥斯·拉米莱斯中士是直升机上的技术炮兵，他确定那个男人就在直升机上，并在当天被送回了行动地区。

一月二十六日，何塞·翁贝尔托·巴斯克斯·穆纽斯的尸体出现在麦德林附近的希拉多塔市，谜团还在发酵。他被三颗九毫米子弹击中身亡，一颗击中胸腔，两颗击中头部。情报机构的报告将他描述为有严重犯罪记录的麦德林集团成员。调查人员用数字五来标记他的照片，把它同其他已经确认身份的犯罪分子的照片混在一起，然后将这些照片展示给曾和迪安娜·图尔巴伊关押在一起的囚徒。埃罗·布斯说："我不认识其中任何一个人，但是我觉得五号有点像我在被绑架几天后见到的一名杀手。"阿苏塞娜·里埃瓦诺也说，五号照片上的人像在迪安娜和她被绑架后待的第一栋房子里值夜班的看守，但是那个看守没有胡子。理查德·贝塞拉也认出了五号照片上的人，说他戴着手铐出现在直升机上，但又解释说："我觉得脸型很像，但是我不确定。"奥兰多·阿塞维多也认出了他。

最后，巴斯克斯·穆纽斯的妻子认出了这具尸体。她在声明中说，一九九一年一月二十五日上午八点，她的丈夫出门想打一辆出租车，两个身穿警服、骑着摩托车的男人和两名平民装扮的男人在街上抓住了他，把他塞进了一辆车里。他大声叫着她的名字："安娜·露西娅。"但是，他已经被带走了。然而，这份声明不能算数，因为没有其他目击者。

"总之，"报告指出，"考虑到证人提供的证词，可以确定在拉·波拉农场的行动之前，国家警察局负责此次行动的成员已经通过受他们控制的巴斯克斯·穆纽斯先生得知几位记者的囚禁地。而且可以肯定，行动结束以后，他们杀死了他。"在事发地点发生的另外两起难以解释的死亡事件也已经被查明了。

特别调查处总结说，没有证据证明戈麦斯·帕蒂亚和国家警察局的其他高层领导知道这件事。打伤迪安娜的武器不是由麦德林国家警察局特种部队的成员使用的。在现场找到了三个平民的尸体，拉·波拉行动小组的成员应该为他们的死亡负责。特别调查处将对军事刑事诉讼93号法官迭戈·拉法埃尔·德尔·科莱伊·涅托博士和他秘书的反常行为正式展开彻底、循序渐进的纪律调查，就像对波哥大安全管理部专家进行的调查一样。

这份报告公布之后，比亚米萨尔在给埃斯科瓦尔写第二封信时觉得更踏实了。他跟往常一样通过奥乔阿一家把信寄给埃斯科瓦尔。他还给玛露哈写了一封信。他恳求埃斯科瓦尔让她收到这封信。利用这个机会，他向埃斯科瓦尔解释了国家的三种权力：行政权、立法权和司法权，让他明白，对于总统来说，在宪法和法律的框架下，掌控像军队这样数目众多、结构复杂的机构是多么不易。然而，在揭露公安机关侵犯人权的行为方面，他赞同埃斯科瓦尔的做法。埃斯科瓦尔坚持要求，在投降时，政府要保障他本人、家人和下属的安全。对此，比亚米萨尔也表示赞同。"我赞同您的观点，"他向埃斯科瓦尔写道，"我和您进行的斗争本质是相同的：拯救我们自己和我们家人的生命，同时争取和平。"基于这两个目的，他提议采取联合的策略。

几天后，埃斯科瓦尔给他回信，他的自尊心因为信中的普法课程而受到了伤害。"我知道国家被分为总统、国会、警察和军队。"他写道，"但是，我也知道总统是统治者。"余下的四页信纸再三抨击了警方的行为，而且只是增加了资料，并没有提供证据。他否认"可被引渡者"处决了迪安娜·图尔巴伊，他们也没有这么做的打算，因为如果是那样，他们不需要把她从囚禁的房子里带出来。他还否认他们让她穿上了黑色的衣服，令直升机上的人把她误认为农妇。"她不是作为人质死去的。"他写道。最后，他既没有过渡，也没有客套，用了一句非同寻常的话结尾："您别因为您曾经向媒体发表要引渡我的宣言而担心。我知道一切都会好的，我不会心怀怨恨，因为您的斗争和我的斗争有着相同的目的，都是为了保卫家人。"比亚米萨尔把这句话和埃斯科瓦尔之前说的话联系在了一起，他之前说过他感到很羞愧，因为人质是玛露哈，但和他抗争的不是她自己，而是她的丈夫。比亚米萨尔用另一种说法质问他："为什么斗争的是我们俩，在你们手里的却是我的妻子？"因此，比亚米萨尔提议，把他和玛露哈交换，让他亲自和他谈判。埃斯科瓦尔没有接受。

当时，比亚米萨尔已经去了二十多次奥乔阿家族所在的监狱。他享受着拉·洛玛农庄的女人们给他们送去的当地美食，她们小心翼翼地提防着各种袭击。这是一个相互了解、互相信任的过程，他们最重要的帮助是解读埃斯科瓦尔每句话和每个动作中的深层意图。比亚米萨尔几乎总是搭乘最后一班飞机回波哥大。他的儿子安德烈斯经常得带着矿泉水在机场等他，让比亚米萨尔独自缓慢地喝水，从紧张的情绪中解脱出来。他履行了自己的承诺，没有出席任何社交活动，也没有和朋友见面：一次也没有。压力大的时候，他会走到露台上，朝着玛露哈所在的方向长久凝望。一连几个小时，他向她传送着精神信息，直到困意来袭。早晨六点，他又一次站起来，准备好重新开始。当他们收到回信，或是其他与之密切相关的事物的时候，玛尔塔·妮耶维丝或是玛丽亚·莉娅会给他打电话，只要一句话就够了：

"医生，明天十点。"

没有电话的时候，他会把时间和精力用在《哥伦比亚呼唤他们回来》上。那是一档电视宣传节目，内容以贝阿特利丝提供的关于监狱条件的资料为基础。这是国家媒体联合会（Asomedios）会长诺拉·萨宁的主意，由玛丽亚·德尔·罗萨里奥·奥尔蒂斯（玛露哈的好朋友、埃尔南多·桑托斯的外甥女）、她的撰稿人丈夫，以及格萝莉娅·德·加兰和家庭中的其他成员（莫妮卡、阿莱桑德娜、胡安娜和她们的兄弟姐妹）一起着手推行。

每天都有来自电影、戏剧、电视、足球、科学和政治领域的明星站台，传递同样的信息，要求释放被绑架者，尊重人权。从第一次播出开始，这档节目就掀起了舆论的轩然大波。阿莱桑德娜带着摄像机，在全国范围内追逐着明星。在节目播出的三个月里，有大约五十位名人参与其中，但是埃斯科瓦尔并没有被打动。大键琴演奏家拉法埃尔·普亚纳说，他可以跪下请求埃斯科瓦尔释放被绑架者，埃斯科瓦尔回复说："三千万哥伦比亚人都可以跪着来找我，但我不会释放人质。"然而，在写给比亚米萨尔的一封信里，他称赞了这一节目，因为他们不仅为了人质的自由而战斗，还为了尊重人权而斗争。

玛露哈的女儿和她们邀请的嘉宾在电视屏幕上出现时的轻松自如让帕丘·桑托斯的妻子玛丽亚·维多利亚非常不安，因为她面对镜头时总是无法克服害羞心理。意外出现的麦克风、聚光灯不知廉耻的光束、摄像机严厉的眼神和总是等着同样答案的同样问题让她因为惊慌而恶心，勉强才能抑制这种情绪。在她生日那天，他们制作了一条电视简讯。在这条简讯里，埃尔南多·桑托斯专业而流利地说了一段话，然后挽着她的手臂说："献给您。"她几乎总是能逃开，但有时候她不得不面对。她不仅认为这种尝试让人想死，还认为在屏幕里看见自己的模样、听见自己的声音是荒谬和愚蠢的。

而她对社交活动的态度却完全相反。她学习了小企业管理和新闻学的课程。她决心变得自由自在并热衷于聚会。她接受过去曾会厌恶的邀请，出席各种会议和音乐会，穿上了活泼的衣服，而且熬夜到很晚。就这样，她摆脱了可怜的寡妇形象。埃尔南多和她最好的朋友们理解她，支持她，帮助她做自己。但是，很快她就受到了社交界的惩罚。她知道很多人当面赞扬她，背后却说她坏话。她收到了没有卡片的玫瑰花，没有署名的盒装巧克力，匿名的表白信。她幻想这些信是她丈夫寄来的，他也许开辟了一条从孤独通向她的密道。但是，寄信人很快就通过电话表明了身份：那是个疯子。有一个女人也打来电话直截了当地向她表白："我爱上您了。"

在那自由而富有创造力的几个月里，玛丽亚维偶然遇见了一个能预测未来的朋友，她曾经预见了迪安娜·图尔巴伊的悲惨命运。只要想到她可能会做出不祥的预测，玛丽亚维就觉得害怕，但是这位朋友让她冷静了下来。二月初，她们又一次遇见时，这位朋友凑到她耳边说："帕丘还活着。"事先没有人向这位预言师提问，她说出预言后也不期待任何答复。她说这话的时候是如此肯定，玛丽亚维非常相信她的话，仿佛她亲眼见到了帕丘。

二月，埃斯科瓦尔似乎不相信这些法令，尽管他声称自己相信。不信任对他来说是根本的信条。他总说，也多亏了这个信条，他现在还活着。他不会把重要的东西授权给别人。他是他自己的军队长官，他自己的安全长官、情报长官、反情报长官、令人意想不到的战略家和独一无二的间谍。在极端情况下，他会每天更换八名私人保镖。他掌握各种通信技术、有线干扰技术和信号追踪技术。他雇人整天用他的电话进行疯子般的对话，让窃听内容变成繁杂的胡言乱语，这样真实的信息就无法被辨认出来。警方开通了两个电话号码，让人们提供关于埃斯科瓦尔下落的信息。同时，埃斯科瓦尔与小学签约，让孩子们二十四个小时内都不停地打告发电话，这样告发人就打不进去。为了不让他的行动留下把柄，他有无穷无尽的狡猾手段。他不向任何人咨询建议。他把法律方面的策略告诉他的律师，他们只负责赋予这些策略法律依据。

他拒绝面见比亚米萨尔是因为害怕他在皮肤底下安置了能追踪他的电子设备。那实际上是一种带有电池的微型无线发射器，它的信号能被一种特殊的接收器（无线电测向器）远距离捕获，然后通过电脑确定信号的大致位置。埃斯科瓦尔非常相信这种高级的技术，如果有人在皮肤底下植入发射器，他也不会觉得这是天方夜谭。无线电测向器也可以确定广播、移动电话或有线电话的坐标。因此，埃斯科瓦尔尽可能地避免使用这些设备。如果有必要，他会在行驶的车辆上使用它们。他使用手写的信函。如果他与某人见面，他不会约在他所在的地点，而会去对方的所在地。结束会面之后，他会朝着难以预测的方向离开。或者，他会走向科技的另一个极端：坐上一辆带着伪造车牌和伪造标记的小型公共汽车，汽车会沿着常规路线行驶，但不会在车站停靠，因为车上坐满了车主的保镖。对了，埃斯科瓦尔的一项娱乐就是偶尔充当一下公共汽车的司机。

二月，制宪议会支持不引渡和赦免毒贩的可能性变得更大了。埃斯科瓦尔明白这一点。与针对政府的力量相比，他在这个方向上集中了更多的武装力量。实际上，加维里亚应该比他想象的更加强硬。与投降法令相关的一切内容都在刑事诉讼法庭进行了重新讨论，司法部长为了处理各种司法紧急案件一直保持着警惕。比亚米萨尔不只以自己的名义行动，也以自己的名义承担着风险。但是与拉法埃尔·帕尔多的密切合作让他和政府维持着直接联系，这种联系并不会让他处于危险之中。相反，这让他不需协商就能取得进展。当时，埃斯科瓦尔应该已经明白，加维里亚永远不会指派官员与他协商——这是他的幸福美梦，无论是作为一个懊悔的生意人，还是作为武装集团的暗中操控者，他都会抓住制宪议会可能会赦免他的希望。这并不是一个疯狂的估测。在制宪议会设立之前，各个政党已经一致确立了封闭式议题的议程，政府援引法律依据不将引渡问题纳入议程，因为政府需要把它作为投降政策的施压工具。但是，最高法院做出了引人注目的决定：制宪议会可以没有限制地处理任何议题，于是引渡议题又死灰复燃了。赦免没有被提及，但也是有可能的：一切都不受限制。

加维里亚总统并不是那种因为其他议题就放弃某个议题的人。在六个月的时间里，他在他的助手中推行了一种私人通信系统：在任意纸条上书写能概括一切的短句。有时，他只写上收件人的名字，然后把纸条交给身边的人，收件人就会知道应该怎么做。然而，对于他的助手来说，这种方法非常恐怖，因为它不区分工作时间和休息时间。加维里亚对此没有意识，他在休息和工作时都同样严于律己。他在鸡尾酒会上或是刚结束潜水捕鱼时，都和往常一样传递小纸条。"和他一起打网球就像是在参加部长会议。"一名顾问说。他能在办公桌上深度小睡五到十分钟。当他的助手昏昏欲睡的时候，他醒了过来，精神面貌焕然一新。尽管看起来非常随意，但是这种方法跟正式的备忘录相比，能够更加及时、有效地开展行动。

当总统试图阻止最高法院打击引渡时，这个通信系统发挥了巨大的作用。总统据理力争，他说这是法律问题，不是宪法问题。政府部长翁贝尔托·德·拉·卡耶一开始就说服了大多数人，但是与民众利益攸关的事务最终胜过了与政府利益攸关的事务。人们认为引渡是导致社会混乱的因素之一，尤其是导致野蛮的恐怖主义的因素之一。因此，众多曲折之后，引渡最终被纳入了权利委员会的提纲。

尽管如此，奥乔阿一家一直担心被心魔围困的埃斯科瓦尔会决定在一场毁灭性的斗争中背水一战、玉石俱焚。这是具有先见之明的担忧。三月初，比亚米萨尔从他们那里收到了一条紧急信息："您赶紧过来，大事不好了。"他们收到了巴勃罗·埃斯科瓦尔的信，信上威胁说，如果不制裁摧毁麦德林贫民窟的警察，他就会引爆卡塔赫纳·德·印第亚斯历史城区的五十吨炸药：每一百公斤炸药代表一个因为失去战斗力而死去的男孩。

在一九八九年九月二十八日以前，"可被引渡者"认为卡塔赫纳是不能触碰的圣地。但是那天，爆炸晃动了大地，炸碎了希尔顿酒店的玻璃，还炸死了两名在另一个楼层开会的医生。从那时起，这处人类遗产显然也无法在战争中幸免。新的威胁不容许片刻的犹豫。

离最后期限还有几天，加维里亚总统通过比亚米萨尔得知了这个消息。"现在，我们不是在为玛露哈而战，而是为了拯救卡塔赫纳而战。"比亚米萨尔对他说，以此作为催促政府有所行动的托词。总统回答说，他很感激他的情报，政府会采取行动阻止灾难发生，但是绝对不会向讹诈行为让步。因此，比亚米萨尔再次前往麦德林。在奥乔阿一家的帮助下，他劝阻了埃斯科瓦尔。这并不容易。在到达期限的前几天，埃斯科瓦尔在一张仓促写成的字条上保证，记者们暂时安全了，他还延迟了在各大城市引爆炸弹的时间。但是，同样不容商议的一点是：如果四月之后麦德林警方还继续行动，古老高贵的卡塔赫纳·德·印第亚斯城就会片瓦不存。

九

玛露哈独自一人留在房间里,她意识到自己正在一群可能杀死了玛丽娜和贝阿特利丝的人手里。他们拒绝把收音机和电视机还给她,以免她得知真相。她羞怯的请求变为了愤怒的要求,她冲着看守们大喊大叫,想让邻居们听见她的叫声。她不再散步,还威胁说再也不吃饭了。"管家"和看守们因这种意料之外的状况而感到惊慌,手足无措。他们在无用的秘密会议中窃窃私语。他们出门打电话,回来的时候比原来更加愁眉不展。他们试图用虚幻的承诺让玛露哈冷静下来,或是用威胁的话语恐吓她,但是他们无法让她放弃绝食的念头。

她前所未有地觉得她能很好地掌控自己。很显然,看守们得到了不能虐待她的指示,她打赌他们需要不计代价地让她活下去。她的预测是正确的:贝阿特利丝被释放三天后的清晨,房门毫无预兆

地打开,"管家"带着收音机和电视机走了进来。"您马上会知道一件事。"他告诉玛露哈,接着平淡地说出了这个消息:

"玛丽娜·蒙托亚女士已经死了。"

与她本人预料的完全相反,玛露哈在听到这个消息的时候,表现得仿佛她一直知道这件事。对她来说,如果玛丽娜还活着,那才令人吃惊。然而,当真相抵达心底的时候,她才意识到自己是多么爱她。如果能够改变这个事实,她可以付出一切。

"凶手!"她对"管家"说,"你们都是凶手!"

在那一刻,"博士"出现在了门口,他想安慰玛露哈。他告诉她,贝阿特利丝在家里过得很幸福。但是,只要她没有亲眼在电视上看见,没有亲耳在广播里听到,她什么都不会相信。相反,她觉得这个刚刚到来的男人只是受命来安慰她的。

"您很久没来了,"她说,"我能理解您:您应该为自己对玛丽娜做的事感到羞耻吧。"

他好一阵才从惊讶中平复过来。

"怎么回事?"玛露哈挑衅他,"她就该死吗?"

他解释说,这是为了给两个人复仇。"您的情况是不一样的。"他说。他又重复了一遍以前说过的话:"这是政治。"玛露哈带着少见的痴迷听他说话,是那种给明知自己将要死去的人传达死亡消息的痴迷。

"至少告诉我是怎么进行的。"她说,"玛丽娜察觉到了吗?"

"我向您发誓,她没有察觉。"他回答。

"但是怎么会没有察觉!"玛露哈坚持说,"她怎么会察觉不到!"

"他们告诉她,她会被带到另一个农场。"他尽力让她相信他的话,"他们让她下车。她一直向前走,然后他们从她脑后开了枪。她什么都没有察觉。"

玛丽娜反戴着风帽,朝假想的农场摸索着走去。这幅画面将在许多失眠的夜晚纠缠玛露哈。与死亡本身相比,她更害怕最后时刻的清醒。唯一能带给她安慰的是她像珍珠一样珍藏的那盒安眠药。在他们把她拖去屠宰场之前,她可以吞下一把。

在正午新闻中,她终于看见了贝阿特利丝,她在一间摆满了鲜花的公寓里和家人在一起。尽管有了一些变化,但她立刻认出了那间公寓:那是她的公寓。然而,对新装饰的厌恶破坏了见到贝阿特利丝的喜悦之情。她觉得新书架很不错,而且就在她想要的地方。但是,墙壁的颜色和地毯让人无法忍受,而且唐代马俑被放在了最碍事的地方。她无视自己的处境,开始责骂丈夫和孩子们,仿佛屏幕里的他们能听见她的声音。"太粗俗了!"她喊道,"这跟我说的完全是两码事!"获得自由的愿望一瞬间变成了历数他们糟糕做法的渴望。

在这场对感觉与情感的折磨中,白天变得难以忍受,黑夜变得无比漫长。她睡在玛丽娜的床上,盖着她的毯子,闻着她的气息,受到了极大的触动。渐渐入睡的时候,她在黑暗里听见了玛丽娜像蜜蜂嗡鸣一样的低语,仿佛玛丽娜就睡在同一张床上,在她的身边。

一天晚上，真正的奇迹出现了，那不是幻觉。玛丽娜用鲜活、温热、柔软的手抓住了她的手臂，用自然的嗓音在她耳边轻声说道："玛露哈。"

她认为这不是幻觉，因为在雅加达的时候，她也有过奇幻的经历。她在一个古董集市上购买了一尊真人尺寸的英俊少年雕像，他的一只脚踩在一名战败的孩子头上。他有一个类似于天主教圣人的光环，但光环是铜质的，风格和材质让人觉得这是低劣的附加品。当她把雕像放在家中的最佳位置时，她才意识到他是死神。

一天晚上，玛露哈梦见自己试图把雕像的光环摘下来，因为她觉得它太难看了，但是没有成功。光环是用青铜焊在雕像上的。醒来时，她为这段糟糕的回忆感到不快。她急忙去看客厅里的雕像，发现死神没有了光环，光环被丢在了地上，就像她梦境的结尾那样。玛露哈（一位理性主义者和不可知论者）安慰自己，是她本人在一场被遗忘的梦游中摘下了死神的光环。

在监禁生活之初，对玛丽娜顺从态度的恼怒支撑着她。后来，对玛丽娜悲苦命运的同情和鼓励她活下去的希望支撑着她。当贝阿特利丝失去控制的时候，她假装自己拥有她并不具备的力量；当逆境把她们压垮的时候，要尽力让自己保持平静的责任感和必要性支撑着她。在这个三米长两米半宽、阴郁且臭气熏天的空间里，她们睡在地上，吃着厨房的剩菜，无法确定下一分钟会不会死去。有人得承担起领导的职责，不能被打倒，而这个人就是她。但是，当房间里没有其他人的时候，她没有理由伪装下去：她孤独地面对着自己。

她肯定,贝阿特利丝已经把通过广播和电视与她沟通的方法告诉了她的家人,这使她保持着警惕。比亚米萨尔确实带着他振奋人心的嗓音出现了几次,她的孩子们也用想象力和幽默感安慰她。在最近两周,没有任何征兆,联系突然中断了。于是,一种被遗忘的感觉充斥着她。她被打倒了,她不再散步,面朝墙壁躺着,远离一切。吃饭、喝水只是为了勉强维持生命。她又一次感受到了十二月时折磨她的疼痛、痉挛和大腿上的刺痛,有必要再去请医生了。但是这一次,她甚至没有发出呻吟。

看守们因为私人冲突和内部分歧而魂不守舍,他们不再管她。食物在餐盘里冷掉,"管家"和妻子似乎对此毫不知情。日子变得越来越漫长,越来越枯燥。有时候,她甚至会想念最初几天里更糟糕的时刻。她失去了对生活的兴趣。她哭了。一天早上醒来的时候,她惊恐地发现,她的右臂自动抬了起来。

二月份的看守是上帝的恩赐。巴拉巴斯那伙人没有来,换成了四名新来的少年,他们认真、守纪律而且态度保守。他们彬彬有礼,十分健谈,这让玛露哈松了口气。他们一来就邀请她一起玩任天堂游戏,一起看娱乐节目。游戏让他们更加亲近。她从一开始就发现,他们很有共同语言,这使彼此的交流更加方便。毫无疑问,他们收到指令,要用不同的方式对待她,瓦解她的抵抗,振奋她的精神。他们开始劝说她继续遵从医嘱,在院子里散步;让她想想她的丈夫和孩子,不要辜负他们的希望,因为他们想尽快看到健康的她。

这种氛围有利于互相倾诉衷肠。她意识到他们也是犯人，而且可能也需要她。玛露哈跟他们讲她和三个已经度过青春期的儿子的经历。她告诉他们在养育和教育儿子期间的一些重要事件，还讲了他们的习惯和爱好。看守们觉得自己被信任了，也跟她谈起了他们的生活。

他们都是高中毕业生，其中一个上过至少一个学期的大学。与之前的看守不同，他们说他们来自中产阶级家庭，但无论如何，他们被烙上了麦德林贫民窟文化的印记。年纪最大的看守二十四岁，他们叫他"蚂蚁"。"蚂蚁"个子很高，衣着考究，沉默寡言。父母在车祸中死去之后，他就中断了自己的大学学业。他没有找到其他出路，于是成了一名杀手。还有一个看守，他们叫他"鲨鱼"。他开心地说，他用一把玩具手枪威胁老师，通过了一半的中学课程。被叫作"陀螺"的看守是这组人中最开朗的，也是所有到过那里的看守中最开朗的一位，而且确实长得像陀螺。他很胖，有双很短很脆弱的腿。他疯狂地热爱跳舞。有一回，他吃完早饭后就在录音机里放了一盘萨尔萨音乐磁带，然后不停地跟着音乐疯狂地跳舞，一直跳到值班结束。最正经的一名看守来自教师家庭，他热爱阅读文学书籍和报纸，对国家的现状非常了解。他只用一个理由解释自己这样生活的原因："因为这很酷。"

就像玛露哈一开始猜测的那样，他们对人性化的对待方式不是无动于衷的。这不仅给了她活下去的动力，还让她机警地从中获利，看守们或许没有预见到这一点。

"你们别担心,我不会对你们做蠢事。"她告诉他们,"你们放心,我不会做任何被禁止的事,因为我知道囚禁生活很快就会顺利地结束。所以,你们这样束缚我是没有道理的。"

新来的看守们拥有前所未有的自主权——连他们的首领都没有拥有过。他们极大地放松了关押制度,这是玛露哈意料之外的。他们让她在房间里活动,用尽量自然的声音说话,还允许她不必在固定时间上厕所。由于在雅加达的经历,新的相处方式让她有了照顾自己的劲头。她很好地利用了一位老师在阿莱桑德娜的节目里为她设立的健身课程,这档节目似乎有着专门的主题:狭窄空间中的体育运动。她热情满满,以至于一名看守起了疑心:"难道这个节目中有什么传达给您的信息?"她费了很大功夫才使他相信并非如此。

在那几天,《哥伦比亚呼唤他们回来》的意外出现也让她非常激动。她觉得这个节目不仅构思巧妙、制作精良,还非常适合用来提振最后两名人质的精神。她觉得自己和家人的沟通更加顺畅,也更能体会他们的感受了。她觉得自己也会像他们那么做,这就像是一场战役、一剂药、一次舆论冲击。她和看守们打赌第二天谁会出现在屏幕上,她甚至能猜对。有一回,她打赌维姬·埃尔南德斯会出现,她是一位伟大的演员,也是她的好朋友。她赢了。无论如何,能看见维姬,听见她的口信,就是她在关押生活中为数不多的快乐时光。

院子里的散步也开始有了效果。那只德国牧羊犬很高兴再次见到玛露哈,它试图钻过门下的缝隙,和她一起玩耍,但是她用爱抚让它冷静下来，因为她担心看守们起疑心。玛丽娜曾经告诉她，大门外是一个安宁的牧场，那里有很多羊羔和母鸡。玛露哈在清亮的月光下迅速向外看了一眼，证实了这一点。然而，她还发现有一个拿着猎枪的男人在围栏外巡逻。在牧羊犬的通力合作下逃跑的幻想破灭了。

二月二十日，生活似乎已经恢复了节奏，他们通过广播得知，在麦德林的一个牧场上发现了孔拉多·普里斯科·洛佩拉医生的尸体，他是普里斯科集团首领的堂兄弟，在两天前失踪了。四天后，他的表兄弟埃德加·德·赫苏斯·博特罗·普里斯科被杀害。他们两人都没有犯罪记录。普里斯科·洛佩拉医生曾经给胡安·维塔看过病，没有隐瞒姓名也没有蒙面。玛露哈想，这会不会是几天前给她做检查的医生。

与一月份普里斯科兄弟的死亡一样，他们两人的死给看守们造成了巨大的影响，"管家"和他的家人都十分紧张。贩毒集团会用一名人质给他们两人偿命（正如玛丽娜·蒙托亚的遭遇）的想法像一个不祥的影子在房间里游荡。第二天，"管家"在一个不同寻常的时刻毫无理由地走进房间。

"我不想让您担心，"他告诉玛露哈，"但有一件很严重的事：一只蝴蝶从昨天晚上开始一直停在后院的大门上。"

玛露哈不相信无法看见的东西，她不理解他想说明什么。"管家"用他设想好的惊悚方式向她解释。

"另外几个普里斯科家族成员被杀害的时候发生了一样的事

情,"他说,"一只黑蝴蝶在厕所的门上停了三天。"

玛露哈想起了玛丽娜的黑暗预感,但是她假装没有听懂。

"这能说明什么?"她问。

"我不知道。""管家"说,"但这应该是个非常糟糕的预兆,因为玛丽娜女士就是在那时被杀害的。"

"现在那只蝴蝶是黑色的还是浅咖啡色的?"玛露哈问他。

"浅咖啡色的。""管家"回答。

"那就是吉兆,"玛露哈说,"黑蝴蝶才是凶兆。"

"管家"没能吓到她。玛露哈了解她的丈夫,了解他的思维和行动方式。她不认为他会迷糊到因为一只蝴蝶而失眠。她知道,他和贝阿特利丝都不会泄露任何有利于武装营救的信息。然而,她已经习惯把内心的起伏解读成外部世界的投影。她没有否认,一个月内同一个家族五名成员的死亡会给最后两名人质带来可怕的后果。

相反,制宪议会对引渡有疑问的传言应该让"可被引渡者"松了一口气。二月二十八日,在对美国进行国事访问时,加维里亚总统宣布,他坚决不计任何代价维护引渡。但是声明没有引起很大反响:不引渡已经变成了国民情绪中根深蒂固的一部分,既不需要贿赂也不需要恐吓就能顺利推行。

在循环往复的日常里,玛露哈继续认真关注着这些事件。在她和看守们玩多米诺骨牌的时候,"陀螺"突然结束了游戏,最后一次收起了骨牌。

"明天我们就走了。"他说。

玛露哈不相信他说的话,但是那个教师的孩子证实了这个消息。"是真的,"他说,"明天巴拉巴斯组的人会过来。"

这是玛露哈必然难忘的黑色三月的开始。离开的看守似乎接受过减轻刑罚的训练,而到来的看守毫无疑问是为了让她的监狱生活变得无法忍受。他们就像地震般破门而入。"和尚"又高又瘦,他比上次更阴郁、更加沉浸在自己的世界里。剩下的还是那些人,仿佛从来没有离开过。巴拉巴斯用电影里杀手般的气质领导着他们,他下达了严格的命令,让他们寻找某件不存在的东西,或者用假装找到这件东西来吓唬人质。他们粗鲁地把房间翻了个遍。他们弄坏了床,掏空了床垫,又胡乱地把填充物塞回去,让她很难在不平整的床上继续睡下去。

日常生活又变得和原来一样。如果她没有马上执行命令的话,他们会随时端起武器准备射击。巴拉巴斯跟玛露哈说话时,总是用机关枪指着她的脑袋。她和往常一样威胁他说,她会向他的首领举报他。

"我不会因为您擦枪走火就死的,"她对他说,"您别动,否则我就举报。"

这一次,这个方法没有奏效。然而,很显然,这种混乱既不是恐吓性的也不是事先计划好的,而是由于士气彻底低落而产生的系统性混乱。连"管家"和姐玛莉丝之间同往常一般的频繁争吵都变得非常可怕。"管家"会不定时从街上回来,几乎总是因为醉酒而非常粗鲁,不得不面对他妻子粗俗的指责,有时干脆就不回来。两人大喊大叫，女儿被惊醒后哭了起来，整座房子不得安宁。看守们夸张地模仿他们、嘲笑他们，吵闹声变得更大了。一片混乱中，完全没有外人出现，哪怕是出于好奇，这令人费解。

"管家"和他的妻子分别找玛露哈倾诉。妲玛莉丝这么做是因为情理之中的妒火，这让她片刻不得安宁。"管家"试图找出安慰妻子的方法，但他不愿放弃他的恶习。玛露哈出色的调解能力也只能维持到"管家"的下一次鬼混之前。

在一次争吵中，妲玛莉丝把她丈夫的脸抓伤了，伤疤过了很久才消退。他打了她一下，把她甩出了窗户。她奇迹般地活了下来，因为最后的时刻，她挂在了院子的阳台上。这是最后的结局。妲玛莉丝收拾好行李，带着女儿们去了麦德林。

房子落在了"管家"一个人的手里。有时候，他直到傍晚才会带着酸奶和几袋炸薯条出现，偶尔才会带一只鸡。看守们厌倦了等待，便把厨房洗劫一空。回房间的时候，他们会给玛露哈带一点剩下的饼干和生香肠。无聊让他们变得更加敏感和危险。他们辱骂父母，辱骂警察，辱骂全社会。他们细数自己无用的罪行，故意说着渎神的话，以此证明上帝并不存在。在讲述自己性生活中的伟大事迹时，他们达到了疯狂的极致。一名看守说，他为了报复一位情人的嘲笑和侮辱，对她做了极其不堪的事。在仇恨和失控中，他们用大麻和古柯膏麻痹自己。房间的烟雾让人无法呼吸。他们把收音机开得震天响，摔门进出，蹦蹦跳跳，唱歌跳舞，在院子里翻跟头。其中一名看守仿佛一个疏于管理的马戏团中的职业杂耍艺人。玛露哈威胁他们说，喧闹声会引起警察的注意。

"让他们来吧，让他们杀了我们吧！"他们一齐喊道。

玛露哈觉得自己已经到达极限了，她尤其无法忍受神志不清的巴拉巴斯。他热衷于用机关枪枪管顶着她的太阳穴把她弄醒。她开始掉头发。清晨，充满了松散纱线的枕头从她睁眼开始就压迫着她。

她知道每一个看守都是不同的，但是他们有共同的弱点，他们没有安全感，而且相互都不信任。玛露哈利用她自身的恐惧激化了这些特点。"你们怎么能这么活着？"她会突然问他们，"你们相信什么？""你们知道什么是友谊吗？"在他们有所反应之前，她进一步逼问："承诺对你们来说有意义吗？"他们没有回答，但是内心的答案大概让他们心神不宁，因为他们没有反抗，反而在玛露哈面前卑躬屈膝。只有巴拉巴斯与她对峙。"狗屎独裁者！"有一次，他朝她喊，"你们觉得自己能永远统治下去吗？现在不行了，去你妈的，这事结束了！"玛露哈非常害怕，但是她带着同样的愤怒面对他。

"你们杀了你们的朋友，你们的朋友会杀了你们，所有人都互相残杀。"她冲他大叫，"谁会理解你们？你们谁来告诉我，你们到底是什么畜生？"

巴拉巴斯或许因为无法杀死她而感到绝望，他朝墙上打了一拳，伤到了手腕上的骨头。他发出野人般的叫声，开始愤怒地哭泣。玛露哈没让自己因为同情而心软。"管家"花了一个下午的时间试图让她平静下来，并徒劳地努力改善晚饭的伙食。

玛露哈想，在这样的混乱中，他们怎么还能继续相信低声的对话、房间里的囚禁、由于安全因素而限制广播和电视的使用是有意义的。这样的癫狂让她觉得无聊，她开始反抗无用的监狱规定，她用自然的声音说话，随心所欲地上厕所。然而，她越来越害怕暴力，尤其是当"管家"让她和两名值班看守单独待在一起的时候。一天上午，剧情到达了高潮。当她在花洒下抹肥皂的时候，一名蒙面看守闯进了厕所。玛露哈及时用毛巾盖住了自己的身体，她恐惧地大声尖叫，尖叫声可能传遍了整座房子。由于害怕邻里的反应，他愣住了。他非常紧张，但是没有人出现，连一声叹息也没有。看守踮起脚向后退，仿佛他刚刚是走错了门。

在最让人意想不到的时刻，"管家"带着另一个女人出现了，她很快就掌握了家里的大权。但是他们俩并没有控制住家中的混乱，反而加剧了这种乱象。那个女人在他烂醉如泥的时候跟他一样醉，而过去他要是喝醉了，事情总是以殴打和摔瓶子告终。吃饭时间变得无律可循。他们每周日都出门喝酒，玛露哈和看守们直到第二天才有东西吃。一天清晨，玛露哈单独在院子里散步，四名看守去洗劫厨房，而把机关枪留在了房间里。一个想法让她不寒而栗。她一边和牧羊犬交谈，抚摸它，和它轻声说话，一边仔细地斟酌那个想法。牧羊犬高兴地舔着她的手，心照不宣地发出哼哼声。巴拉巴斯的叫声把她从幻想中拉了回来。

这就是幻想的结局：他们把牧羊犬换成了一只面貌凶残的狗。他们禁止她散步，持续不断地监视她。当时，她最害怕的事是被塑料内芯的锁链绑在床上。巴拉巴斯把锁链卷起来,又展开,仿佛这是一串铁质念珠。玛露哈洞悉了他的意图。

"如果我想离开这里,我早就已经离开了。"她说,"好几次我都单独一人。我没有逃跑,那是因为我不想逃跑。"

大概是有人告了状,一天上午,"管家"带着可疑的谦卑态度走了进来,并说了一堆借口。他说自己非常羞愧,小伙子们往后会好好表现;他受命去找了他的妻子,她已经回来了。确实如此:妲玛莉丝回来了,她和过去一样,带着两个女儿,穿着色彩鲜艳的苏格兰迷你裙,煮着让人厌烦的兵豆。第二天,两名戴面具的首领带着同样的态度到来,他们粗暴地揪出四名看守,并且强制整顿了秩序。"你们再也不会回来了。"其中一名首领坚决得令人不寒而栗。他说到做到。

当天下午,他们派来了高中毕业生小组,二月的安宁就这样神奇地回来了:静止的时间,各种杂志,枪炮与玫瑰的音乐还有梅尔·吉布森的电影。电影里的雇佣枪手有着放荡不羁的内心。少年看守们和她的儿子们一样喜爱这些音乐和电影,这让玛露哈非常感动。

三月底,两个陌生人毫无征兆地出现了,他们戴着看守们借给他们的风帽,以免露脸说话。其中一个陌生人没等和她打招呼就开始拿裁缝用的米尺测量地面。与此同时,另一个陌生人试图博取玛露哈的好感。

"很高兴认识您,女士,"他说,"我们来给房间铺地毯。"

"给房间铺地毯!"玛露哈怒不可遏地大叫,"你们滚出去!我只想离开这里!马上离开!"

无论如何,最让人惊愕的不是地毯,而是地毯的含义:她的释放日期被无限延后了。后来,一名看守告诉她,她的解读是错误的,因为这也许意味着她很快就要离开了,他们是为了其他更需要慎重对待的人质翻修房间。但是,当时玛露哈确信,这可以理解为她生命中在这里度过的又一个年头。

帕丘·桑托斯也不得不想办法给他的看守们找点事做。当他们厌倦了打牌,厌倦了连续十次看同一部电影,厌倦了讲述他们充满男子气概的英雄事迹,便开始像笼中的狮子一样在房间里绕圈。能通过风帽上的小洞看见他们通红的眼睛。当时唯一能做的事情就是休几天假,也就是说:在连续一周的狂欢中疯狂地喝酒吸毒,回来之后变得更糟糕。吸毒是被禁止的,会受到严厉的惩罚,而且不仅仅在工作时禁止。但是,瘾君子总能找到摆脱上级监视的方法。日常的毒品是大麻,但是在困难时刻,他们会自制大量让一切不幸都心生畏惧的古柯膏。其中一名看守在过完狂欢之夜后,闯进房间,号叫一声吵醒了帕丘。魔鬼般的面具几乎贴在了他的脸上,他看见了充血的眼睛和一些落在耳旁的卷曲毛发。他闻到了地狱的硫黄味道。那是一名想和他一起结束狂欢的看守。"您不知道我有多混蛋。"早上六点,他在喝双份烧酒时说。在接下来的两个小时里,仅仅出于意识无法控制的冲动,他自说自话地讲述了自己的人生,最后他因为醉酒而神志不清。当时,帕丘之所以没有逃跑,是因为他在最后时刻缺乏了勇气。

在他的监狱生活中,玛利亚·维多利亚首创的私人简讯是最能鼓舞他的文字,《时代报》毫不遮掩、毫无保留地在它的版面上发布这些简讯。其中一篇简讯附上了孩子们的近照。他立即给他们写了一封信,内容尽是恐怖的真相。对于没有遭遇过这些事的人来说,他们可能会觉得十分荒谬:"我坐在这个房间里,被绑在一张床上,眼里充满了泪水。"从那时起,他给妻子和孩子们写了一系列发自肺腑的信,但他永远无法把这些信寄出去。

玛丽娜和迪安娜死去之后,帕丘失去了所有的希望。这时,逃跑的可能性来到了他面前。毫无疑问,他在城市的西边,他所在的街区是最靠近波雅卡大街的几个街区之一。他很熟悉这一片,因为在高峰期的时候,他从报社回家时总会走这条路来避开拥堵,他被绑架的那天晚上,他的车就是往这个方向行驶的。这里的大部分建筑应该都是成片的居民区,房子也是千篇一律的:车库的大门,小型花园,能看街景的二楼房间,而且所有的窗户都装有漆成白色的防护铁栏。他甚至在一周内确定了比萨店的距离,还确定了附近的工厂是巴伐利亚啤酒厂。那只发疯的公鸡是一个令人困惑的细节。起初,它随时会叫;在接下来的几个月里,它在一个特定的时间于不同地点叫:有时它离得很远,会在下午三点叫;有时它就在他的窗边,会在凌晨两点叫。如果他们告诉他,玛露哈和贝阿特利丝在一个非常遥远的地方也能听见它的叫声,那么这个细节会更加令人不解。

他可以从走廊尽头、房间右边的一扇窗户跳下，窗户外面是一个封闭的小院子。接着他可以爬上覆盖着藤蔓的围墙，围墙旁边有一棵枝繁叶茂的树。他不知道围墙后面有什么，但既然这是一座街角的房子，那里应该是一条街道。而且，他几乎可以确定，那条街上有粮食店、药店和汽车维修店。然而，这可能是一个不利因素，因为那些可能是绑架者的伪装。事实上，帕丘曾经听到从那边传来讨论足球的声音，说话的两个人毫无疑问是他的看守。无论如何，翻过围墙逃走很容易，但是之后的一切就无法预料了。因此，另一个最好的选择是厕所，那是他唯一可以不带锁链去的地方，这是个不可或缺的优势。

他确定，逃跑必须在白天进行，因为他躺下之后从来不上厕所（即使他醒着看电视或是在床上写信），不同寻常的举动可能会暴露他。而且，店铺很早就会关门，邻居们在七点的新闻节目结束后就休息了，到了十点周围就不会有人出没。就连在波哥大震耳欲聋的周五夜晚，这里都只能听到啤酒厂缓慢的呼吸声或是涌入波雅卡大街的救护车短暂的鸣笛声。此外，晚上很难及时在荒凉的大街上找到藏身之处，人们会用插销和门闩锁上商店和住宅的大门，预防夜间的风险。

然而，三月六日，机会出现了——前所未有地转瞬即逝，而且是在晚上。一名看守带了一瓶烧酒，邀请他喝一杯。与此同时，他们在收看一档关于胡里奥·伊格莱西亚斯的电视节目。帕丘喝得很少,他只是想应付看守的要求。这位看守从那天下午开始值班,来之前就喝了酒。在那瓶烧酒喝完之前,他还没把帕丘绑起来就直接倒下了。帕丘非常困,没能看见从天而降的机遇。只要他想在夜间上厕所,他的值班看守就得陪着他去,但是他不愿意打扰看守幸福的醉态。他天真地走到漆黑的走廊,光着脚,穿着内裤,屏住呼吸走过其他看守睡觉的房间,其中一名看守鼾声如雷。直到那一刻,帕丘才意识到,机会已经在不知不觉间溜走了,而且最艰难的部分已经过去了。他感觉到胃里一阵恶心,他的舌头被冻住了,心脏裂开了一道缝。"我不是因为逃跑而害怕,而是因为不敢逃跑而害怕。"他后来说。他在黑暗中走进卫生间,并带着不回头的决心把门调整好。另一个看守在半梦半醒之间推开门,用手电筒照亮了他的脸。他们俩都呆住了。

"你在做什么?"看守问。

帕丘坚定地回答他:

"拉屎。"

他想不出别的理由。看守不知如何回答,他点了点头。

"好吧,"他最后说,"拉得愉快。"

他眼睛都不眨一下,继续站在门口用手电筒的光束照着帕丘,直到帕丘煞有介事地拉完屎。

在那一周的时间里,他被失败的沮丧打垮了,他决定用一种彻底的、无法挽回的方式潜逃。"取出剃须刀的刀片,切断静脉,天亮时我就死了。"他告诉自己。第二天,阿丰索·亚诺斯·埃斯科瓦尔神甫在他《时代报》的每周专栏上发表了一篇写给帕丘·桑托斯的文章，以上帝的名义命令他不要有自杀的想法。那篇文章在埃尔南多·桑托斯的办公桌上停留了三周，他一直犹豫要不要发表它——但他不知道为什么犹豫。一天前，他在最后时刻决定发表这篇文章，他还是不知道为什么做出这个决定。每次讲述这件事情的时候，帕丘都会重新经历一遍那天的惊愕。

四月初，一位拜访玛露哈的二级首领向她承诺，会替她求情，让她丈夫能给她寄一封信。她很需要这封信，这对她来说是精神和肉体的良药。他的话让人难以置信："没问题。"大约晚上七点的时候，那个男人离开了。十二点半左右，她在院子里散完步，"管家"急匆匆地敲门，因为门从里面被反锁了。"管家"交给她一封信。这不是比亚米萨尔通过基多·帕拉寄出的信，而是他通过豪尔赫·路易斯·奥乔阿寄出的，格萝莉娅·帕琼·德·加兰在这封信上写了安慰她的附言。在这张纸的背面，巴勃罗·埃斯科瓦尔亲笔写了一段话："我知道这对您和您的家人来说难以忍受，但是我和我的家人也非常痛苦。不过您别担心，我向您保证，无论发生什么，您都不会有事的。"最后，他透露了一个秘密，玛露哈觉得难以置信："您不要在意我的新闻公告，那只是用来向政府施压的。"

相反，她丈夫在信中写的话让她感到丧气，因为他很悲观。他告诉她一切顺利，但是让她保持耐心，因为等待时间可能会变得更加漫长。比亚米萨尔确信，这封信在交给玛露哈之前会被别人阅读，因此他在结尾写了一句话。这种情况下,这句话不是写给玛露哈的,而是写给埃斯科瓦尔的:"请你为哥伦比亚的和平做出牺牲。"她被激怒了。她曾经数次感知到比亚米萨尔从露台上给她传出的精神信号,她全心全意地回答他:"让我离开这里吧,我已经好几个月没有照过镜子了,我连自己是谁都不知道了。"

因为那封信,她又有了一个亲笔写信回复他的理由,告诉他,耐心什么耐心,她已经耐心十足地忍受了那么多恐怖的黑夜,对死亡的恐惧会让她突然惊醒。她不知道那是一封旧信,写在与基多·帕拉协商失败和与奥乔阿一家的最初几次见面之间,当时比亚米萨尔看不见一丝希望的曙光,所以写不出一封乐观的信。但是现在,她的自由之路似乎已经确定了。

幸运的是,这种误解让玛露哈意识到,她也许不是因为这封信而感到如此愤怒,而是因为更早之前对丈夫无意识的怨恨:如果阿尔贝托能够掌控事件发展的进程,为什么他会让他们先放了贝阿特利丝?在十九年的共同生活中,她从来没有时间、理由和勇气来问自己这样的问题,她给自己的答案让她意识到了真相:她能忍受这场绑架至今,是因为她完全肯定她的丈夫会倾注他生命的每一秒钟来解救她;即使没有希望,他也一刻都不会停歇,因为他确信她都明白。那是就连他和她都没有意识到的——爱的盟约。

十九年前,他们在一次工作会议上相识,当时他们都是青年撰稿人。"我立马就喜欢上了阿尔贝托。"玛露哈说。为什么?她不假思索地回答:"因为他无依无靠的气质。"这是最让人意想不到的答案。第一眼看去，比亚米萨尔似乎是典型的脱离时代的大学生，头发及肩，胡子拉碴。他只有一件衬衫，下雨的时候才会洗。"我那时偶尔才洗一次澡。"现在谈起这事的时候，他哈哈大笑。第二眼看去，比亚米萨尔似乎是一个热爱聚会、游手好闲、脾气暴躁的人。但是玛露哈一下子见到了第三眼的他，一个会为了美丽女子失去理智的男人。如果这名女子聪明、感性，他会为她痴迷；如果她既培养出了铁腕又有一颗洋蓟般柔软的心，他会彻底为她疯狂。

被问到喜欢玛露哈什么方面的时候，比亚米萨尔眨了眨眼。也许是因为除了显而易见的优雅之外，玛露哈似乎并没有能让人爱上她的更好资质。那时她三十岁。十九岁时，她通过天主教会结婚，婚后和丈夫有了五个孩子：三个女孩，两个男孩——每隔十五个月就有一个孩子出生。"我一下子把所有的事都告诉了他，"玛露哈说，"让他明白，他正在踏入雷区。"他听完后，又眨了眨眼。他没有邀请她吃午饭，而是让一个共同的朋友邀请了他们俩。第二天，他和那个朋友一起邀请她；第三天，他单独邀请她；第四天，他们见了面，但没有吃午饭。就这样，他们继续用最好的借口每天见面。如果有人问比亚米萨尔，当时他是已经爱上她了，还是只想和她睡觉，他会用纯正的桑坦德人的方式回答："别瞎说，我从没那么认真过。"也许，连他自己都没有想到，他认真到了什么程度。

玛露哈的婚姻平淡，波澜不惊，非常完美。但是，她或许需要灵感与冒险，让她觉得自己是鲜活的。她以忙于工作事务为借口，匀出时间陪伴比亚米萨尔。她撒谎说有更多的工作，工作时间甚至包括每周六正午十二点到晚上十点。周日和假期，她临时编造出参加青年聚会、艺术讲座、午夜电影俱乐部等各种借口，只是为了和比亚米萨尔在一起。他没有问题：他单身，可以随时待命，用自己的方式生活，随心所欲。他有过很多个周六女友，但相当于一个也没有。他只差最后一篇论文就能成为一名像他父亲那样的外科医生。但是，时间更适合用来尽情生活，而不是用来治愈病人。爱情从波莱罗舞曲中滋生，直到留存了四个世纪的芬芳信笺、呜咽的小夜曲、手绢上的姓名首字母、鲜花中的情意、下午三点空荡荡的电影院都成为过去；全世界都鼓起勇气，抗议对披头士的疯狂喜爱引发的死亡。

相识一年之后，他们和玛露哈的孩子们一起住进了一间一百平方米的公寓。"那是一场灾难。"玛露哈说。她说得对：所有人都互相争吵，孩子和成年人都生活在破碎的碗碟、嫉妒和怀疑之中。"有时候，我恨他恨得要死。"玛露哈说。"我也恨她恨得要死。"比亚米萨尔说。"但是，只恨了五分钟。"玛露哈笑着说。一九七一年十月，他们在委内瑞拉乌雷尼亚市结婚，玛露哈的生命中又增加了一宗罪，因为她并没有离婚，也很少有人相信非宗教婚姻的合法性。四年后，他们两人唯一的儿子安德烈斯出生。惊险还在继续，但是他们觉得痛苦减轻了：生活已经教会他们，爱情的快乐不是用来让他们高枕无忧，而是用来让他们一块儿倒霉的。

玛露哈是阿尔瓦罗·帕琼·德·拉·托雷的女儿。阿尔瓦罗是四十年代著名的记者，他和两名出色的同事在一场载入新闻界史册的车祸中死去。玛露哈父母双亡，和姐姐格萝莉娅自小就学会了保护自己。二十岁的时候，玛露哈成了一名画家。后来，她成了一名年轻的报纸撰稿人。她还当过广播电视的导演、编剧和大型公司的公关和宣传主管，但其间她一直都是一名记者。她那吉普赛人的沉静眼神后，极好地隐藏着指挥才能。在这种才能的帮助下，她的艺术天赋和冲动个性从一开始就表现得淋漓尽致。比亚米萨尔则忘掉了医学，他剪了头发，把唯一的衬衫扔进了垃圾堆。他戴上了领带，成了一名销售专家，他可以卖掉别人给他的一切东西。但是，他的性情没有改变。玛露哈认为，是他，而不是生命中的各种打击，让她从繁文缛节和压抑的社交圈中解脱。

他们分头工作，孩子们在学校里也取得了很好的成绩。下午六点，玛露哈下班回家照顾他们。她从自身严格、传统的教育中吸取教训，她不想成为出席家长会的母亲，也不辅导他们写作业。女儿们抱怨说："我们想要一个和别人一样的妈妈。"但是，玛露哈从另一个角度推动他们前进，让他们具备了做一切想做之事的独立精神和各种素养。奇怪的是，所有的孩子都想变成她想让他们成为的样子。现在，莫妮卡是从罗马美术学院毕业的画家和平面设计师。阿莱桑德娜成了一名记者，还是电视节目制作人和导演。胡安娜是电视电影编剧和导演。尼可拉斯是一名电影电视作曲家。帕特里西奥是一名心理学家。安德烈斯是一名经济学学生。由于父亲的坏榜样，他喜爱政治。二十一岁时，他被民众选为波哥大北部查皮内罗市的市政府成员。

路易斯·卡洛斯·加兰和格萝莉娅·帕琼还是恋人的时候就一起共事，这对阿尔贝托和玛露哈都没有预见到的政治生涯起到了决定性的作用。凭借他宣扬的新自由主义，加兰在三十七岁时进入了共和国总统选举的最后环节。彼时已是他妻子的格萝莉娅是一名记者，玛露哈也在推广和宣传方面有着丰富的经验。她们领导团队规划并实践了六场选举活动的形象策略。比亚米萨尔在销售方面的经验给加兰提供了很少有政客了解的波哥大的物流信息。在疯狂的一个月里，三人小组举办了新自由主义在首都的第一场选举活动，打败了经验丰富的竞选经理。在一九八二年的选举中，比亚米萨尔被写入了竞选名单的第六位。本来至多会选出五名议会代表，但那次最终选出了九位。不幸的是，那场胜利是阿尔贝托和玛露哈新生活的序幕，八年后还引发了那绑架案中可怕的爱情考验。

收到信大概十天之后，被叫作"博士"的大首领（他被视为绑架案的总经理）毫无预兆地拜访了玛露哈。她在被绑架当晚被带去的第一座房子里见过他。后来，在玛丽娜被杀害之前，他大约来过这里三次。他曾经和玛丽娜进行过长时间的低声交谈，这只能解释为他们之间长久的信任。他和玛露哈的关系一直很糟糕。对于她的任何提问，不管多么简单，他总是粗鲁而高傲地回答："您在这里没有发言权。"还有三名人质的时候，她想向他抗议房间的糟糕条件，她将她的顽固性咳嗽和迁移性疼痛归咎于这种条件。

"我曾经在比这糟糕一千倍的地方度过比这糟糕得多的夜晚。"

他恼怒地回答她,"你们以为自己是谁?"

他的到访预示着将有重大事件发生,不管是好事还是坏事,总是具有决定性的作用。然而这一次,由于埃斯科瓦尔的信,玛露哈有了面对他的勇气。

沟通马上开始,而且出乎意料地顺畅。她一开始就毫无恨意地问他,埃斯科瓦尔想要什么,谈判进行得怎么样了,他很快投降的可能性有多大。他毫无保留地向她解释,如果没有给巴勃罗·埃斯科瓦尔、他的家人和手下提供足够的安全保障,一切将会非常困难。玛露哈向他问起基多·帕拉,他的行动曾经让她充满了希望,她很好奇他怎么突然消失了。

"他表现得不太好,"他平淡地告诉她,"他出局了。"

这句话可以用三种方式解读:他或许丧失了权力,或许已经出国了——就像新闻公布的那样,或许已经被杀害了。他带着答案逃跑了,但事实上连他自己也不知道答案。

一方面是出于难以抑制的好奇心,另一方面是为了赢得他的信任,玛露哈还问他是谁写了那封由"可被引渡者"指定寄给美国大使的信,信上谈论了引渡和毒品贸易的问题。这封信论据有力,书写规范,引起了她的注意。"博士"并不是很肯定,但他确定埃斯科瓦尔都是亲自写信,他会反复斟酌,不断打草稿,直到他能准确无误、没有前后矛盾地说明他想表达的内容。在将近两个小时的谈话结尾,"博士"又谈到了投降话题。玛露哈发现他对这个最初的话题更感兴趣,而且他不仅在意埃斯科瓦尔的命运,还在意自己的命运。她对法令引发的论战和法令的演变有着成熟的见解，了解投降政策的细枝末节以及制宪议会关于引渡与赦免的倾向。

"如果埃斯科瓦尔不考虑在监狱里待上至少十四年，"她说，"我认为政府不会接受他的投降。"

他非常欣赏这个观点，以至于冒出了一个不同寻常的想法："您为什么不给老板写信？"接着，面对玛露哈的茫然，他很坚持。

"真的，给他写信吧，"他对玛露哈说，"会很有用的。"

他们说干就干。他把纸笔递给玛露哈，不慌不忙地等待着，从房间的一头走到另一头。玛露哈坐在床上，用一块木板垫着信纸。在开始写第一个字到完成最后一个字的过程中，她抽了半包香烟。她简单地向埃斯科瓦尔表达了感谢之情，因为他的话让她有了安全感。她说她没有要报复他的想法，也不想报复负责绑架事宜的人，她因所有人都用体面的方式对待她而心存感激。她希望埃斯科瓦尔能够寻求政府法令的庇护，这样他和他的孩子们就能在自己的国家拥有一个不错的未来。最后，她像比亚米萨尔一样在信里向他提议，让他为了哥伦比亚的和平做出牺牲。

"博士"原本期待她写一些关于投降条件的更加具体的内容，但是玛露哈说服他，如果不在一些不适宜或是容易被误解的细节上犯错，她所写的内容能起到一样的效果。她说得有道理。埃斯科瓦尔把这封信交给了媒体。当时，由于对投降的关注，他把这封信放在了触手可及的地方。

趁着那一次邮递，她给比亚米萨尔也写了一封信，这封信和她在狂怒状态下设想的完全不同。这让他在沉默数个礼拜之后重新出现在了电视上。那天晚上，在巴比妥的作用下，她梦见埃斯科瓦尔走下直升机，利用她当挡箭牌躲过了枪林弹雨，这仿佛是西部牛仔电影的未来版本。

拜访结束时，"博士"向房子里的人下达了指令，让他们善待玛露哈。"管家"和姐玛莉丝对新命令非常满意，他们甚至偶尔会表现得过分开心。在告别之前，"博士"决定更换看守。玛露哈请求他不要这么做。三月的骚乱过后，四月值班的年轻人让她松了口气，而且他们依然和她保持着和平的关系。玛露哈已经赢得了他们的信任，他们和她谈论他们听到的"管家"和妻子的对话，还告诉她毒贩们的内部矛盾，这曾经是重大机密。他们甚至向她承诺（玛露哈也相信他们）——如果有人试图对她不利，他们会是首先出手制止的人。他们从厨房偷出零食给她，证明对她的情谊。他们还送给她一罐橄榄油来遮盖兵豆的恶心味道。

折磨着他们的宗教忧虑是唯一的难事，因为她没有宗教信仰，而且对信仰一无所知，无法满足他们的需求。她多次冒险打破房间的和谐。"来看看，这究竟是怎么一回事。"她问他们，"如果杀人是罪过的话，为什么你们要杀人？"她挑衅他们："你们在下午六点念了那么多玫瑰经，点了那么多的蜡烛，和圣子一起做了那么多事。但如果我想逃跑的话，你们不会想着圣子，你们会一枪打死我。"辩论变得异常激烈，其中一名看守害怕地大叫起来：

"您是无神论者！"

她大叫着回答说是。她从来没有想过要引发这样的惊愕。她意识到，她无益的过激行为可能会让她付出惨痛的代价。她编造出了一套关于世界和生命的宇宙论，让他们和平讨论。因此，把他们换成其他陌生的看守是不合时宜的。但是，"博士"解释说：

"这是为了解决机关枪的问题。"

当新的值班看守到来的时候，玛露哈明白了他想说的话。那是几个没有武器的扫地工，他们整天打扫、拖地，甚至比过去的垃圾和脏乱状态更让人厌烦。但是，玛露哈逐渐不再咳嗽了，新秩序让她可以冷静、专注地看电视，这对她的健康与平衡状态很有帮助。

不信神的玛露哈完全不关注《上帝一分钟》，这个奇怪的节目时长六十秒，八十二岁的欧德[①]主义神甫拉法埃尔·加西亚·埃莱罗斯在节目中并不进行宗教反思，而是进行社会反思，他的反思常常是非常晦涩的。相反，帕丘·桑托斯是一个狂热的实践型天主教徒，他对与专业政治家不太相关的信息更加感兴趣。一九五五年一月，这档节目在国家电视台第七频道开播。从此，神甫成为国内最著名的人物之一。在此之前，他自一九五〇年起就是卡塔赫纳一家电台的知名主播；一九五二年一月，成了卡利一家电台的主播；一九五四年九月，成为麦德林一家电台的主播；同年十二月，他当上了波哥大一家电台的主播。他几乎在电视传媒体系启动的同时就开始在电视台工作。他凭借直截了当、偶尔粗暴的风格而出类拔萃。

---

① 若望·欧德（Jean Eudes，1601–1680），法国神甫、传教士，创立了耶稣圣母会和仁爱圣母会。

他说话时，用一双雄鹰般的眼睛专注地看着观众。从一九六一年开始，他每年都会组织"百万晚宴"，许多著名人士（或是想成为著名人士的人）都会参加这个活动，他们花一百万比索买选美冠军端上的一碗法式清汤和一块面包。活动目的是给同名社会福利机构筹集资金。引发骚动的一次邀请发生在一九六八年，他们给碧姬·芭铎寄了一封私人邀请函。这名女演员立即接受了邀请，这掀起了哥伦比亚"上流社会"的轩然大波，并威胁到了晚宴的举办。神甫坚持他的决定。后来在巴黎布洛涅工作室及时发生了一场火灾，再加上飞机上没有座位的神奇理由，那次全国性的荒唐事件最终没有发生。

帕丘·桑托斯的看守们是《上帝一分钟》节目的忠实观众，但是他们更关注其中的宗教内容，而不是社会内容。就像大多数安蒂奥基亚贫民家庭的成员一样，他们盲目地相信那位神甫是一名圣徒。他说话的语气总是愤怒的，而内容有时是难以理解的。四月十八日的节目（虽然没有提及姓名，但毫无疑问是献给巴勃罗·埃斯科瓦尔的）是难以破译的。

"我听说，他想投降。我听说，他想跟我谈一谈。"加西亚·埃莱罗斯神甫直视镜头。"啊，大海！啊，下午五点，太阳西沉时的科韦尼亚斯海！我该怎么做？我听说，他已经厌倦了他的生活，厌倦了纷争。但我不能把我的秘密告诉任何人。然而，在我的内心深处，这个秘密压得我喘不过气来。请告诉我，大海啊！我能这么做吗？我该这么做吗？你熟悉哥伦比亚的所有历史，你见过印第安人在海边祈祷,你听说过历史的传言:我应该这样做吗?如果这样做的话,我会被拒绝吗?我会在哥伦比亚被拒绝吗?如果我这样做了,当我和他们同行的时候,会遇到枪林弹雨吗?在这场冒险中,我会和他们一起倒下吗?"

玛露哈也听见了,但是她不像许多哥伦比亚人一样觉得奇怪,因为她一直认为,这位神甫喜欢信口开河,然后迷失在宇宙星辰之间。她把这个节目看作七点钟的新闻栏目前无法避开的开胃菜。那天晚上,这档节目引起了她的注意,因为一切跟巴勃罗·埃斯科瓦尔有关的事物都与她有关。她感到困惑和好奇,同时还觉得非常不安,因为她无法确定那段晦涩难懂的预言背后所蕴含的深意。相反,帕丘确定,神甫会把他从炼狱中解救出来,他高兴地拥抱了他的看守。

十

加西亚·埃莱罗斯神甫的口信在绝境中凿开了一道缝隙。比亚米萨尔觉得这是个奇迹，因为那几天他正在重新梳理调解人的人选。他们要凭借他们的形象和履历去获得埃斯科瓦尔的信任。拉法埃尔·帕尔多也听说了这个节目，他担心自己办公室的消息可能已经走漏。无论如何，比亚米萨尔和他都认为，加西亚·埃莱罗斯神甫是说服埃斯科瓦尔投降最合适的调解人。

三月底，往来的信函中确实没有新鲜的话题。更糟糕的是，埃斯科瓦尔显然把比亚米萨尔当作向政府传送口信的工具，并且没有给出任何东西作为交换。他的上一封信里只有没完没了的抱怨。他说，谈判还没有破裂，但是他已经给了下属抵御警察部队进攻的自由；警察部队已经被列入了大型袭击的目标名单；如果不迅速解决问题，他会增加对警察和平民的无差别袭击。他抱怨检察长只罢免了两名警官，但"可被引渡者"指控的警官足有二十名。

当比亚米萨尔陷入窘境的时候，他会和豪尔赫·路易斯·奥乔阿商量。但是，如果有更棘手的事情，豪尔赫会让他去父亲的农庄寻求建议。老人给比亚米萨尔倒了半杯用于祭典的威士忌酒。"您干了它吧，"他说，"我不知道您怎么受得了这么惨烈的悲剧。"四月初的情况就是这样。比亚米萨尔来到拉·洛玛，向堂法比奥详细地讲述了他和埃斯科瓦尔的分歧。堂法比奥分担了他的失落。

"我们别再写信争吵了。"他做出了决定，"继续这么吵还能再吵一百年。最好的办法是您亲自和埃斯科瓦尔面谈，商定你们想要的条件。"

堂法比奥本人向埃斯科瓦尔提出了这个建议。他告知埃斯科瓦尔，比亚米萨尔打算冒着种种风险藏进汽车后备箱里。但是埃斯科瓦尔没有同意。"我或许会和比亚米萨尔谈，但不是现在。"他回复说。也许他依然害怕电子跟踪器，它可能被藏在任何地方，甚至被藏在臼齿的金牙冠下面。

同时，他继续坚持要求制裁警察，继续指控玛萨·马尔克斯联合准军事化分子和卡利集团杀死他的手下。这项指控与杀害路易斯·卡洛斯·加兰的指控是埃斯科瓦尔执着而愤怒地攻击玛萨·马尔克斯将军的手段。玛萨·马尔克斯将军总是公开或是私下里回复说，目前他不会发动战争攻击卡利集团，因为当务之急是对付贩毒分子的恐怖主义，而不是毒品贸易。埃斯科瓦尔则在给比亚米萨尔的一封信中自说自话地写道："请您告诉格萝莉娅女士，是玛萨杀死了她的丈夫，这毫无疑问。"面对这项不断重申的指控，玛萨的回答总是相同的："埃斯科瓦尔本人最清楚，这不是真的。"

比亚米萨尔对那场血腥、徒劳的战争非常失望，这场战争击溃了情报机构的每一项倡议。比亚米萨尔做了最后一次努力，想争取让政府进行停战谈判。这是不可能的。拉法埃尔·帕尔多从一开始就让他明白，只要人质家属的提议与政府不让步的决定发生冲突，反对投降政策的人就会控诉政府正在把国家交到毒贩手中。

比亚米萨尔在妻姐格萝莉娅·德·加兰的陪伴下，还拜访了国家警察局局长戈麦斯·帕蒂亚将军。格萝莉娅请求将军停战一个月，以便与埃斯科瓦尔取得私下联系。

"我们非常遗憾，女士，"将军说，"我们不能中断攻击这项罪行的行动。您正在冒险，我们唯一能做的是祝您好运。"

这是他们争取到的一切。警方为了不泄露难以解释的信息而守口如瓶，曾经因为走漏消息，埃斯科瓦尔从最严密包围中逃脱了。但是，格萝莉娅女士没有空手而归，因为一名警官在道别时告诉她，玛露哈在哥伦比亚与厄瓜多尔交界的纳利尼奥省的某个地方。而她通过贝阿特利丝得知，玛露哈在波哥大。因此，警方的错误判断打消了她对营救行动的恐惧。

那几天，媒体关于埃斯科瓦尔投降条件的推测造成了一场国际风波。警方的否认、各级政府的解释、甚至总统本人的解释都无法让民众相信，政府和毒贩之间不存在投降协商和私下了结的情况。

但玛萨·马尔克斯将军相信这是真的。他一直坚信，而且把这一点告诉了所有愿意听的人——罢免他将是埃斯科瓦尔投降的重要条件之一。长久以来，加维里亚总统似乎对玛萨·马尔克斯向媒体发表随心所欲的声明感到非常不满。而且根据从来没有被证实的谣言，一些重要信息的泄露是他干的好事。但是，当时，在他任职数年之后，凭借他强硬打击犯罪活动积累的巨大威望以及对圣子溢于言表的崇拜，加维里亚总统无法立即决定罢免他。玛萨应该也意识到了自己的权力，但他同样应该知道，总统也会行使他的权力，而玛萨唯一的请求（他们共同的朋友透露）是提前足够长的时间通知他，以保证他家人的安全。

唯一被授权和巴勃罗·埃斯科瓦尔的律师保持联系的官员是刑事诉讼法庭庭长卡洛斯·埃杜阿尔多·梅希亚，他需要全程留下书面记录。根据法律规定，他负责商定投降的行动细节和狱中的安保与生活条件。

希拉尔多·安海尔部长本人检查了所有可行的选择。自从法比奥·奥乔阿于去年十一月投降之后，他很关注戒备森严的伊塔古伊监狱，但是埃斯科瓦尔的律师拒绝了，因为那里很容易成为汽车炸弹袭击的目标。他认为将波夫拉多修道院改建为装甲监狱的想法很可行，那里距离卡利集团安置了两百公斤炸药的居民楼很近，埃斯科瓦尔曾逃过那场爆炸袭击，但修道院的修女们不愿意出售它。他曾经提议过强化麦德林监狱，但是被麦德林市政委员会集体否决了。阿尔贝托·比亚米萨尔担心投降计划会由于找不到监狱而终止，因此他提出了有分量的理由，支持埃斯科瓦尔在去年十月提出的建议：

埃尔·克拉莱特戒毒中心。该中心距离恩维加多的主公园十二公里，位于一座名叫拉·卡特德拉尔·德尔·巴耶的农庄中，这座农庄处于埃斯科瓦尔名下。政府明白，如果无法解决他自身的安全问题，埃斯科瓦尔是不会投降的。于是，政府研究了租用埃尔·克拉莱特戒毒中心并将中心改造为监狱的可能性。他的律师要求看守是安蒂奥基亚人，并要求监狱的外部安保绝不能由警方负责，因为他们担心由于谋杀麦德林的警察而遭到报复。

恩维加多市市长负责整个工程，他对政府报告做了记录，开始安排监狱的配备工作。根据双方签订的租赁合同，他应该将配备方案呈交给司法部。基础建筑风格简洁，楼层用水泥浇筑，屋顶铺设瓦片，金属房门漆成绿色。管理区域位于原来农场老房子的位置，由三间小厅、厨房、铺满石子的后院和牢房组成。牢房区有一间四百平方米的集体卧室，一间用作藏书室和学习室的大厅和六间有独立卫生间的单人房。戒毒中心有一个大约六百平方米的公共空间，里面有四个淋浴喷头，一间更衣室和六个卫生间。二月，改造工程启动，七十名在编工人轮流倒班，每人每天只睡几个小时。复杂的地形、糟糕的路况和严冬的寒冷迫使他们放弃自卸车和卡车，不得不用骡子运送大部分家具和电器。第一批包括两台五十升的热水器、行军床和二十四张漆成黄色的管椅。二十个盆栽——南美杉、月桂和槟榔完善了室内装饰。作为一间古老的监狱，那里没有安装电话网络。监狱一开始的通信将依赖于无线电系统。工程的最终造价是一亿两千万比索，由恩维加多市政府支付。根据最初的估测，工程将在八个月内完成。但是当加西亚·埃莱罗斯神甫登场时，工程被强制加快了进程。

投降计划中的另一个难题是如何瓦解埃斯科瓦尔的私人军队。埃斯科瓦尔似乎并不认为监狱是一种法律镇压的手段，反而认为它是攻击敌人，甚至攻击司法本身的避难所。但是，他没有得到一致同意，因此不能让他的军队和他一起投降。他希望保留军队的理由是监狱无法保证他家人的安全，并会让他的同伴们落入精英部队手中。"我不会单独行动。"他在一封信中写道。但是，对于很多人来说，那封信的内容不完全是事实。因为他也可能想让完整的工作团队留在他身边，好在监狱里继续经营他的生意。政府更倾向于把他们和埃斯科瓦尔关在一起。因为那是将近一百个处于长期备战状态的武装团体，他们是一线的预备力量，几个小时内就能快速集合并武装起来。这意味着得让埃斯科瓦尔解除手下十五或二十名无畏长官的武器，并把他们一起带进监狱。

在比亚米萨尔与加维里亚总统为数不多的几次私人会面中，加维里亚总统总是给他私下解救被绑架者的行动提供便利。比亚米萨尔不认为政府的谈判与他在政府的授权下进行的谈判有什么不同之处。政府谈判的内容在投降政策中就能看出端倪了。图尔巴伊前总统和埃尔南多·桑托斯（他们虽然从没有表明这一点，也没有否认政府制度方面的困难）毫无疑问等待着总统最低限度的变通。面对妮迪娅的坚持、恳求和抗议，总统同样拒绝了更改法令规定的期限。总统的拒绝依然是抗议的家人们心中的一根刺。迪安娜去世三天后，总统更改了期限。这个事实是迪安娜的家人永远无法理解的。总统在私下里说过，很不幸，在那种情况下，更改日期也无法阻止迪安娜的死亡。

埃斯科瓦尔永远不会满足于一种渠道，他也不会停止用各种合法或是非法的方式千方百计与上帝和魔鬼谈判。并不是因为他对一些人更加信任，而是因为他不相信任何人。尽管他已经明确表示自己对比亚米萨尔有所期待，但他依然记得曾经破灭的政治赦免的美梦。一九八九年，大毒枭们和追随者们获得了 M-19 成员的证件，以期作为游击队员得到赦免。卡洛斯·皮萨罗司令用不可能达到的要求阻止了他们。两年后的现在，埃斯科瓦尔通过制宪议会寻求第二次机会，从金钱贿赂到恐吓，想方设法向数名制宪议会成员施压。

但是，埃斯科瓦尔的敌人们也在他的计划中横插一脚。他们发布了一则所谓来自毒贩的视频，引发了一桩轰动却无益的丑闻。这个视频应该是用旅馆房间里的摄像机拍摄的。视频中，一名制宪议会成员收取了埃斯科瓦尔的律师的现金。该制宪议会成员已经被选入 M-19 成员名单。然而实际上，他属于为（在战争中攻击麦德林集团的）卡利集团效力的准军事集团成员，他的信誉无法说服任何人。几个月后，一名私人武装部队首领向警方坦白道，他的手下制作那个粗糙的视频是为了证明埃斯科瓦尔正在贿赂制宪议会成员，并以此推翻赦免或不引渡的决议。

在埃斯科瓦尔想开辟的诸多战线中，他试图绕过比亚米萨尔协商帕丘·桑托斯的释放事宜。当时，比亚米萨尔的奔波即将结束。

四月底,埃斯科瓦尔通过一位神甫朋友给埃尔南多·桑托斯传达了一条消息,让他和自己的律师在乌沙盖恩教堂会面。消息说,埃斯科瓦尔要和他商议释放帕丘的重要事宜。埃尔南多不仅认识这位神甫,还把他视为在世的圣人。因此,他于指定日期晚上八点,独自准时赴约。律师的样貌在教堂的阴影里勉强能被看清,律师告诉他,自己与贩毒集团没有关系,但巴勃罗·埃斯科瓦尔是他职业生涯的教父,他不能拒绝他的请求。他的任务只是交给埃尔南多两份文件:国际特赦组织谴责麦德林警方的报告和一篇关于精英部队暴行的文章,似乎是一篇社论。

"我来这里只是为了您儿子的性命。"律师说,"如果明天这些文章能发表,后天弗朗西斯科就会被释放。"

埃尔南多带着政治眼光阅读那篇尚未发表的社论。其中的内容是埃斯科瓦尔数次揭露过的事实,但是带有无法证实的惊悚细节。文章写得很认真,而且带有微妙的恶意。律师说,作者是埃斯科瓦尔本人。无论如何,这像是他的风格。

国际特赦组织的文件已经在其他报刊上发表过了,对埃尔南多·桑托斯来说,重复发表该文件没有困难。然而,如果没有证据,发表那篇社论的后果是非常严重的。"希望您能把证据给我。这样的话,即使你们不释放帕丘,我们也会马上发表。"埃尔南多说。没有别的可说了。律师意识到他的任务已经完成,他想利用这次机会询问埃尔南多,基多·帕拉在调停中向他收取了多少费用。

"他一分钱都没要。"埃尔南多回答说,"我们从来不谈钱。"

"请您告诉我真相。"律师说,"因为埃斯科瓦尔控制着账务,他控制着一切,他需要这个信息。"

埃尔南多再次否认。会面以正式的告别结束。

也许在那几天里,哥伦比亚占星家毛里西奥·布埃尔塔是唯一确信事情即将结束的人,他通过星辰专注地观察国家命运,甚至得出了关于巴勃罗·埃斯科瓦尔出生星图的惊人结论。

一九四九年十二月一日上午十一时五十分,埃斯科瓦尔出生于麦德林。因此,他是射手座,上升星座是双鱼座。他的出生星图中有着最糟糕的行星会合情况:火星和土星在处女座会合。他的性格倾向是:残忍的权威主义、专制主义、难以满足的野心、叛逆、躁动、不服从、无序、无纪律、攻击权威,以及难以挽回的结局:突然的死亡。

从一九九一年三月三十日开始,对他来说,土星在接下来的三年中都会保持五度的斜角。他的命运只剩下三种归宿:医院、坟墓或者监狱。第四个选择——修道院——对他来说似乎并不可行。无论如何,当时的形势更有利于就谈判条约达成协议,而不是将最终的可能性封死。也就是说:他最好的选择是政府提议的有条件投降。

"埃斯科瓦尔大概非常不安,他非常在意自己的出生星图。"一名记者说。因为他一得知毛里西奥·布埃尔塔散布的消息,就想详尽地了解他分析中的细节。然而,埃斯科瓦尔的两名使者并没有到达目的地,其中一名永远地消失了。因此,布埃尔塔在麦德林举办了一个众人皆知的研修班,以便让埃斯科瓦尔与他取得联系。但是,一系列奇怪的不利因素阻止了他们的会面。布埃尔塔将这些因素解读为星辰的保护,任何事物都无法干预难以改写的命运。

帕丘·桑托斯的妻子也得到了一名预言家的超自然启示。这名预言家曾经凭借令人惊叹的洞察力预见了迪安娜的死亡。她同样肯定地告诉帕丘的妻子,帕丘还活着。四月,预言家又一次在公共场合遇见帕丘的妻子,趁机凑到她耳边说:

"恭喜你。我已经看见神迹降临了。"

当加西亚·埃莱罗斯神甫把密信传达给巴勃罗·埃斯科瓦尔的时候,这些是仅有的鼓舞人心的征兆。加西亚·埃莱罗斯神甫是如何做出那个富有预见性的决定,以及这个决定与科韦尼亚斯海有什么关系,这些依然令国民好奇。然而更加让人费解的是,他是如何想出这种做法的。一九九一年四月十二日,周五,他拜访了马努埃尔·埃尔金·巴塔洛约医生——疟疾疫苗的发明者,请求他担任《上帝一分钟》制作组中的医疗岗位,进行艾滋病的早期检测。除了一名来自他教会的年轻神甫之外,一位具有诸多美德的安蒂奥基亚人也陪伴着他。这人是他伟大的朋友,在世俗问题上帮他出谋划策。由于他本人的决定,这位不愿透露姓名的施主不仅捐款建造了加西亚·埃莱罗斯神甫的私人祈祷室,而且为了神甫的公益事业自愿缴纳什一税[①]。在将他们载往巴塔洛约医生免疫学研究所的汽车上,他

[①]旧时欧洲基督教会向居民征收的宗教税款。

感受到了一种急切的想法。

"听我说,神甫,"他说,"您为什么不干预这件事,让巴勃罗·埃斯科瓦尔投降呢?"

他直截了当地说了,而且没有任何动机。"那是上面的信息。"他后来讲述时,带着奴仆的敬意和老朋友的信任,他总是这样暗指上帝。神甫在收到信息时,心脏仿佛被箭矢射中了,他变得非常苍白。巴塔洛约医生之前并不认识他,他眼中散发出的能量和他的谈判理解力给医生留下了深刻的印象。但是,神甫的朋友看到了截然不同的一面。"神甫仿佛在漂浮着。"他说,"在拜访过程中,他只想着我跟他说过的话。离开的时候,我看见他非常着急,甚至把我吓了一跳。"因此,周末他带神甫去了科韦尼亚斯的度假屋。那里是加勒比的浴场疗养胜地,聚集了成千上万的游客;那里也是每日输送二十五万桶原油的输油管道的终点。

神甫没有得到片刻的平静。他几乎不睡觉,会在用餐的中途起身,不分昼夜地随时在沙滩上长时间徒步。"哦,科韦尼亚斯海,"他对着澎湃的浪花大喊,"我能这么做吗?我应该这么做吗?了解一切的你啊,我们会在尝试中死去吗?"在痛苦的徒步之后,他完全控制住了自己的情绪,走进屋里,仿佛真的得到了大海的回答。然后,他和房东讨论方案的细枝末节。

周二回到波哥大时,他已经有了大致的想法,这让他恢复了平静。周三,日常生活又重新开始了:六点起床,淋浴,穿上带有教士领的黑色服装,外面加一件不可或缺的白色斗篷。他在宝琳娜·加尔颂的帮助下了解错过的事件。在他的半生中，宝琳娜·加尔颂是他必不可少的秘书。那天晚上，他制定了另一个话题的方案，这个话题与之前让他着迷的内容完全无关。周四上午，巴塔洛约医生像他承诺的那样，对他的请求给出了肯定的答复。神甫没有吃午饭。六点五十分，他到达国家广播电视协会的工作室，在那里播出他的节目。面对摄像机，他即兴说出了给埃斯科瓦尔的信息。那是改变他所剩不多的生命的六十秒。回家时，迎接他的是来自全国各地的电话留言和蜂拥而至的记者。从那天晚上开始，记者们不会让他离开他们的视线，直到他完成自己的使命，牵着巴勃罗·埃斯科瓦尔的手，把他送进监狱为止。

最后的程序开始了。但预测是不准确的，因为舆论分成了两派，一群人认为善良的神甫是一位圣人，而不信神的人坚信他是半个疯子。事实是，他的生命证明了许多东西，但没能证明生命本身是什么。一月，他过了八十二周岁生日；八月，他的神甫生涯将迎来第五十二个年头。而且，他显然是拥有巨大影响力的哥伦比亚人中，唯一完全不想成为共和国总统的。花白的头发与教士服外面的白色羊毛斗篷勾勒出了国内最受尊敬的形象之一。十九岁时，他出了一本书，内容是他创作的诗篇。青年时代，他以"年华流逝[①]"为笔名，创作了许多其他诗歌。凭借一部短篇小说集，他获得了一个已经被遗忘的奖项。因为他的公益事业，他获得了四十六块勋章。不论是

---

① 原文是拉丁语。

在顺利还是在艰难的时刻,他总是脚踏实地,过着无神职信徒的社交生活,他自己讲,也听别人讲各种口味的笑话。在关键时刻,他一直隐藏在教士斗篷下的内心会浮现出来:一个地地道道的桑坦德人。

他在圣若望·欧德教区的教会过着清贫的修士生活,他住的房间漏雨,但他拒绝修缮。他睡在一张没有床垫的木板床上,没有枕头,床罩是几位慷慨的修女用带有彩色小房子图案的碎布给他缝制的。他没有接受他们提供的羽毛枕,因为他觉得这违背了上帝的规定。只要他们不给他新鞋,他就不换鞋子;只要他们不给他新的衣物,他就不更换他的衣服和白色斗篷。他吃得很少,但他在餐桌上有着不错的品位。他懂得如何品鉴美食和上等葡萄酒。但是,他不让别人邀请他去高级餐厅,因为他担心他们认为他会付账。这些人中有一位出身显赫的女士,她戴着一只杏仁大小的钻戒。

"用这样一枚戒指,"他在她面前说,"我可以给穷人建造一百二十座房子。"

那位女士因为这句话而感到茫然失措,不知道该如何回答。但是,第二天,她把戒指寄给了他,并附带一张礼貌的字条。戒指当然不够建造一百二十座房子,但无论如何,神甫确实建成了一百二十座房子。

宝琳娜·加尔颂·德·贝尔穆德斯出生于桑坦德省南部的奇帕塔市。一九六一年,她十五岁,带着一封专业打字员推荐信和母亲来到了波哥大。她的确是一名专业打字员。但她不懂如何在电话中交谈，字也写得太差，她写的购物清单是旁人无法解读的。但是，她学会了做好这两件事，并让神甫聘用了她。二十五岁时，她结了婚，并有了一个儿子阿丰索和一个女儿玛丽亚·孔斯坦萨，现在，他们成了系统工程师。宝琳娜在兼顾家庭的同时，继续给神甫工作。他逐渐向她释放权力并让她承担更多义务，让她变得不可或缺，以至于他们常一起在国内外奔走，但是总有另一位神甫陪伴着他们。"这是为了防止谣言。"宝琳娜解释说。她陪着他四处奔波，尽管只是为了给他戴摘隐形眼镜，因为他自己永远无法做到。

在他生命的最后几年，神甫的右耳失去了听力。他变得易怒，并对自己记忆的缺口感到更加愤怒。他渐渐地放弃诵读经典祷文，而是带着智者的灵感，大声地即兴朗诵自己的祷文。他精神错乱的名声不断传播。与此同时，民众越来越相信他拥有超自然的能力，能与水体交谈，并掌控它们流淌的路径和方式。他对巴勃罗·埃斯科瓦尔的理解态度让人想起他就一九五七年八月古斯塔沃·罗哈斯·皮尼亚将军回国接受国会审判这一事件说过的一句话："如果一个人向法律屈服，那么即使他是有罪的，他也值得尊敬。"几乎在他生命的尽头，在一次组织困难的"百万宴会"上，一个朋友问他，之后他会做什么。他给出了一个十九岁少年的回答："我想躺在草地上看星星。"

在电视消息播出的第二天，没有通知也没有事先办理手续，加西亚·埃莱罗斯神甫出现在了伊塔古伊监狱。他询问奥乔阿兄弟，如何才能在埃斯科瓦尔的投降过程中起到作用。在奥乔阿兄弟的印象中，他是一位圣人，只有一个需要注意的不足：通过每日的传道，他与听众保持了四十年的沟通，因此他构思出的所有计策都会被透露给舆论。但是，对他们来说，最具有决定性的因素是堂法比奥认为他是一位天赐的调解人。首先，因为埃斯科瓦尔对神甫没有顾忌，而他正是出于这种顾忌才没有接见比亚米萨尔。其次，因为他的神化形象能够说服埃斯科瓦尔的手下，让所有人都投降。

两天后，加西亚·埃莱罗斯神甫在记者会上透露，他已经与关押人质的负责人取得了联系。他乐观地表示，他们很快会被释放。比亚米萨尔毫不迟疑地去《上帝一分钟》找他。当神甫第二次前往伊塔古伊监狱拜访时，比亚米萨尔与他同行。即日，代价巨大的保密程序开始运转，而且必将以毒贩投降告终。这一程序以神甫在奥乔阿兄弟的牢房里口述信件开始，玛丽亚·莉娅用打字机将口述内容打印出来。神甫站在她面前，用和一分钟布道时同样的仪态、同样使徒般的语气及同样的桑坦德口音即兴口述。他邀请埃斯科瓦尔一起探寻哥伦比亚的和平之路。他说他希望政府任命自己为担保人，"让你的权利，以及你的家人和朋友的权利得到尊重"。但是，他提醒埃斯科瓦尔，不要要求政府无法给予的东西。在以"我亲切的问候"结尾以前，他说明了这封信的真实意图："如果你觉得我们可以在某个安全的地方见面，请你告诉我。"

三天后，埃斯科瓦尔亲笔回信了。他同意投降，为和平做出牺牲。他明确表示，他不奢求赦免，也不要求对摧毁贫民窟的警察进行刑事处罚，而只要求纪律处罚。但是，他不放弃以激烈的报复作为回应的决心。他准备认罪，虽然他确定没有一位哥伦比亚或是外国的法官有足够的证据判决他。而且他相信，他的对手也会服从于同样的体制。然而，与神甫的热切希望相反，他没有提到与他会面的提议。

神甫向比亚米萨尔承诺，他会控制住将信息公之于众的冲动。起初，他部分地履行了诺言，但是他近乎天真的冒险精神胜过了他的意志力。人们抱着极大的期望，而媒体的动员能力是如此强大，从那时起，他每迈出一步，就有来自电视台和广播电台的大批记者和行动小组追着他，甚至追到了家门口。

在拉法埃尔·帕尔多的严格保密下，比亚米萨尔绝对秘密地行动了五个月。比亚米萨尔认为，加西亚·埃莱罗斯神甫的口才让整个行动处于永久的危险之中。因此，他通过申请得到了神甫最亲近之人的帮助——排在第一位的宝琳娜，她可以提前为一些行动做好准备，无需事先通知神甫。

五月十三日，他收到了埃斯科瓦尔的信息，要求他带着神甫前往拉·洛玛农庄，并让他在那里停留必要的时间。他提醒说，可能是三天，也可能是三个月，因为他得亲自仔细检查行动的每一个步骤，甚至有可能在最后时刻由于安全问题取消会见。很幸运，神甫总是为让他难以入眠的事情做好充足的准备。五月十四日早上五点，比亚米萨尔敲响了他家的大门，发现他像白天一样在书房里工作。

"走吧，神甫，"他说，"我们去麦德林。"

奥乔阿一家在拉·洛玛做好了准备，让神甫能在必要的时间里得到消遣。堂法比奥不在家,但是家里的女人们张罗起了一切。让神甫分心并不容易,因为他明白,一次如此突然而迅速的出行只可能是为了某件非常重要的事情。

早餐非常可口,用餐时间很长,神甫吃得很香。上午十点左右,玛尔塔·妮耶维丝尽量不那么戏剧化地向神甫透露,埃斯科瓦尔很快就会和他见面。他吃了一惊,很开心,但是不知道该怎么做,直到比亚米萨尔让他回到现实。

"最好现在让您知道,神甫,"他提醒说,"也许您得单独和司机一起离开,我们不知道您会去哪里,也不知道去多久。"

神甫脸色苍白。他勉强能用手指拿住念珠,来回踱步,高声诵读他自编的祷文。每次经过窗户的时候,他都会看一眼马路。他一面害怕为他而来的汽车出现,一面因为汽车没到而焦虑。他想打电话,但是他自己意识到了危险。"幸好跟上帝交谈不需要打电话。"他说。吃午饭的时候,他不想坐在桌子旁边。午饭比早饭持续的时间更久,也更可口。在为他准备的房间里有一张床,床头是用金银饰带制作的,仿佛那是一张主教的床。女人们试图说服他休息一会儿,他表面上接受了,但没有睡着。他不安地阅读斯蒂芬·霍金的《时间简史》。这本书很流行,它试图通过数学计算证明上帝并不存在。下午四点左右,他出现在客厅里,比亚米萨尔在那里打盹。

"阿尔贝托,"他对他说,"我们最好回波哥大。"

劝阻他很难,但是女人们用自己的魅力和精明说服了他。傍晚时,他的情绪又一次剧烈波动,但是他已经不再逃避了。他明白夜间出行的危险。躺下时,他向别人求助,想要摘下隐形眼镜。因为帮他摘戴隐形眼镜的人是宝琳娜,他不知道如何自己完成。比亚米萨尔没有睡觉,因为他觉得埃斯科瓦尔可能认为晚间的黑暗对约见来说更加安全。

神甫一分钟都没有睡着。早上八点的一餐比晚饭更加诱人,但神甫甚至没有坐到餐桌旁。他依然在为隐形眼镜丧气,没有人可以帮助他,最后,农庄的管理员费了很大的力气帮他戴上。与第一天不同,他看起来并不紧张,也没有焦虑地走来走去。他坐下来,盯着马路,汽车将会从那里驶来。他保持着这样的姿势,直到他失去耐心,突然站了起来。

"我走了,"他说,"这事是个笑话。"

他们说服他吃完午饭再走,这个承诺让他恢复了精神。他吃得很香,交谈很愉快,他像自己最健康的时候那样有趣。最后,他宣布说,他要去午睡了。

"但是,我提醒你们,"他伸出食指威胁说,"午睡醒来我就走。"

玛尔塔·妮耶维丝打了几个电话,希望从侧面获得一些信息,好让她在神甫醒来时留住他,但一无所获。快到三点的时候,所有人都在客厅里打盹,发动机的声音把他们吵醒了。汽车到了。比亚米萨尔突然站了起来,他习惯性地敲了一下神甫卧室的门,然后把门推开。

"神甫,"他说,"他们来接您了。"

神甫还没有完全清醒过来,他尽力起床。比亚米萨尔非常感动,因为他觉得神甫就像一只没毛的小鸟，皮肤挂在骨骼上，因为害怕而瑟瑟发抖。但是，他很快控制住了自己，划了个十字，鼓起勇气，变得坚定而高大。"跪下，孩子，"他命令比亚米萨尔，"我们一起祈祷。"起身时，他已经是另外一个人了。

"我们去看看巴勃罗究竟怎么了。"他说。

虽然比亚米萨尔想陪他去，但是他没有去争取，因为这事已经约定好了。但是，他可以和司机交谈。

"您得对神甫负责。"他对司机说，"他是非常重要的人。留神你们对他做的事情。请您明白你们身上的责任。"

司机看着比亚米萨尔，仿佛他是个白痴：

"您认为，如果我和圣人坐在一起，我们会出事吗？"

司机拿出一顶棒球帽，让神甫把帽子戴上，以免人们通过白发认出他。神甫戴上了棒球帽。比亚米萨尔想到，麦德林处于战争之中。他担心神甫被拦下，耽误会面。或许，神甫还会被困在杀手和警察的交火中。

他们让神甫和司机一起坐在前面。当所有人看着汽车远去时，神甫摘下帽子，扔出窗外。"别担心，孩子，"他向比亚米萨尔喊道，"我掌控着水体。"雷声在田野上回荡，天空在滂沱大雨中坍圮。

关于加西亚·埃莱罗斯神甫对巴勃罗·埃斯科瓦尔的拜访，唯一已知的是神甫本人回到拉·洛玛时讲述的版本。他说，埃斯科瓦尔接待他的房子又大又豪华，里面有一个奥运标准的游泳池和许多体育设施。出于安全原因，他们不得不在路上换了三次车。但由于大雨一直下个不停，好几处警察岗哨都没有拦下他们。根据神甫的讲述，剩下的岗哨是为"可被引渡者"的安全服务的。他们行驶了三个多小时，虽然他最有可能被带去巴勃罗·埃斯科瓦尔位于麦德林市内的一处住所，不过为了让神甫觉得他们去了离拉·洛玛农庄很远的地方，司机极有可能绕了远路。

他讲述说，大概有二十名携带武器的人员在花园里迎接他。他斥责他们糟糕的生活方式和抵制投降的做法。巴勃罗·埃斯科瓦尔本人穿着一套白色棉质家居服在露台上等他，胡子又黑又长。见到埃斯科瓦尔时，神甫从到达拉·洛玛起就坦白的恐惧感和后来旅途中的不确定感都消散了。

"巴勃罗，"他说，"我是为了解决这件事来的。"

埃斯科瓦尔对他致以同样的礼貌和极大的尊敬。他们面对面坐在客厅的两张印花椅上，准备开始一场老朋友式的长对话。神甫喝了一杯威士忌，冷静了下来。同时，埃斯科瓦尔一直都小口喝着果汁。但是，由于神甫不耐烦的性子和埃斯科瓦尔像他信中一样的简洁尖刻的说话风格，拜访从预计的时长缩短到了三刻钟。

比亚米萨尔担心神甫会忘记，特地嘱咐神甫记下对话的内容。神甫确实这么做了，而且他似乎做得更多。他以糟糕的记忆力为借口，要求埃斯科瓦尔亲笔写下他的核心提议。提议写成之后，神甫又以无法完成为由让他更改或剔除。就这样，虽然埃斯科瓦尔控诉警方的各种暴行，但提议中他把执意要求的警察革职问题最小化，并集中谈到了囚禁地点的安全问题。

神甫说,他问埃斯科瓦尔,他是不是袭击四名总统候选人的罪犯。他回答得并不直接,只说人们把不是他犯下的罪行归咎于他。他向神甫坦白,他无法阻止四月三十日在波哥大的大街上发生的对罗·穆特拉教授的袭击案,因为这个命令很早之前就已经发出了,无法更改。至于释放玛露哈和帕丘的事宜,他没有说任何可能牵连到自己的话。但是他说,"可被引渡者"让他们生活在正常的条件中,而且他们很健康。一旦确定投降条约,他们马上会被释放。他特别提到了帕丘,并严肃地说:"他对自己的绑架生活很满意。"最后,他认可了加维里亚总统的正直,并对达成协议表示期待。纸上的内容有时由神甫来写,但大部分是由埃斯科瓦尔亲笔修改和进一步阐述的。这张纸成了第一份正式的投降提议书。

当神甫的一只隐形眼镜掉落时,他起身准备告辞。他试着把镜片戴上,埃斯科瓦尔也来帮助他,他们还向雇员们求助,但是都没有用。神甫很绝望。"什么都做不了,"他说,"只有宝琳娜能做这件事。"令人惊讶的是埃斯科瓦尔知道她是谁,还知道当时她在哪里。

"别担心,神甫,"他说,"如果您愿意,我们把她带来。"

但是神甫迫不及待地想回去,他情愿不戴眼镜离开。在道别之前,埃斯科瓦尔让神甫为他脖子上戴着的一块金牌祈福。在随从们的包围下,神甫在花园里给金牌祈福。

"神甫,"他们对他说,"您走之前,先给我们祈福吧。"

他们跪了下来。堂法比奥·奥乔阿说过,加西亚·埃莱罗斯神甫的调解会对埃斯科瓦尔手下的投降起到决定性的作用。埃斯科瓦尔大概也是这么想的。或许正因为如此，他和手下一起下跪，以做出表率。神甫祝福了所有人，并劝说他们回归合法的生活，为国家的和平做出贡献。

神甫在那里待了不到六个小时。晚上八点半左右，在闪耀的群星下，他出现在了拉·洛玛农庄。他像十五岁的学生那样从车上跳下来。

"放心，孩子，"他对比亚米萨尔说，"没有问题，我刚刚让所有人都下跪了。"

很难让他恢复常态。他陷入了令人惊慌的兴奋状态。缓和剂和奥乔阿家的女人煎制的镇静剂都没有起作用。天还在下雨，但他想马上飞回波哥大公布这个消息，他想和共和国总统交谈，当场敲定协议宣布实现和平。他们成功让他睡了几个小时，但是从凌晨起，他就在黑灯瞎火的房子里走来走去，他自言自语，大声诵读他脑海中闪现的祷文，直到黎明时，睡意才击垮了他。

五月十六日上午十一点，他们到达波哥大，广播里正在播送新闻。比亚米萨尔在机场找到了儿子安德烈斯，激动地拥抱他。"放心，儿子，"比亚米萨尔告诉他，"你妈妈三天后就回来了。"当比亚米萨尔打电话给拉法埃尔·帕尔多时，帕尔多很难相信他的话。

"我真的很高兴，阿尔贝托。"他说，"但是，您别抱有太多幻想。"

自绑架案发生以来，比亚米萨尔第一次出席了朋友们的聚会。就像巴勃罗·埃斯科瓦尔的其他承诺一样，这归根到底只是一个模糊的承诺。没有人理解他为什么这么高兴。当时，加西亚·埃莱罗斯神甫出现在了哥伦比亚所有的新闻栏目上——电视、广播和报刊上，他要求人们宽容地对待埃斯科瓦尔。"如果我们不辜负他，他会变成伟大的和平缔造者。"他说。他还引用了卢梭的观点，但没有提到他的名字："在内心深处，所有人都是好人；只是某些情形会把他们变成坏人。"在缠绕成一团的麦克风之间，他毫无保留地说：

"埃斯科瓦尔是一个好人。"

十七日，周五，《时代报》公布神甫持有一封私人信件，这封信将于下周一呈交给加维里亚总统。事实上，这封信就是他和埃斯科瓦尔在会谈时一起做的笔记。周日，"可被引渡者"发布了一份通告。在新闻的激流中，这份通告极有可能被公众忽略："我们已经下令释放弗朗西斯科·桑托斯和玛露哈·帕琼。"他们没有说时间。然而，电台认为这个消息是真实的，激动的记者开始在人质的家里布岗。

结局是：比亚米萨尔收到了埃斯科瓦尔的信息，他告诉比亚米萨尔，他不会在当天释放玛露哈·帕琼和弗朗西斯科·桑托斯，他们将于第二天（五月二十日，周一）晚上七点被释放。但是，周二上午九点，比亚米萨尔得为埃斯科瓦尔的投降事宜再次出现在麦德林。

十一

五月十九日，周日。晚上七点，玛露哈听见了"可被引渡者"的公告。公告没有说明释放的日期和时间。而根据"可被引渡者"的办事方式，释放时间可能是五分钟以后，也可能是两个月之内。"管家"和他的妻子走进房间准备庆祝。

"已经结束了，"他们喊道，"得庆祝一下。"

玛露哈费了好一番工夫，才说服他们等待巴勃罗·埃斯科瓦尔直属信使的正式口头命令。这则新闻没有让她吃惊，因为在最近几个星期里，她感受到了明显的征兆。当他们带着令人灰心的承诺前来给房间铺设地毯时，她以为事情会进行得很糟糕。最近播出的节目《哥伦比亚呼唤他们回来》中，出现了越来越多的朋友和知名演员。带着重新燃起的乐观，玛露哈继续认真地观看电视剧，她甚至相信自己在不可实现的爱情催下的甘油眼泪中发现了加密的信息。加西亚·埃莱罗斯神甫的消息变得越来越引人注目。显然，令人难以置信的事情即将发生。

玛露哈预测，会有一次不合时宜的释放，她得穿着被绑架者的悲惨汗衫出现在镜头前，因此她想穿上她来的时候穿的衣服。广播中没有传来新的消息，"管家"在睡前等待着正式的命令，但他的希望破灭了。这让玛露哈开始警惕自己的荒谬表现，即便这种表现只有她自己看得到。她服用了大剂量的巴比妥，睡到第二天（周一）才醒来，她惊恐地发现她不知道自己是谁，也不知道自己在哪里。

比亚米萨尔没有因为任何疑虑而感到不安，因为埃斯科瓦尔的通告是确凿无疑的。比亚米萨尔把通告传达给记者们，但是他们没有理会他。大约九点，一家电台大张旗鼓地宣布，比亚米萨尔的妻子玛露哈·帕琼女士刚刚在硝石区被释放。记者们一拥而上，赶往那里，但是比亚米萨尔无动于衷。

"为了避免她出事，他们绝不会在一个如此偏远的地点释放她。"他说，"明天，他们会在一个安全的地方稳妥地释放她。"

一名记者用麦克风挡住了他的去路。

"让人吃惊的是，"他对比亚米萨尔说，"您对那些人如此信任。"

"那是战争中的诺言。"比亚米萨尔说。

最信任他的记者们留在了公寓的走廊上（有一些待在了厨房的吧台处），直到比亚米萨尔请他们离开，好关上家门。其他记者在房子对面的中小型车上扎营，并在那里过夜。

周一，比亚米萨尔像往常一样醒来收看早上六点的新闻节目，在床上待到了十一点。他想尽量少接电话，但是记者和朋友们的来电让他无法停歇。当天的新闻主题依然是等候被绑架者们。

周四，加西亚·埃莱罗斯神甫拜访了玛丽亚维，并带去了她的丈夫将于周日被释放的秘密消息。桑托斯一家不可能知道他如何在"可被引渡者"发布公告的七十二个小时前得到了这个消息，但是他们相信这是真的。为了庆祝，他们给神甫与玛丽亚维和孩子们一起拍了照片，并把这张照片发表在了周六的《时代报》上，他们希望帕丘把照片解读成一条私人信息。确实如此：帕丘在狱中一打开这份报纸就得到了清晰的启示，他知道神甫的行动已经结束了。他一整天都惴惴不安地等待奇迹的发生。在与看守们的对话中，他偷偷设置了无害的陷阱，观察他们是否会露出马脚，但他一无所获。从几周前开始，广播和电视就在不断地谈论这个话题。但是在那个周六，他们略过了这个话题。

周日与平常一样开始了。帕丘觉得看守们早上奇怪又紧张。但是，他们逐渐回归了周日的日常生活：特别的比萨午餐、电影和扎堆的电视节目、纸牌游戏、足球赛。突然，新闻栏目《氪》出人意料地以"可被引渡者"宣布释放最后两名人质的新闻开场了。帕丘跳了起来，发出了一声胜利的叫喊。他拥抱了他的值班看守。"当时，我觉得我要心肌梗死了。"他后来讲述说。但是，那名看守接受他的拥抱时带着禁欲主义的怀疑态度。

"我们等着消息确认吧。"他说。

他粗略地浏览了遍电台和电视的其他新闻节目，这份通告在所有节目里都出现了。其中一档节目是在《时代报》的编辑室录制的。被绑架八个月之后，帕丘再次感受到了自由生活的坚实地面：周日值班室的荒凉氛围、玻璃房里的老面孔、他专属的工作地点。在又一次播报人质即将被释放的消息之后，新闻节目的特约记者挥了挥麦克风，就像挥动一个蛋筒冰激凌那样，把它递到一名体育撰稿人的嘴边，问他：

"您觉得这条新闻怎么样？"

作为一名主编，他无法克制自己的反应。

"这是什么蠢问题！"他说，"还是你希望他说让我再多待一个月？"

电台像往常一样没有那么尖刻，也更加感性。一些电台工作人员聚集在埃尔南多·桑托斯家里，在那里播报他们遇到的一切事情。这加剧了帕丘的紧张情绪，因为他认为自己一定会于当晚被释放。"就这样，我生命中最漫长的二十六个小时开始了，"他说，"每秒钟都像是一个小时。"

记者无处不在。摄像机在帕丘家和他父亲家之间往返。从周日晚上开始，两家都挤满了亲戚、朋友、单纯的好奇者和来自各地的记者。玛丽亚维和埃尔南多·桑托斯已经记不清自己跟随着新闻难以预测的走向在两家之间往返了多少趟。帕丘甚至无法准确区分电视上出现的是谁家的房子。更糟糕的是，在每座房子里他们都会重复问他们二人相同的问题，时间变得难以忍受。家里是如此混乱，埃尔南多·桑托斯甚至无法在自己家里从拥堵的人群中辟出一条道路。他不得不偷偷从车库溜出去。

不值班的看守们上前祝贺他。他们高兴得让帕丘都忘记了他们是他的监狱看守。人们聚集起来，现场变成了一场同代老朋友的欢庆会。当时他意识到，由于他重获自由，他想让看守们重新做人的计划失败了。他们是从安蒂奥基亚省的其他地区迁入麦德林的小伙子，在贫民窟中迷失了自己，毫不在乎地杀人，也不在乎被杀。他们通常来自破裂的家庭，其中父亲的形象是消极的，而母亲的形象则很重要。他们已经习惯了从事收入极高的工作，对金钱没有概念。

当帕丘终于睡着的时候，他做了一个恐怖的梦，梦见自己自由而快乐，但是他突然睁开眼睛，又看见了那个相同的天花板。接下来，他忍受着那只疯狂的公鸡的折磨——它前所未有地疯狂，也离他前所未有地近，而且他无法确定它究竟在哪里。

周一早上六点，广播确认了消息，但是没有提及有关释放时间的任何线索。在无数次重复播报通告原文之后，广播宣布，加西亚·埃莱罗斯神甫在会见加维里亚总统之后，将于当天举办一场新闻发布会。"唉，我的上帝啊。"帕丘想，"但愿这个为我们做了许多事的人，不要在最后时刻把事情搞砸了。"下午一点，他们通知他，他将被释放，但是下午五点过后，他才得到更多的信息。一名蒙面首领毫无感情地通知他，埃斯科瓦尔凭借对宣传的感知力判断，玛露哈会准时出现在七点的新闻栏目里，而他会出现在九点半的新闻栏目里。

玛露哈度过的上午更加有趣。大约九点的时候，一位二级首领走进房间向她确定了她将在下午被释放，还向她讲述了加西亚·埃莱罗斯神甫行动的一些细节。他或许是想为之前不公正地对待玛露哈表示歉意。在他近期的一次来访中，玛露哈问他，她的命运是否掌握在加西亚·埃莱罗斯神甫的手中。那个男人用带着些许嘲笑的语气回答她。

"别担心，您安全得很。"

玛露哈意识到他误解了她的问题，连忙向他解释，她一直都对神甫有着极大的敬意。起初，她的确没有留意他偶尔混乱而晦涩的电视布道。但是，从他发出给埃斯科瓦尔的第一条信息开始，她就明白了，他与她的生命息息相关。于是，她每晚认真收看他的节目。她关注他行动的线索、前往麦德林的拜访以及他与埃斯科瓦尔对话的进展。她确信，他走在正确的道路上。然而，首领的讽刺让她担心，也许神甫并不像在他与记者们的公开对话里表现的那样，得到了"可被引渡者"的信任。但他的奔走让自己很快会被释放。这样的确认让她愈发快乐。

在一段关于国内释放协定的简短对话之后，她问起被绑架的那天晚上，他们在第一所房子里拿走的那枚戒指。

"您放心，"他说，"您所有的东西都很安全。"

"我很担心，"她说，"因为戒指不是在这所房子里被拿走的，而是在第一所房子里。我们再也没有见过那个收走戒指的人。不是您拿的吧？"

"不是我，"男人说，"但我已经跟您说过了，您别担心，因为您的衣服在这里。我已经看见了。"

"管家"的妻子自愿提出去给玛露哈购买所有她需要的东西。玛露哈托她买睫毛膏、口红和眉笔，还让她买双长袜，来替换被绑架的那天晚上弄破的那双。后来，"管家"走了进来，他因为没有得到关于释放的新消息而忧心忡忡。他还担心他们会在最后时刻改变计划，就像经常发生的那样。相反，玛露哈非常镇定。她洗了澡，穿上了绑架案发生当晚穿的衣服。出门时，她还会穿上那件奶油色的外套。

广播电台一整天都饶有兴致地推测被绑架者们等待的情景，播放对家属们的采访和没有被证实的谣言。那些谣言在下一分钟就会被其他更加声势浩大的谣言淹没，但是一切都没有被证实。玛露哈带着提前出现的喜悦之情听见了她的孩子们和朋友们的声音，这种喜悦被不确定性威胁着。她再次看见了经过重新装潢的家，她的丈夫与无聊地等待着她的记者们愉快地交谈。第一次见到这些装潢的细节时，她觉得反感。但当她有时间更加仔细地观察这些细节，她的心情好了起来。看守们在疯狂的清扫中停下了，他们收听和观看新闻节目，并试着鼓励她。但是，随着下午时光的流逝，他们越来越难让她振作起来。

在总统生涯的第四十一个星期一，加维里亚总统在早上五点钟自然醒来。他起床时不会开灯，以免吵醒安娜·米莱娜，她有时睡得比他更晚。他刮完胡子、洗完澡、穿上衣服之后，坐在一张放在卧室外阴冷走廊的便携椅子上收听新闻，不会吵醒任何人。他用一只口袋收音机收听广播新闻，把收音机放在耳边，音量调得很低。他迅速阅读报纸，从头条新闻一直读到广告，撕下重要的内容，方便之后和他的秘书、顾问以及部长们酌情处理。有一次，报上有一条关于某件原本该做但没有做成的事情的新闻，他把剪报寄给了相关部长并在剪报空白处快速写了一句话："贵部究竟要拖多久才能解决这个麻烦？"这件事立马得到了处理。

当天唯一的新闻是即将发生的人质释放事件，以及同属于这则新闻范畴的接见加西亚·埃莱罗斯神甫一事，总统将听取他的汇报，了解他会见埃斯科瓦尔的细节。总统重新安排了当天的日程，以便随时都有时间接见神甫。他取消了一些可以延期的会面，安排了其他会面。第一项日程是与总统顾问的会议，他用一句学校用语开场："好，我们来完成这份作业。"

有几位顾问刚从加拉加斯回来，他们在上周五同固执的玛萨·马尔克斯将军进行了会谈。在会谈中，新闻顾问毛里西奥·巴尔加斯表达了他的担忧，他担心政府内外都没有人确切地知道巴勃罗·埃斯科瓦尔到底有什么打算。玛萨肯定他不会投降，因为他只相信制宪议会的赦免决定。巴尔加斯用一个问题反驳他：对于一个被自己的敌人和卡利集团判了死刑的人来说，赦免有什么用处吗？

"赦免也许能够帮助他，但并不是彻底的解决方法。"他总结说。埃斯科瓦尔迫切需要的是一座在政府的保护之下能保证他和他手下安全的监狱。

顾问们之所以提出这个话题，是因为他们害怕加西亚·埃莱罗斯神甫会在最后时刻带着无法接受的要求出席十二点的会见。他们担心，如果这个要求不被满足，埃斯科瓦尔既不会投降，也不会释放人质。对于政府来说，这将会是一个难以挽回的失败。外事顾问加夫列尔·席尔瓦提出了两条防范性措施：第一，总统不要单独出席会面；第二，会议一结束，就得拟出尽量完整的公告，以免引发更多的解读。拉法埃尔·帕尔多一天前飞去了纽约，他在电话中表示赞同。

当天十二点，总统特别接见了加西亚·埃莱罗斯神甫。一边是神甫本人、两名来自同一个教会的神甫、比亚米萨尔和他的儿子安德烈斯，另一边是总统、他的私人秘书米盖尔·席尔瓦以及毛里西奥·巴尔加斯。总统府的新闻人员拍摄了照片和录像。如果事情进行顺利，他们会把照片和录像交给媒体。如果进行得不顺利，也不致把失败的证据留给媒体。

神甫意识到了那个时刻的重要性，他把会见埃斯科瓦尔的细节告知了总统。他确定，埃斯科瓦尔会投降并释放人质。他用他们两人共同书写的笔记证实自己的判断。由于埃斯科瓦尔本人提出的安全原因，他要求必须使用恩维加多监狱，而不是伊塔古伊监狱。这是唯一的条件。

总统读完笔记，把它还给了神甫。埃斯科瓦尔没有承诺释放人质，而是承诺让"可被引渡者"出面办理此事。这吸引了总统的注意。比亚米萨尔向他解释说，这是埃斯科瓦尔的一项防范措施：他绝不会承认是他控制着被绑架者，以免这变成不利于他的证据。

神甫问总统，如果埃斯科瓦尔要求他在投降时进行陪同，他应该怎么做。总统同意他前去。面对神甫提出的行动安全问题，总统回答说，没有人比埃斯科瓦尔更能保障自己行动的安全。最后，总统向神甫指出（陪神甫一同前来的人都同意这一点）——将公开申明的内容减少到最低限度是非常重要的，不要让不合时宜的话破坏一切。神甫表示赞同。最后，他提出了不辞辛劳的许诺："我想借此为各位服务。如果诸位需要更多的帮助，比如同另一位神甫先生寻求和平，我随时听候诸位的差遣。"所有人都明白，他指的是西班牙神甫、民族解放军司令马努埃尔·佩雷斯。会议在二十分钟后结束，并没有拟定官方的公告。加西亚·埃莱罗斯神甫遵守了自己的诺言，对媒体做出了简洁的声明。

玛露哈收看了神甫的记者会，但是没有发现任何新的消息。电视新闻再次展示了被绑架者家中的记者们，这或许是前一天的画面。玛露哈也完全重复了前一天的安排，并留出了观看下午电视剧的时间。妲玛莉丝因为官方的通知重新振作了起来，她给予玛露哈决定午餐食谱的恩惠，就像死刑犯临刑时得到的待遇一样。玛露哈不带嘲讽意味地说，她想吃除了兵豆之外的任何食物。最后，他们浪费

284

了很多时间,妲玛莉丝不能出去购物,于是告别午餐只有兵豆和兵豆。

帕丘则穿上了被绑架那天穿的衣服,由于长期不活动和糟糕的食物,他的体重增加了,衣服变紧了。他坐下来收听新闻,开始抽烟,用烟头点燃另一根香烟。他听到了关于释放他的各种版本的消息,听到了各种更正的说法和他同事们纯粹、简单的谎言,他们因为紧张的等待而慌乱。他听到他们说发现他隐瞒身份在一家餐馆里吃饭。结果那是他的兄弟。

他重新阅读自己为了不忘记本职工作而写的关于自身实际情况的社论、评论和报道,他想在离开之后发表这些文章,作为监狱生活的见证,一共有一百多篇。他把一篇写于十二月的文章读给看守们听。当时,传统的政权阶级开始毫无顾忌地质疑制宪议会的合法性。帕丘则带着独立意识强烈地抨击制宪议会,他的独立意识无疑是狱中反思的产物。"大家都知道在哥伦比亚候选人是如何获得选票的,大家也知道一些议员是如何被选举出来的。"他在一篇文章中写道。他说,购买选票的行为在全国范围内滋长,尤其在沿海地区;家用电器抽奖换取选票的做法十分流行;许多人通过其他恶劣的政治手段当选,比如把政府工作人员的工资和议会补贴当作佣金。他说,因此,被选中的总是同一群人,他们带有同样的目的,他们"面对失去特权的可能,正在大声地哀号"。他用一句几乎是反对自己的话结尾:"虽然人们已经为媒体(包括《时代报》)的公正性斗争了那么久,并且正在开创新局面,但是它早已土崩瓦解了。"

然而，他的笔记中最让人惊讶的内容是对政权阶级与 M-19 之间的对立关系的描述。当时，M-19 获得了制宪议会百分之十的席位。"对 M-19 的政治攻击，"他写道，"和对他们在媒体上的限制（为了避免使用歧视这个词）说明我们离宽容多么遥远，我们多么需要把最重要的东西——思维——现代化。"他说，政权阶级允许曾经的游击队员参与选举只是为了让自己显得民主。但是，当他们的席位超过总数百分之十的时候，他们开始无所顾忌地辱骂、反对他们。他用他爷爷恩里克·桑托斯·蒙特霍（绰号"卡利班"）的风格结尾，恩里克是哥伦比亚新闻史上读者最多的专栏作家："哥伦比亚特有的传统阶层杀死了老虎，却害怕那张虎皮。"恩里克从小学开始就作为浪漫主义右派的早慧典范而十分突出。在他身上，出现什么都不会让人觉得惊讶。

他撕掉了所有笔记，但出于他自己都无法解释的原因，他决定保留其中的三份。他还保留了给他的家人和共和国总统的消息草稿，以及他的遗嘱草稿。他原本想带走那根把他绑在床上的链条，幻想着雕刻家贝尔纳多·萨尔塞多会把它制成一件雕塑。但是，他们没有允许，因为担心他得到揭发他们的证据。

相反，玛露哈不想保留关于那段悲惨过去的任何回忆，她打算把这段往事从她的生命中抹去。但是，下午六点左右，房门从外面打开时，她才意识到这六个月的苦涩时光将在何种程度上制约她的生活。从玛丽娜去世和贝阿特利丝离开时起，门被打开的时刻就变成了释放或是行刑的时刻：两者都有可能。她的心都悬了起来，等待着那个不祥的仪式:"我们马上出发,请您做好准备。"走进房间的是"博士",一名副手陪伴在他身边。副手前一天就已经到了。他们俩似乎都很着急。

"行了,行了,""博士"催促玛露哈,"快点!"

她无数次想象过这个时刻,她觉得自己被一种为自己争取时间的奇怪需要控制住了。她问起了她的戒指。

"我把戒指给您丈夫的妹妹了。"副手说。

"不对,"玛露哈冷静地回答,"您跟我说,您后来见过它。"

当时,她更在意的不是戒指,而是让他在他的上级面前出丑。但是,在时间的压力下,上级假装没有听懂。"管家"和他的妻子把装着私人物品的口袋拿给玛露哈,里面还有在囚禁期间不同的看守送给她的礼物:圣诞卡片、汗衫、毛巾、杂志和一本书。在最后的日子里照看她的温顺的看守们只给了她圣人纪念章和圣人画像。他们恳求她为他们祈福,让她记住他们,还让她为他们做点什么,帮助他们脱离糟糕的生活。

"你们想要什么都可以。"玛露哈告诉他们,"如果你们需要我,请你们来找我,我会帮助你们的。"

"博士"不想置身事外:"我能给您什么作为纪念呢?"他一边自言自语,一边摸着口袋。他拿出了一颗九毫米的子弹,把它递给了玛露哈。

"拿着,"他对玛露哈说,他没有开玩笑,他是认真的,"这是没有打到您体内的子弹。"

很难把玛露哈从"管家"和妲玛莉丝的怀抱中解救出来。妲玛莉丝把面具抬到鼻子上，亲吻着玛露哈，请她不要忘记自己。玛露哈感受到了她的真情。总之，在她生命中最长、最煎熬的日子结束之时，那是她度过的最快乐的一分钟。

他们给她戴上的应该是他们手头最脏、最臭的一顶风帽。风帽是反过来戴的，在后颈处给眼睛开了小洞。她不由得想起，他们在杀死玛丽娜时，也是这样给她戴上风帽的。她拖着两条腿，在黑暗中被带进一辆汽车，那辆车和他们用来绑架她的车子一样舒适。他们让她用同样的姿势在同一个位置上坐下，采取了同样的防范措施：让她的头靠在一个男人的膝盖上，以免别人从外面看见她。他们警告她，他们会经过好几个警察岗哨。如果他们在某个岗哨上被拦下了，玛露哈得摘下风帽，好好表现。

下午一点，比亚米萨尔已经和他的儿子安德烈斯吃完了午饭。两点半，他躺下午睡，一直睡到了五点半。六点，当电话铃响起的时候，他刚刚淋浴完，开始穿衣迎接妻子。他拿起了床头柜上的话筒，只说了一句："喂？"一个身份不明的声音打断了他："她会在七点过几分的时候到家。他们快要出发了。"匿名者挂断了电话。那是一个意料之外的通知，比亚米萨尔对此很感激。他给门房打电话，确定他的汽车停在花园里，司机已经准备好了。

他穿上了一套深色的衣服，戴上了一条有浅色菱形花纹的领带，准备迎接妻子。他前所未有地苗条，因为在六个月的时间里，他瘦了四公斤。晚上七点，他来到客厅，准备在玛露哈到家的同时接受记者采访。她的四个孩子和他们共同的孩子安德烈斯也在那里。只差尼可拉斯，这位家族的音乐家将在几个小时内从纽约赶来。比亚米萨尔坐到离电话机最近的沙发上。

当时，距离玛露哈获得自由还有五分钟。与被绑架的那天晚上不同，通向自由的旅程迅速而畅通。起初，他们行驶在一条碎石小路上，拐了很多不适宜豪华轿车拐的弯。玛露哈通过对话判断出，除了她身边的男人之外，车上还有一个人，坐在司机旁边。她认为"博士"不在他们中间。一刻钟后，他们强迫她躺在地上。大约五分钟之后，他们停了下来，但是她不明白为什么。然后，他们驶进了一条喧闹的大道，七点的交通非常拥堵。接着，他们非常顺利地进入了另一条大道。当总时长过去不到三刻钟的时候，车子突然刹车。司机旁边的男人向玛露哈发出了一道决绝的命令：

"好了，下车，快点。"

她旁边的男人试图把她搡出车外。玛露哈进行了反抗。

"我什么都看不见。"她叫道。

她想摘下风帽，但是一只手粗鲁地制止了她。"您等五分钟之后再摘下它。"他向她喊道。他们把她推下了车。玛露哈一阵眩晕，她感到害怕。她以为自己被扔下了深渊，坚实的地面让她平复了呼吸。她等待着汽车远去，觉得自己位于一条车辆稀少的大街上。她小心翼翼地摘下风帽，看见了树木间的房子。长久以来，她第一次看见了灯火通明的窗户。于是她意识到，自己真的自由了。当时是七点二十九分，从她被绑架的那天晚上开始，已经过去了一百九十三天。

一辆汽车沿着大街向她靠近，它掉了个头，停在了对面的人行道上，恰巧在玛露哈对面。就像贝阿特利丝当时一样，她想，这样的巧合是不可能发生的。那辆汽车应该是绑架者们派来的，以保证她被成功解救。玛露哈靠近驾驶员的窗口。

"拜托，"她对司机说，"我是玛露哈·帕琼。他们刚刚把我放了。"

她只想让车里的人帮她叫一辆出租车。但是男人大叫了一声。几分钟前，他听着广播里即将释放人质的新闻，心想："如果我碰见弗朗西斯科·桑托斯在找车会怎么样？"玛露哈焦急地想见到她的家人，但她任由他把她带到对面的房子里打电话。

房子的女主人和孩子们认出了她，所有人都大叫着拥抱她。玛露哈觉得自己失去了知觉，她觉得周围发生的一切是绑架者们的又一个骗局。那个接她的男人叫马努埃尔·卡罗，他是房主奥古斯都·波雷罗的女婿。房主的妻子曾是新自由主义的积极分子，她在路易斯·卡洛斯·加兰的选举活动中与玛露哈共事过。但是，玛露哈现在从局外人的角度观察生活，仿佛那段生活只在一块电影屏幕里。她要了一杯烧酒（她永远都不知道为什么），一饮而尽。她给家里打电话，但是她记不清号码，打错了两次。最后一个女声立刻接起了电话："是谁？"玛露哈认出了她的声音，平静地说：

"阿莱桑德娜，女儿。"

阿莱桑德娜叫了起来：

"妈妈！你在哪里？"

电话铃声响起的时候，阿尔贝托·比亚米萨尔从沙发上跳了起来，但是阿莱桑德娜抢在了他前面，因为她恰巧路过电话旁边。玛露哈开始向她口述地址，但是她手上没有纸笔。比亚米萨尔抢过话筒，用一种令人惊愕的自然语气向玛露哈问好：

"怎么样了，宝贝？你还好吗？"

玛露哈用同样的语气回答。

"很好，亲爱的，没有问题。"

他已经为那个时刻准备好了纸笔。他记下了玛露哈口述的地址。但他觉得某个地方不是特别清楚，他让她把电话递给那个家里的人。波雷罗的妻子给他提供了之前缺少的准确信息。

"非常感谢，"比亚米萨尔说，"离得很近。我马上过去。"

他忘记了挂断电话，他在这紧张而漫长的几个月里保持着的钢铁般的自制力突然瓦解了。他两级两级地迈下台阶，跑过前厅，一群扛着长枪短炮的记者紧随其后。在大门口，从相反方向跑来的其他记者几乎快把他推倒了。

"玛露哈被放出来了，"他向所有人喊道，"我们走。"

他坐进车里，粗暴地关上了车门，把昏昏欲睡的司机吓了一跳。"我们去接夫人回来。"比亚米萨尔说。他把地址告诉司机：107斜街27-73号。"那是一座白色的房子，位于与高速公路平行的西边的公路旁。"他确认道，但他说地址的时候着急而混乱，司机启动时弄错了方向。比亚米萨尔失控地纠正方向，这与他的个性并不相符。

"您做事当心些。"他喊道，"我们得在五分钟内赶到。如果迷路了，我就阉了您！"

司机跟他一起经历了绑架案的各种恐怖的情节，便没有生气。比亚米萨尔恢复了镇定，给司机指了几条最短、最便捷的路，因为当他们在电话里跟他解释地址的时候，他已经设想好了路线，以确定自己不会迷路。那是交通最糟糕的时候，但不是最糟糕的一天。

安德烈斯跟在父亲后面出发了，他的表亲加夫列尔和他在一起。后面是记者的车队，他们用伪造的警报和救护车在车流中开出一条路来。尽管安德烈斯是一名驾驶专家，但他被困在了拥堵的交通中，滞留在了那里。而比亚米萨尔在十五分钟后到达了。他不需要花时间辨认那座房子，因为几名记者正在公寓门外和主人争论，想要让他允许他们进去。比亚米萨尔在混乱中开了路。他没有时间和别人打招呼，房子的女主人认出了他，向他指了指台阶。

"往这边走。"她对他说。

他们把玛露哈带到了主卧，让她收拾打扮，等候她丈夫的到来。她一进屋就迎面遇见了一个古怪又陌生的人：镜中的自己。她看起来非常臃肿，眼睑由于肾炎而肿胀。由于六个月的阴暗生活，她的肤色发青，非常憔悴。

比亚米萨尔两步并作一步地迅速上楼，推开了他遇见的第一扇门。那是孩子们的房间，里面有洋娃娃和自行车。接着他推开了对面的门，看见玛露哈坐在床上。她穿着被绑架那天穿的格子外套，刚刚还化了妆。"他进来的时候就像一阵雷。"玛露哈讲述说。她跳起来搂住他的脖子，他们激烈、长久而沉默地拥抱彼此。记者们的喧闹声使他们从心醉神迷中回过神来。记者们击破了主人的防线，一拥而入。玛露哈吓了一跳。比亚米萨尔开心地笑了。

"是你的同事们。"他告诉她。

玛露哈灰心丧气。"我有六个月没照过镜子了。"她说。她朝着她镜中的影像笑了笑，那不是她。她直起身子，用发绳扎了一个马尾辫。她尽力打起精神，试图让镜子里的女人与她六个月前的形象更加接近。但无能为力。

"我现在太难看了，"她说，她给丈夫看她臃肿变形的手指，"之前我没有意识到，因为我的戒指被拿走了。"

"你很完美。"比亚米萨尔告诉她。

他搂着她的肩膀，把她带到客厅。

记者们用摄像机、闪光灯和麦克风迎接他们。玛露哈被灯光照射得睁不开眼睛。"冷静，小伙子们，"她对他们说，"我们在我的公寓里聊能更自在些。"这是她说的第一句话。

晚上七点播出的新闻节目什么都没有提及，但是通过对广播的监控，加维里亚总统在几分钟后得知玛露哈·帕琼已经被释放。他与毛里西奥·巴尔加斯一同向她家驶去，他们也已经准备好了关于弗朗西斯科·桑托斯被释放的官方公告，这件事应该也会很快发生。

面对记者们的录音设备，毛里西奥·巴尔加斯已经大声宣读过通告的内容。但条件是，只要正式的新闻没有发布，他们就不能传播这则消息。

当时，玛露哈正在回家的路上。快到家的时候，传出了帕丘·桑托斯已经被释放的谣言。记者们发布了官方公告，各家广播电台纷纷转播。

总统和毛里西奥·巴尔加斯在车上听到了这个消息，他们为提前录好公告而感到高兴。但是，五分钟后，消息被辟谣了。

"毛里西奥！"加维里亚感叹说，"真糟糕啊！"

然而，当时他们唯一能做的是相信新闻播报的内容是真实的。同时，由于他们不可能待在比亚米萨尔人流拥挤的公寓里，他们来到了楼上阿塞内思·韦拉斯克斯的公寓里。在听到三次假消息之后，他们等候着帕丘真正被释放的时刻。

帕丘·桑托斯已经听说了玛露哈被释放的新闻、自己提前被释放的假消息以及政府的失误。这时，上午跟他交谈过的男人走进房间，挽着他的手臂，没有蒙住他的眼睛就把他带到了底楼。在那里，他注意到房子已经空了，一名看守大笑着告诉他，为了不支付最后一个月的房租，家具已经被一辆搬家卡车运走了。所有人都互相拥抱告别。看守们向帕丘表示感谢，因为他们从他身上学到了很多东西。帕丘真诚地回答：

"我也从你们身上学到了很多。"

在车库里，他们递给他一本书，让他假装看书遮住脸。他们警告了他。如果遇到警察，他必须跳车，让他们逃跑。最重要的是，他不能说自己曾经被囚禁在波哥大，他得说自己在沿着一条崎岖不平的公路行驶了三小时的地方。这样做的理由很充分：他们知道帕丘相当敏锐，他对房子的位置有着大致的概念；并且他不能揭发房子的地址，因为在绑架的漫长时间里，看守们毫无防备地和邻居们生活在一起。

"如果您说了，"释放事宜的负责人最后说，"我们会杀死所有的邻居，让他们以后再也认不出我们。"

汽车在波雅卡大街和80号大街交会处的警察岗哨前熄火了，第二次、第三次、第四次都没有发动，到第五次时终于启动了。所有人都出了一身冷汗。在距离那里两个街区的地方，他们拿走了被绑架者的书，把他留在了一个街角，给了他三张两千比索的纸币打车。他坐上了经过的第一辆出租车，司机是一个和善的年轻人，不想向他收费。司机在等候于他家门口的人群中间开了条路，他按着喇叭，高兴地大叫。对于黄色新闻①记者来说，这是一次幻想的破灭：他们以为会见到一个在结束了两百四十四天监狱生涯后变得憔悴而挫败的男人，但是他们遇见了一个由内而外焕发青春的帕丘·桑托斯。他胖了一些，比过去更加咋咋呼呼，他有着前所未有的生活热

---

① 黄色新闻，或黄色新闻学，是新闻报道和媒体编辑的一种取向。这里的"黄色"并不等于色情。在理论上，黄色新闻以煽情主义新闻为基础；在操作层面上，注重对犯罪、丑闻、流言蜚语、灾异、性等问题的报道，采取种种手段迅速吸引读者注意，同时策动社会运动。

情。"他们把他原模原样地送回来了。"他的堂亲恩里格·桑托斯·卡尔德隆说。另一位堂亲被家族的欢乐情绪感染了，他说："他就该再待上大半年。"

玛露哈已经到家了。她是和阿尔贝托一起到的，身后跟着一组车队。车队超到他们前面，利用交通堵塞的机会进行现场直播。通过广播关注这件事的司机们在经过时认出了他们，不断地按喇叭向他们问好，甚至一路都响起了掌声。

安德烈斯·比亚米萨尔不知道父亲去了哪里，他想回家。但他驾驶时过于粗鲁，汽车的发动机已经坏了，拉杆也断了。他把车子留给了附近岗哨中的值班警察，然后拦下了经过的第一辆汽车：一辆深灰色的宝马，驾驶员是一名和蔼的经理，开车时正听着收音机。安德烈斯告诉他自己是谁，为什么着急，并请他尽量把自己带到目的地。

"上车吧。"他说，"但是，我得提醒您，如果您说的是谎话，您不会有好下场。"

在第七公路与80号大街的交汇处，一位坐在旧雷诺车上的女性朋友追上了他。安德烈斯上了她的车，但是汽车在希尔昆巴拉的斜坡上抛锚了。安德烈斯用尽全力追上了国家广播电视集团的最后一辆白色吉普车。

家门前的斜坡被拥上街头的车辆和行人堵住了。于是，玛露哈和比亚米萨尔决定下车，走完剩下的一百米。他们没有意识到，他们下车的地点就是玛露哈被绑架的地方。玛露哈在激动的人群中首先认出的是玛丽亚·德尔·罗萨里奥·奥尔蒂斯的面孔，她是《哥伦比亚呼唤他们回来》的开创者和导演。从这个节目成立开始，那天晚上第一次由于缺乏话题而停播。接着她看见了安德烈斯，他全力跳下车，试图在一名身材高大、衣着考究的警官下令封锁街道时回到家中。安德烈斯灵光一现，他直视警官的眼睛，用坚定的声音说：

"我是安德烈斯。"

警官并不认识他，但是让他通过了。他向玛露哈跑去，她认出了他，两人在掌声中拥抱。巡逻警察帮助他们开路，玛露哈、阿尔贝托和安德烈斯带着不堪重负的心脏爬坡，情感将他们击溃了。第一次，他们本打算抑制住的泪水喷涌而出。当然，视野所及之处，另一群善良的邻居在几座最高建筑物的窗户上展开了旗帜；他们用到处摇曳着白色手绢的春天和热烈的掌声庆祝这段快乐的回家之旅。

后记

第二天早上九点，比亚米萨尔如约来到了麦德林，他前一天晚上只睡了不到一个小时。那是一场重生的欢庆。凌晨四点，他和玛露哈终于单独待在了公寓里。他们对那天发生的事感到异常兴奋，留在客厅里交流过去的回忆，一直到天亮。在拉·洛玛农庄，人们用像往常一样的宴会招待他，还增加了香槟洗礼庆祝自由。然而，那只是短暂的休息，因为当时更着急的人是巴勃罗·埃斯科瓦尔，他藏在世界的某个角落里，失去了人质这一盾牌。他的新使者是一个非常高挑的男人，话很多，有一头金发和金色的长胡子。人们管他叫"猴子"，他全权负责投降的谈判事宜。

根据塞萨尔·加维里亚总统的安排，与埃斯科瓦尔律师进行的一切法律辩论程序都通过卡洛斯·埃杜阿尔多·梅希亚博士进行，司法部须对整个过程知情。至于投降，政府方面，梅希亚会根据拉法埃尔·帕尔多的指令行动；另一方面，豪尔赫·路易斯·奥乔阿、"猴子"和埃斯科瓦尔本人会在暗中行动。比亚米萨尔依然积极地充当政府一方的调解人，加西亚·埃莱罗斯神甫是埃斯科瓦尔的道德担保人，在紧急状况下，他会出面干预。

埃斯科瓦尔焦急地让比亚米萨尔在玛露哈被释放的第二天出现在麦德林，这让人觉得投降指日可待。但人们很快发现并非如此，因为对他来说，还差一些掩人耳目的流程。所有人，尤其是比亚米萨尔最担心的是在投降前埃斯科瓦尔会出事。当然，比亚米萨尔明白，一旦埃斯科瓦尔或是他一方的幸存者们怀疑他食言，便会让他用性命偿还。坚冰是埃斯科瓦尔本人打破的，他打电话到拉·洛玛，直截了当地向比亚米萨尔问好：

"比亚医生，您满意了吗？"

比亚米萨尔从没有见过他，在此之前也没有听过他的声音。他绝对冷静的声音给比亚米萨尔留下了深刻的印象，他的声音中没有丝毫神秘光环的痕迹。"我很感激您来。"没有等他回答，埃斯科瓦尔接着说。他的天性完全基于他来自贫民窟的粗野的说话方式。"您是一个说话算话的人，您不会让我失望。"接着，他直入正题：

"我们开始商量我怎么投降吧。"

事实上，埃斯科瓦尔已经知道该如何投降，但是他或许想和他当时完全信任的人一起做一次完整的讨论。他的律师和刑事诉讼法庭庭长一直在和司法部协调，时而采取直接的方式，时而通过地方刑事诉讼法庭庭长办理。他们已经逐一讨论了投降的所有细节。从每个人对总统法令做出的不同解读延伸出的法律问题已经阐明，只剩下三个问题：监狱环境问题、监狱人员问题以及警察和军队的作用问题。

位于恩维加多戒毒中心的监狱即将完工。比亚米萨尔和"猴子"在埃斯科瓦尔的要求下，于玛露哈被释放的第二天参观了监狱。由于墙角的瓦砾和那年强降雨的侵袭，监狱的气氛看上去有些压抑。安全技术设施问题已经解决了。监狱外有一道二点八米高的双重围墙，围墙上配有十五条五千伏的电缆和七个岗哨。此外，在入口处还有两个岗哨。这两个设施既能阻止埃斯科瓦尔逃走，也能防止他被杀害。

在比亚米萨尔看来，唯一的缺陷是为埃斯科瓦尔准备的房间里的卫生间，该卫生间是用意大利瓷砖铺设的。他建议换成（确实也被更换了）更加朴素的装饰。他报告的结论甚至更加朴素："我觉得这是一座非常监狱的监狱。"的确，奢华的关押环境可能会在全国和整个西半球引发一场风波，并牵连到政府的威望。后来，这种奢华还是通过在政府内部进行的一系列难以想象的贿赂和恐吓行动实现了。

埃斯科瓦尔向比亚米萨尔索要一个没有被监听的波哥大电话号码，以便商议投降的细节。于是，他把他楼上女邻居阿塞内思·韦拉斯克斯的电话号码给了他。他觉得这是最安全的电话，随时都有疯癫的作家和艺术家给这个号码打电话，他们能让别有用心的人暴跳如雷。方法简单而无害：某个匿名人物给比亚米萨尔家打电话，告诉他："十五分钟后，先生。"比亚米萨尔不慌不忙地上楼来到阿塞内思的公寓，在十五分钟后亲自给巴勃罗·埃斯科瓦尔打电话。一次，比亚米萨尔在电梯中耽搁了，阿塞内思接起了电话。一位粗鲁的帕伊萨人问起比亚米萨尔先生。

"他不住在这里。"阿塞内思回答。

"您别担心，"帕伊萨人笑着说，"他上来了。"

说话的正是埃斯科瓦尔本人，但是阿塞内思只会在她阅读本书的时候才会知道这一点。因为，出于基本的诚实，比亚米萨尔想在那天把真相告诉她。而她完全无法接受，还捂住了耳朵。

"我什么都不想知道，"她告诉他，"您想在我家做什么就做什么，但是别告诉我。"

当时，比亚米萨尔每周至少去一次麦德林。他在洲际酒店给玛丽亚·莉娅打电话，她会派一辆汽车，把他接到拉·洛玛。最初的一次，玛露哈和他同行，以感谢奥乔阿一家的帮助。午饭时，他们谈论起了释放之夜没有归还的祖母绿小钻石戒指。比亚米萨尔也曾经和奥乔阿一家说起这件事。他们给埃斯科瓦尔发了一条信息，但是他没有回复。"猴子"当时也在，他建议比亚米萨尔再送她一枚新的。但是比亚米萨尔跟他解释说，玛露哈并不是因为戒指的价格而怀念它，而是因为它的情感价值。"猴子"承诺把问题反馈给埃斯科瓦尔。

埃斯科瓦尔打给阿塞内思家的第一通电话是关于《上帝一分钟》的。加西亚·埃莱罗斯神甫在节目中谴责他是冥顽不灵的色情分子，并敦促他回归上帝的道路。没有人理解这样的骤变。埃斯科瓦尔认为，如果神甫反对他，应该是有重要的原因。埃斯科瓦尔要求得到即时、公开的解释作为投降的条件。对他来说，最糟糕的是，他的军队出于对神甫话语的信任，已经决定投降了。比亚米萨尔把神甫带去了拉·洛玛，神甫在那里通过电话向埃斯科瓦尔做了解释。他解释说，在节目制作的过程中，他们的剪辑出了错误，播出了他没有说过的话。埃斯科瓦尔录下了对话，放给他的军队听，避免了危机。

但是，事情依然没有结束。政府坚持在监狱外安置由军队和国民警察卫队组成的混合巡逻队；坚持砍伐附近的森林，改造为射击场；还坚持保留在中央政府、恩维加多市政府和检察院构成的三方联合委员会内部任命警卫的特权，因为这是一座市级兼国家级监狱。埃斯科瓦尔拒绝警卫靠近，这样他的敌人们就无法在监狱中杀死他。他拒绝混合巡逻队，因为他的律师们说，根据监狱权利法令，监狱内不能有政府武装力量。他反对砍伐附近的森林。首先，因为森林让直升机无法在那里降落；其次，他认为砍伐后留下的空地会成为政府用来瞄准囚犯的场地。他甚至相信，从军事层面上说，射击场只不过是一块视野开阔的空地。这自然是戒毒中心的优点，对于政府和犯人来说都是如此——从屋里的任何一个点都能完整地看见山谷和山峰，提前侦察到危险。最后，除了电缆围墙之外，刑事诉讼法庭庭长在最后时刻还想在监狱周围建一面装甲墙。埃斯科瓦尔被激怒了。

五月三十日，周四，《观察者报》发布了一则新闻——来自可靠的官方来源，内容是埃斯科瓦尔在他的律师和政府发言人举行的会议中提出的投降条件。根据新闻报道，其中最引人注目的条件是流放玛萨·马尔克斯将军，以及革职国家警察局局长米盖尔·戈麦斯·帕蒂亚和司法警察调查与情报中心（Dijín）的指挥官奥克塔维奥·巴尔加斯·席尔瓦。

为了弄清消息的来源，加维里亚总统在他的办公室会见了玛萨·马尔克斯将军，因为政府的亲信认为消息是他传出的。会见持续了半个小时。如果有人同时认识他们两人，也很难想象哪一位更加镇定。将军拥有男中音，声音温柔而缓慢。他详细地讲述了他对这件事的调查细节。总统沉默地听着。二十分钟后，他们互相道别。第二天，将军寄给总统一封六页的正式信函，详细地复述了他之前说过的内容，作为历史的证据。

信上说，根据调查，新闻的来源是玛尔塔·妮耶维丝·奥乔阿。几天前，她将这则独家消息告诉了《时代报》的法律撰稿人——她的专门委托人，她无法理解为什么消息首先被《观察者报》刊登了。将军还说，他强烈支持巴勃罗·埃斯科瓦尔投降，并重申他坚持自己的原则、责任和义务。他最后说："出于您了解的原因，总统先生，很多个人和团体坚持寻求让我的职业生涯不得安宁的方式，或许还想把我置于危险的境地，方便他们实现反对我的目标。"

玛尔塔·妮耶维丝·奥乔阿否认了自己是消息的来源，便再也没有谈论此事。然而，三个月后（当时，埃斯科瓦尔已经在监狱里了），总统府秘书长法比奥·比耶加斯受总统的委托，让马尔克斯将军去他的办公室，并邀请他前往蓝厅。法比奥从一头走到另一头，仿佛是在周日散步。同时，他告诉将军总统将辞退他的决定。玛萨·马尔克斯相信，这就是政府之前否认的与埃斯科瓦尔达成的协议。他也是这样说的："我被谈判了。"

无论如何，在这件事发生之前，埃斯科瓦尔就已经让马尔克斯将军明白，他们之间的战争已经结束了，他忘记了一切，认真投降：他停止了袭击，解散了集团，交出了炸药。他寄给将军一份藏匿地点清单，将军的人在那些地点找到了七百公斤的炸药。之后，他将在监狱里继续向麦德林军队透露总计藏有两吨炸药的藏匿点。但是，玛萨·马尔克斯从来没有相信过他。

政府对投降的拖延感到不耐烦，于是任命了一名博亚卡[①]人路易斯·豪尔赫·帕塔基瓦·席尔瓦作为监狱负责人，而没有任命一名安蒂奥基亚人。政府还任命了二十名来自不同省份的国民警察，没有一位是安蒂奥基亚人。"无论如何，"比亚米萨尔说，"如果他们想要的是贿赂，那么无论是安蒂奥基亚人还是其他地方的人都是一样的。"埃斯科瓦尔本人也因为众多周折而感到筋疲力尽，他几乎没有谈论这件事。最后，他们达成一致，入口将由军队而非警察把守；他们会采取特殊手段，消除埃斯科瓦尔认为有人会在监狱的伙食中下毒的忧虑。

---

① 哥伦比亚中部省份。

另一方面，国家监狱管理局采取了与奥乔阿·巴斯克斯兄弟在伊塔古伊监狱安全戒备等级最高的楼阁中相同的探视制度。起床时间最晚是早上七点，门禁时间是晚上八点。每周日上午八点到下午两点，埃斯科瓦尔和他的同伴们可以接受女士们的拜访；每周六可以接受男士们的拜访；每个月的第一和第三个周日可以接受未成年人的拜访。

六月九日凌晨，麦德林军事警察部队的正式成员替换了在周围巡逻的骑兵，开始进行令人印象深刻的安全部署，驱逐了附近山区的不相关人员，完全控制了地面和上空。埃斯科瓦尔没有其他借口了。比亚米萨尔满怀诚意地告诉埃斯科瓦尔自己非常感激他释放了玛露哈，但是如果他还不投降，比亚米萨尔不打算冒更大的风险。他派人严肃地告诉埃斯科瓦尔："从今往后，我不会再回信了。"埃斯科瓦尔在两天内做出了决定，他要求总检察长也在投降时陪同他。

最后时刻出现的异常情况可能又会导致投降延期：埃斯科瓦尔没有官方的身份证件，无法证明投降的人是他，而不是别人。他的一位律师向政府提出了这个问题，并要求给埃斯科瓦尔办理一张居民身份证。他没有考虑到，被各种公共武装力量追捕的埃斯科瓦尔需要亲自前往户籍登记处的相应办公室。应急办法是用指纹和过去在公证处使用过的身份证号码来验证身份，同时说明旧的身份证已经丢失，无法出示。六月十八日晚上十二点，"猴子"叫醒了比亚米萨尔，让他上楼接一通紧急电话。已经很晚了，但是阿塞内思的公寓仿佛是欢乐的地狱，播放着埃希迪奥·瓜德拉多的手风琴曲和他的巴耶纳托音乐。比亚米萨尔不得不用手肘在热情高涨、人人高声交谈的疯狂丛林中给自己开路。阿塞内思用她典型的方式挡住了他的去路。

"我知道是谁给您打电话了,"她对他说,"请您当心点,如果有什么疏忽,他们会阉了您。"

当电话铃声响起时,她把他留在了卧室里。在震颤房子的喧闹声中,比亚米萨尔勉强听见了关键内容:

"已经准备好了,您明天一早来麦德林吧。"

早上七点,拉法埃尔·帕尔多调度了一架民用客机特别管理中心的飞机,供接受埃斯科瓦尔投降的政府代表们使用。比亚米萨尔担心信息走漏,因此他早上五点出现在了加西亚·埃莱罗斯神甫的家中。他发现神甫正在祈祷室,教士服外穿了一件无接缝的斗篷。当时,他刚刚主持完弥撒。

"好了,神甫,走吧。"他说,"我们去麦德林,因为埃斯科瓦尔要投降了。"

飞机上除了他们之外,还坐着神甫的侄子费尔南多·加西亚·埃莱罗斯,他是神甫的临时助手;来自国家新闻委员会的海梅·巴斯克斯;共和国总检察长卡洛斯·古斯塔沃·阿列塔先生;以及联合国人权委员会代表检察官海梅·科尔多瓦·特里维尼奥先生。玛丽亚·莉娅和玛尔塔·妮耶维丝·奥乔阿在麦德林市中心的奥拉亚·埃莱拉机场等候他们。

政府代表们被带去了市政府。比亚米萨尔和神甫前往玛丽亚·莉娅的公寓吃早餐。同时，最后的投降手续正在办理之中。比亚米萨尔在公寓里得知，埃斯科瓦尔已经在路上了。他有时乘车，有时步行绕远路，以避开频繁的警察岗哨。他是应对这种情况的专家。

神甫再一次非常紧张。他的隐形眼镜掉了一片，还被他踩碎了。他大发脾气，玛尔塔·妮耶维丝不得不带他去圣·伊格纳西奥眼镜店。他们用一副普通眼镜解决了他的问题。城市里充斥着严格的岗哨，他们被所有的岗哨拦下，但不是为了搜查他们，而是为了感激神甫为麦德林的幸福所做的一切。因为在那座一切皆有可能的城市里，世界上最隐蔽的新闻也能够人尽皆知。

下午两点半，"猴子"到达玛丽亚·莉娅的公寓。他穿着清凉的外套和软皮鞋，仿佛要去郊游。

"好了，"他对比亚米萨尔说，"我们去市政府吧。您走这边，我走另一边。"

他坐上自己的车，独自离开了。比亚米萨尔、加西亚·埃莱罗斯和玛尔塔·妮耶维丝坐玛丽亚·莉娅的车离开。两位男士在市政府对面下车，女士们在车里等待。"猴子"已经不是那个冷漠高效的技术员了，他试图隐藏自我。他戴着深色的眼镜和高尔夫球帽，总是站在比亚米萨尔后侧不显眼的位置。有人看见他和神甫一起进门，便给拉法埃尔·帕尔多打电话说，埃斯科瓦尔（一个满头金发、个子很高、举止优雅的人）刚刚在市政府投降了。

当他们准备离开的时候，"猴子"通过无线电话得知，一架飞机正朝着麦德林上空飞来。那是一架军事急救机,上面载着几名在与乌拉巴游击队会战中受伤的士兵。政府很担心投降时间过晚,因为直升机不能在傍晚飞行。如果把投降推迟到第二天,后果将是致命的。因此,比亚米萨尔给拉法埃尔·帕尔多打电话,让他命令运载伤员的飞机改变航向,并重申让天空保持空旷这一不容商议的指示。在等候结局的同时,他在私人日记上写道:"今天,连一只鸟儿都没有飞过麦德林。"

第一架直升机(限载六人的贝尔206)于三点过后不久,在市政府的屋顶起飞。上面载有总检察长、海梅·巴斯克斯、费尔南多·加西亚·埃莱罗斯和电台记者路易斯·阿利里奥·卡耶。路易斯的巨大声望是让巴勃罗·埃斯科瓦尔保持冷静的又一个保障。安全军官将给飞行员指明监狱的方向。

第二架直升机(限载十二人的贝尔412)在十分钟后起飞,当时"猴子"通过无线电话接收到了命令。比亚米萨尔、"猴子"和神甫一起登上了飞机。刚刚起飞,他们就通过广播得知,政府的立场在制宪议会上被击溃了。制宪议会刚刚以五十一票赞成、十三票反对和五票弃权通过了国民不引渡的决议,之后该决议将得到批准。虽然没有迹象表明这是埃斯科瓦尔安排的行动,但是如果料想不到他是提前得到了消息,并等到最后时刻才投降的话,就几乎是幼稚的表现了。

飞行员负责按照"猴子"的指示把巴勃罗·埃斯科瓦尔送到监狱。飞机飞行的时间很短,飞行高度非常低,仿佛是在给汽车下达指令：沿着第八航线继续行驶，现在向右拐，再往右，再往右，一直到那座公园，就是这样。在一片树丛后面，在色彩鲜艳的热带鲜花中，突然出现了一座富丽堂皇的宅邸。里面配有一个完美的足球场，在埃尔·波夫拉多川流不息的交通中仿佛是一张巨大的台球桌。

"在那里降落，""猴子"指示说，"不要关发动机。"

当他们与房子处在同一高度时，比亚米萨尔才发现，足球场周围至少有二十名全副武装的人员。直升机停在了平整的草地上，从队伍中分离出了大约十五名护卫。他们围着一个引人注目的男人，紧张地向直升机走去。他长发至肩，胡子很黑、浓密而毛糙，而且长到了胸部；他的皮肤被荒野中的阳光晒得黝黑，他又矮又胖，穿着运动鞋和浅蓝色的棉外套。他走动时，步伐轻快，冷静得令人害怕。比亚米萨尔一眼就认出了他，因为他和他生命中见过的所有人都不一样。

在用快速有力的拥抱向离他最近的护卫告别之后，埃斯科瓦尔指示其中的两个人从直升机的另一边登机。他们是穆格雷和奥托，是他最亲近的两个人。然后，他全然不顾螺旋桨还在转动，不慌不忙地坐上飞机。坐下前，他首先跟比亚米萨尔打了招呼，向他伸出了温暖的、精心保养的手，声音毫无波动地问：

"您好吗？比亚米萨尔医生。"

"您好吗，巴勃罗？"他回答。

接着，埃斯科瓦尔回头给了加西亚·埃莱罗斯神甫一个亲切的微笑，并感谢他所做的一切。他和两名护卫坐在一起，似乎才刚刚意识到"猴子"也在那里。或许,他本来只想让他给比亚米萨尔传达指示,但没想让他登上直升机。

"您确实,"埃斯科瓦尔对他说,"掺和这件事到最后。"

没有人知道这是表扬还是责骂,但他的语气是和善的。"猴子"就像所有人一样疑惑,他摇了摇头,笑了。

"哎呀,老板!"

于是,就像在一次神启中那样,比亚米萨尔觉得埃斯科瓦尔是一个比想象中更加危险的人,因为他的冷静和自制力有着某种超自然的因素。"猴子"试图关上他那边的门,但是他不知道怎么关,副驾驶员不得不替他关上。在当时的激动情绪之下,没有人想起要发出命令。飞行员因为缺乏指令而感到紧张,他问:

"我们起飞吗?"

于是,埃斯科瓦尔显露出了唯一一点被压抑的焦虑迹象。

"当然了!"他急忙地命令道,"快点!快点!"

当直升机离开草坪的时候,他问比亚米萨尔:"一切都很顺利,对吧,医生?"比亚米萨尔没有回头看他,诚实地回答:"一切都很完美。"没有更多对话,因为飞行已经结束了。直升机掠过树枝,停在了监狱的足球场上(上面有许多石块和损坏的球门)的第一架直升机旁边。那架直升机在一刻钟前到达了。从市政府出发的整个行程持续了不到十五分钟。

然而,接下来的两段旅程强度更大。舱门一打开,埃斯科瓦尔就试图第一个下飞机。他发现自己被狱警包围了:足有五十名身穿蓝色制服的男人。他们很紧张，还有些茫然，还用长管枪械对着他。埃斯科瓦尔吃了一惊，突然失去了控制，发出了充满权威和震慑力的叫喊：

"放下武器，混蛋！"

当狱警首领发出同样的指令时，埃斯科瓦尔的命令已经被执行了。埃斯科瓦尔和他的同伴们步行两百米到了房子里，监狱高层、政府代表和为了与埃斯科瓦尔一起投降而乘车到达的第一批随从在那里等候他们。埃斯科瓦尔的妻子和母亲也在那里，他的母亲面色苍白，几乎要哭了。他经过她身边时，亲昵地拍了一下她的肩膀，对她说："放心，妈妈。"监狱负责人伸出手迎接他。

"埃斯科瓦尔先生，"他自我介绍说，"我是路易斯·豪尔赫·帕塔基瓦。"

埃斯科瓦尔伸出手，卷起了左腿裤脚，脚踝上绑着一根绳子，他取出了束在绳子里的手枪。那是一件宝物：西格&绍尔9，珍珠母制成的枪柄上镶嵌着黄金花押字。埃斯科瓦尔没有取下弹匣，而是一颗一颗地取出子弹，把子弹扔在地上。

那是一个仿佛演练过的具有戏剧性的动作。这个动作显示了他对监狱负责人的信任，而对这一职位的人事任命曾经让埃斯科瓦尔夜不能寐。第二天，报纸上刊登的新闻说，埃斯科瓦尔交出手枪的时候，对帕塔基瓦说："为了哥伦比亚的和平。"没有目击者记得这句话，而比亚米萨尔更加不记得，那件精美的武器让他目眩神迷。

埃斯科瓦尔向所有人问好。检察官代表握住他的手，对他说："埃斯科瓦尔先生,我在这里见证您的权利得到尊重。"埃斯科瓦尔带着特殊的敬意向他表示感谢。最后,埃斯科瓦尔挽住了比亚米萨尔的手臂。

"走吧,比亚米萨尔先生,"他对他说,"我有很多话要和您说。"

他把他带到室外游廊的尽头,他们靠在栏杆上、背对着所有人交谈了大约十分钟。首先,埃斯科瓦尔正式表示了感谢。接着,他带着令人惊愕的冷静,为自己给比亚米萨尔和他的家人造成的痛苦表示抱歉,但是他请求对方理解,那是一场对双方来说都万分艰难的战争。比亚米萨尔没有浪费这个解决他生命中三大未解之谜的机会:为什么路易斯·卡洛斯·加兰会被杀害,为什么埃斯科瓦尔试图杀死他,以及为什么会绑架玛露哈和贝阿特利丝。

埃斯科瓦尔拒绝承担第一桩罪行的任何罪责。"事实是所有人都想杀死加兰先生。"他说。他承认他出席了决定实施袭击的讨论会,但是他否认曾介入袭击,他跟这些事情没有任何关联。"许多人参与了这次行动,"他说,"我甚至并不赞同,因为我知道杀害他会有什么后果,但是这就是决定,我无法反对。我恳求您这样跟格萝莉娅女士解释。"

至于第二个疑问,显然是有一群议员朋友让他相信,比亚米萨尔是一名无法控制的、固执的同事。在引渡决议通过之前,必须不计任何代价处理他。"此外,"他说,"在我们身处的这场战争中,人们甚至会因为谣言就被杀害。但现在我认识您了,比亚米萨尔先生,幸好当时您没有出事。"

关于玛露哈的绑架案,他给出了非常简略的解释。"当时,为了得到某些东西,我已经绑架了一些人,但是我的目的没有达到。没有人对话,没有人在意。因此,我找到了玛露哈女士,看看能不能得到些什么。"他没有解释更多的理由,而是衍生出了一长串关于他在谈判的过程中如何逐步了解比亚米萨尔的言论,他最终相信比亚米萨尔是一个认真、勇敢的男人。他的千金诺言值得让自己永远感激。"我知道,我和您不可能成为朋友。"他告诉比亚米萨尔。但是比亚米萨尔可以放心,从此往后,这样的事不会再发生在他和他的家人身上。

"没有人知道我会在这里待多久,"他说,"但是我依然有很多朋友,因此如果您的家人觉得不安全,如果有人想碰你们,派人告诉我就行了。您兑现了对我的承诺,我也会兑现我对您的承诺。非常感谢。这是我的诺言。"

在告别之前,埃斯科瓦尔请求比亚米萨尔帮他最后一个忙,他想让比亚米萨尔安慰他的母亲和妻子,她们都处在崩溃的边缘。比亚米萨尔做这件事时并不抱有很多幻想,因为她们俩都坚信这个仪式是政府为了在狱中杀死埃斯科瓦尔而布下的邪恶陷阱。最后,他走进负责人的办公室,凭着记忆拨打了总统府的电话2843300,联系拉法埃尔·帕尔多。

帕尔多在新闻顾问毛里西奥·巴尔加斯的办公室。毛里西奥接起电话,然后沉默地把话筒递给他。帕尔多认出了那个严肃、冷静的声音。但这一次,这个声音中带着闪亮的光环。

"帕尔多先生,"比亚米萨尔说,"埃斯科瓦尔已经在监狱里了。"

帕尔多毫无疑心地接受了这条消息,这也许是他生命中第一次这样做。

"太好了!"他说。

他又飞快地评论了什么,毛里西奥·巴尔加斯甚至无法做出解读。帕尔多挂了电话,没有敲门就走进了总统的办公室。巴尔加斯一天二十四小时都是极具天赋的记者。由于帕尔多的匆忙和果断,他猜测这应该是件大事。他没有耐心再等五分钟,于是没有事先通报就走进了总统的办公室,他发现总统因为帕尔多刚才告诉他的事而哈哈大笑。因此,他明白了。毛里西奥高兴地想,即将有一大群记者冲进他的办公室。他看了看表,时间是下午四点半。两个月后,拉法埃尔·帕尔多将成为第一位被任命为国防部长的文职人员。此前的五十年,该职位一直由军人担任。

十二月,巴勃罗·埃米里奥·埃斯科瓦尔·加维里亚年满四十一周岁。根据进入监狱时严格体检的结果,他的身体状态属于"身心状况正常的年轻人"。唯一异常的是鼻子,鼻子上有鼻黏膜充血的症状以及一道类似于整形手术的疤痕。但是,他解释说,这是他少年时在一场足球赛中受的伤。

全国刑事诉讼法庭庭长、地方刑事诉讼法庭庭长以及联合国人权委员会代表检察官在自愿投降书上签字。埃斯科瓦尔用大拇指指纹和已丢失身份证的号码(恩维加多 8345766)来增加签名的权威性。

秘书卡洛斯·阿尔贝托·波拉夫在文件的末尾写下一段证明："签署完文件之后，巴勃罗·埃米里奥·埃斯科瓦尔先生要求阿尔贝托·比亚米萨尔·卡尔德纳斯先生在文件上签字。比亚米萨尔先生签了名。"虽然没有人告诉他以什么名义，但是比亚米萨尔还是签了字。

完成这些手续之后，巴勃罗·埃斯科瓦尔告别了所有人，走进了监狱。在那里，他将和以往一样忙于处理自己的事务和生意。此外，政府的力量将帮助他获得家庭的安宁，并保证他的安全。然而，从第二天起，比亚米萨尔口中那座非常监狱的监狱就开始变成一座极尽奢华的五星级农庄，配有娱乐设施以及方便玩乐和犯罪的装置，这些都由上等的材料制成。他们将一辆供货汽车的后备箱改装成双层，把这些材料装进第二层，慢慢地运送。两百九十九天后，政府得知了这件丑事，决定不加通知就更换埃斯科瓦尔的监狱。埃斯科瓦尔用一盘食物贿赂了一名中士和另两名吓坏了的士兵，他在政府人员和负责搬迁的军队的眼皮底下，和他的护卫们一起步行穿过毗邻的森林，逃离了监狱。这事就像政府居然花了近一年的时间才获悉那件丑事一样令人难以置信。

这宣判了他的死刑。根据他后来的声明，政府的行动是如此奇怪、不合时宜，以至于他认为政府实际上不是去转移他，而是想杀死他或是把他交给美国处置。当他意识到自己夸张的错误时，他发动了两场并行的战役，以逼迫政府支持他返回监狱：哥伦比亚历史上最大规模的炸弹恐怖袭击以及没有任何条件的投降提议。政府没有接受他的提议，国家也没有屈服于恐怖的汽车炸弹，警察对他的进攻达到了极端猛烈的程度。

世界已经为埃斯科瓦尔改变过了。原本想重新帮助他并拯救他性命的人失去了这样做的意愿和理由。一九九二年十一月二十四日，加西亚·埃莱罗斯神甫死于肾衰竭。宝琳娜既没工作也无积蓄，在一个安静的秋天，带着她美好的回忆，和她的孩子们一起藏了起来。现在，《上帝一分钟》节目组的人都没有她的消息。阿尔贝托·比亚米萨尔被任命为驻荷兰大使，他收到了很多条埃斯科瓦尔的口信，但是一切都已经太迟了。埃斯科瓦尔大约三十亿美元的惊人财产大部分在战争中消耗掉了，或者是在集团的溃散中消失了。他的家人们无法在世界上的任何地方安然入睡。埃斯科瓦尔变成了哥伦比亚历史上最大的追捕目标，他无法在同一个地方停留上六个小时，在疯狂的逃遁中，他杀死了许多无辜的人。他自己的护卫或被杀害，或自首，或投靠敌人的阵营。他的私人警卫，甚至他自己动物般的求生本能，都失去了往日的神武。

一九九三年十二月二日（他年满四十四岁的第二天），他没有禁受住给儿子胡安·巴勃罗打电话的诱惑。胡安由于被德国拒绝入境，刚刚和他的母亲及妹妹回到波哥大。胡安·巴勃罗比父亲更加警惕。通话两分钟后，他提醒父亲不要再继续通话，因为警方会确定电话的来源位置。埃斯科瓦尔（他对家庭的热爱是众所周知的）没有理会他的劝告。当时，追踪人员已经确定了他在麦德林的洛斯·奥利沃斯区的精确位置。下午三点十五分，由二十三名谨慎的便衣警察组成的特别小组封锁了这个区域，他们控制了那座房子，试图强行打开二楼的门。埃斯科瓦尔察觉到了。"我先走了，"他在电话中对儿子说，"发生了奇怪的事。"这是他最后的话。

比亚米萨尔在这座城市最欢快、最危险的舞场里度过了投降那天的夜晚，他和埃斯科瓦尔的保镖们喝着烈性烧酒。"猴子"酩酊大醉，他告诉所有在场的人，老板只跟比亚米萨尔道过歉。凌晨两点，他站了起来，挥手道别。

"永别了，比亚米萨尔先生。"他说，"现在我得消失了，我们很可能再也不会见面了。很高兴认识您。"

清晨，他们把醉得像一团海绵的比亚米萨尔留在了拉·洛玛农庄。下午，在回程的飞机上，没有人谈论除了巴勃罗·埃斯科瓦尔投降之外的话题。那天，比亚米萨尔是全国最引人注目的人物之一。但是，机场的人群中没有人认出他来。各家报纸都写明他出现在了监狱里，但是没有刊登他的照片。他在整个投降过程中真实的、具有决定性的主导作用似乎注定要淹没在秘密荣光的阴影之中。

那天下午回到家，他发现生活已经回到了正轨。安德烈斯在房间里学习。为了变回原来的自己，玛露哈默默地和她的幽灵们展开艰难的斗争。唐代马俑回到了原来的位置，放在玛露哈精美的印度尼西亚纪念品以及半个世界的古董之间。它前腿腾空，并按玛露哈的意思，被摆在了一张神圣的桌子上。它曾被放在一个角落里，玛露哈在被绑架的漫长黑夜里也曾梦见自己在那里看见它。她坐上了被绑架时坐的那辆汽车，回到了扶影公司的办公室（玻璃上的子弹

317

坑已经消失了），心怀感恩的新司机坐到了死者的座位上。两年后，玛露哈被任命为教育部长。

现在，比亚米萨尔没有工作，也不想找工作，他对政治有着苦涩的回忆。他情愿以自己的方式休息一段时间，修补家庭的小损伤；和老朋友们一起慢慢消磨空闲时间；亲自采购，让自己和朋友们享受民间厨艺的美味。这种情绪有利于在下午阅读，让胡子疯长。在某个周日的午餐时间，有人敲了敲门。当时，记忆的雾霭已慢慢让过去变得模糊。他们以为安德烈斯又忘了带钥匙，因为那天不是工作日，比亚米萨尔打开了门。一位身穿运动外套的年轻人交给他一个礼盒，上面系着一条金色的带子。接着他走下楼梯消失了，没有跟比亚米萨尔说一句话，也没有给他时间提问。比亚米萨尔想，这可能是一枚炸弹。他因为对绑架的厌恶颤抖起来。玛露哈在厨房里等他。但是，在离厨房很远的地方，他解开了带子，用指尖拆开了包装。那是一个人造革盒子，在盒子的绸缎内衬中，放着绑架案发生当晚他们从玛露哈那里拿走的戒指。虽然少了一颗钻石，但还是同一枚戒指。

玛露哈无法相信。她戴上了戒指，她意识到自己正在迅速恢复健康，因为戒指顺利地戴到了手指上。

"太棒了！"她充满幻想地感叹道，"这一切能写成一本书。"

NOTICIA DE UN SECUESTRO by GABRIEL GARCÍA MÁRQUEZ
© GABRIEL GARCÍA MÁRQUEZ, 1996,
and Heirs of GABRIEL GARCÍA MÁRQUEZ
All Rights Reserved.

图书在版编目(CIP)数据

一起连环绑架案的新闻 /（哥伦）加西亚·马尔克斯著；林叶青译. —— 海口：南海出版公司，2019.1
ISBN 978-7-5442-9407-2

Ⅰ.①一… Ⅱ.①加… ②林… Ⅲ.①长篇小说－哥伦比亚－现代 Ⅳ.①I775.45

中国版本图书馆CIP数据核字(2018)第202381号

著作权合同登记号　图字：30-2017-152

一起连环绑架案的新闻
〔哥伦比亚〕加西亚·马尔克斯　著
林叶青　译

出　　版	南海出版公司　(0898)66568511
	海口市海秀中路51号星华大厦五楼　邮编 570206
发　　行	新经典发行有限公司
	电话(010)68423599　邮箱 editor@readinglife.com
经　　销	新华书店
责任编辑	黄宁群
特邀编辑	李　爱　庄　妍　袁梦洁
装帧设计	韩　笑
内文制作	杨兴艳
印　　刷	山东韵杰文化科技有限公司
开　　本	850毫米×1168毫米　1/32
印　　张	10.25
字　　数	215千
版　　次	2019年1月第1版
印　　次	2024年3月第3次印刷
书　　号	ISBN 978-7-5442-9407-2
定　　价	68.00元

版权所有，侵权必究
如有印装质量问题，请发邮件至 zhiliang@readinglife.com